영웅시대

최후식 新무협 판타지 소설
Fantastic Oriental Heroes

용병시대 7

최후식 新무협 판타지 소설

초판 1쇄 찍은 날 § 2009년 10월 21일
초판 1쇄 펴낸 날 § 2009년 10월 27일

지은이 § 최후식
펴낸이 § 서경석

편집장 § 문혜영

펴낸곳 § 도서출판 청어람
등록번호 § 제1081-1-89호
등록일자 § 1999. 5. 31
어람번호 § 제2-1835호

주소 § 경기도 부천시 원미구 심곡2동 163-2 서경B/D 3F (우) 420-822
전화 § 032-656-4452 팩스 § 032-656-4453
http://www.chungeoram.com
E-mail § eoram99@chollian.net

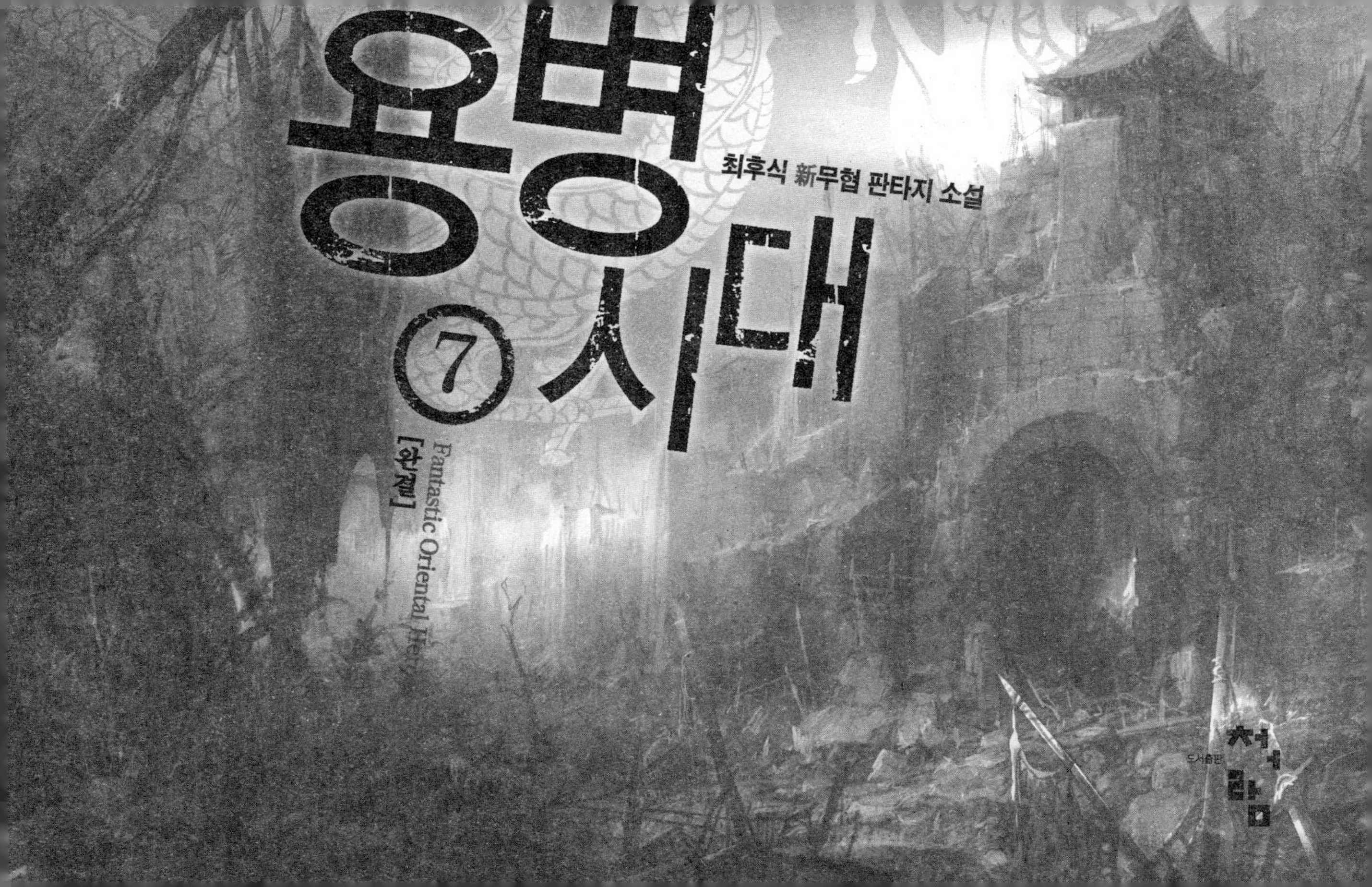
용병시대 ⑦
최후식 新무협 판타지 소설
Fantastic Oriental Her
[완결]
도서출판 청어람

목차

第二十八章 청자가 다시 빛나다

한반도 북단의 무량산 남쪽 기슭의 작은 마을에

하나둘씩 밥을 짓는 연기가 오르고, 하나둘씩 꺼져서 마침내 마지막 굴뚝에서 연기가 사라졌다.

이곳 황산 마을의 아침 식사가 다른 곳보다는 이르기도 하지만 오늘따라 더욱 이른 새벽이었다. 아직 동도 트기 전이었다.

一. 오월의 여섯 가마

유월이다. 지민은 한가롭게 강의 피안을 바라보고 있었다.
꽃이 만발한 만화방창의 강변이었다. 서쪽에서 성하곡을 흘러
좋은 수량으로 발전해서 동쪽으로 빠져가서는 통천강이 되었
다. 그 모성천의 북쪽 강변에서 지민은 반대편을 바라보고 있
었다.

그는 지금 바라보고 있는 강의 반대쪽에서는 당장에라도 들
이닥칠 팽나라의 군대를 기다리고 있었다. 그것도 자신의 군
대보다 몇 배는 족히 될 만한 대군. 정확하게는 기다리는 심정
은 아니었다. 다만 피한다고 해서 될 일은 아니었기에 지민은
차라리 그냥 기다리고 있다고 자신의 심정을 표현해 본 것이
다.

"주군."

강둑 밑에서 지민을 부르는 사람은 그의 시종인 장종두였다. 지민의 겉모습은 한가롭기 그지없는 모양새였지만 그 모처럼 만의 한가로움도 채 두 시간을 넘어서지 못했다.

'뭐 그리 급하다고……'

지민은 자못 역정이 난다는 듯 짜증부터 밀려왔다.

"주군."

듣는 둥 마는 둥 지민이 못마땅한 기색으로 강둑만 바라보고 있자 장종두는 지민에게 접근하여 조심스럽게 다시 불렀다.

"그래, 듣고 있다."

듣지 않아도 지민은 장종두의 접근 목적쯤은 알 수 있었다. 아마도 모성천 북쪽 강변 신한성의 삼천 군대 중에서 그 일을 모르는 사람은 하나도 없을 것이다. 병력이 삼천이라 함은 그 사이 여기저기서 몽땅 끌어 모아 어느새 삼천을 육박하는 대병력이 되어버린 군대의 총병력을 말했다.

"무사히 도착하셨습니다, 성주님."

장종두는 자못 감개가 무량하다는 말투였다.

"누가?"

"예?"

그러나 지민은 예상 밖으로 무덤덤했다. 그래서 장종두는 놀라서 반문했다.

"누가 말이냐? 누가 도착했다는 말이냐?"

여전히 무뚝뚝하다. 아니, 무뚝뚝하다 못해서 그들의 무사 귀환을 아예 대놓고 못마땅하게 여기는 투였다.

"성주님도 참······."

그제야 장종두는 놀란 심정을 추스르며 쑥스럽게 머리를 긁적였다. 이제 제법 자라서 청년 티가 나는 장종두가 능청을 떨었다. 그리고 주군에 대한 보고를 다시 정식으로 정정하였다.

"해넘이언덕에 파견되었던 선발대가 방금 전에 모성천의 본진에 무사히 도착하셨습니다. 이에 보고드립니다."

일부러 딱딱한 어조로, 딱딱하게 굳은 표정으로 엄숙하게 보고하였다. 그러나 내심으로는 굳이 장난기를 애써 숨기지 않았다.

"그래, 이제 도착했구나."

지민은 장종두는 내버려 두고 혼잣말로 낮게 중얼거렸다.

해넘이언덕에 파견된, 일명 그녀의 기사단. 최근에는 일몰의 방패단이라는 그럴싸한 명칭까지 추가된, 석태를 위시한 특공대가 일휘군의 청산정벌대가 철군할 때까지 언덕을 지키는 임무를 완료하고 모성천의 본진에 당도한 것은 해넘이언덕의 포위망을 돌파한 지 사흘이 지난 후였다. 그런데 그렇게 급하게 사지에까지 밀어 넣은 그녀의 기사단의 임무 목적이 그 모양새가 조금은 민망해져 버렸다.

최소한의 인원으로 특공대를 축소한 이유도, 그녀의 기사단만 따로 보내서 병력을 아낀 후에 본대의 병력을 최대한 유지해서 모성천에 급파한 것도 조만간에 들이닥칠 팽나라 중왕의 군대를 수비하기 위함이었다. 그런데 정작 지민의 군대가 급한 걸음으로 모성천에 당도하고, 거기다가 그녀의 기사단이 포위망을 돌파한 지 사흘이 지나고 나서도 중왕의 군대는 감감무소식이었다. 도착은커녕 그들의 수도 청도에서 출병할 기미조차 아예 보이지 않고 있었다.

자칫했으면 그녀 기사단의 고군분투도 모두 공염불이 될 뻔하였다. 결과적으로는 오랫동안 동고동락했던 애꿎은 두 명의 대원마저 잃고 말았다. 두 명의 전사 소식을 생각하자니 불현듯 팽나라 중왕의 담담함에 대한 분노가 치솟았다.

아무에게도 행방을 알리지 말라고 장종두에게 엄명을 내리고 이곳 강변에 나온 때가 바로 점심 무렵이었다. 병영에서는 벌써 연기가 올라오고 있었다. 때가 되어 저녁 식사를 준비하고 있는 모양이었다.

"저녁때로구나."

지민은 무심한 듯 중얼거렸다.

"주군께서도 시장하시겠군요. 주군의 진지부터 서두르게 할까요?"

눈치없는 장종두가 기어이 지민의 까닭 모를 억하심정을 폭발시키고 말았다.

"바보 같은 놈! 네놈은 이 상황에서도 그저 밥 생각밖에 안 나느냐? 이런 식충이 같은 놈!"

장종두는 어리둥절해졌다. 충직한 그로서는 그야말로 마른

하늘에 날벼락이었다.

"하, 하지만 주군……."

"그 여섯 가마……."

지민은 장종두의 어리둥절함에는 아랑곳하지 않고 밑도 끝도 없이 자신의 말만 했다.

"여섯 가마요?"

"그래."

"여섯 가마라 하심은……?"

"이런 천둥벌거숭이 같은 놈!"

지민이 다시 눈을 부라렸다. 장종두는 정말 혼란에 빠지고 말았다. 오늘따라 유난히 짜증을 많이 내는 주군이었다. 평소에는 워낙에 말이 없어서 아랫사람에게 화를 내는 일이 거의 없었다.

"주, 주군."

급기야 장종두는 한쪽 무릎을 꿇고 고개를 숙이는 지경에 이르렀다. 무슨 잘못인지는 모르겠지만 무조건 용서를 빌어야 하는 것이 아랫사람의 도리였다. 그제야 마냥 화만 낼 일은 아니라는 듯 마음을 고쳐먹고 지민이 달래듯 말했다.

"그 성하곡에서 오월미를 인수받을 때 말이다, 그때 따로 떼어놓은 백미 여섯 가마가 있지 않느냐?"

"아아, 그 여섯 가마."

이제야 장종두는 지민이 언급한 여섯 가마의 뜻을 알아들었다. 팽나라 중왕이 성하곡의 오월미를 호시탐탐 노리고 있

다는 공공연한 소문이 무색하였다. 여전히 중왕의 약탈 군대
는 성하곡으로 쳐들어갈 기미는 보이지 않았고, 예상 밖으로
무난하게 오월미의 추수는 진행되었다. 당연한 수순으로 신
한성과 성하곡 일곱 마을의 계약은 잘 이행되었다. 절차대로
신한성은 성하곡으로부터 삼천 석의 오월미를 전량 인수하였
다.

하나 삼천 석의 많은 쌀을 인수했지만 신한성의 주둔지 식
량 창고에서는 단 한 톨의 군량미도 구경할 수 없었다. 그간의
전통대로 볶은 콩과 마타—이 즈음해서는 양젖과 밀기울의 반죽
을 말려서 굳힌 마타가 신한성 민간에까지 퍼져서 일반화되었는데
그 마타를 일컬어 민간에서는 개떡이라 불렀다—가 군량미를 대
신하고 있었다. 이것은 엄격하고 철저하게 지켜지는 전통이
었다. 성주 지민에게조차 예외는 없었다. 그런 까닭으로 모성
천의 지민군 식량 창고에서는 쌀이라고는 찾아볼 수가 없었
다.

그래서 삼천 석의 오월미는 군량미로 전용되지 않았고, 인
수하는 즉시 무령도와 인근의 해안지방으로 전달되었다. 그
리하여 오월미의 인수로 인해서 이제 막 파국으로 치달아가
던 무령도의 동해일가는 식량 위기를 구사일생으로 벗어나
게 된 것이다. 그런데 오월미를 인수하던 날 뜻밖에도 지민
이 현장으로 직접 방문하여 장종두에게 특별 지시를 한 것이
다.

"좋은 쌀만 따로 선별해서 보관하도록. 여섯 가마. 여섯 가

마면 되겠지."

　평소의 행동대로라면 밥맛이 좋기로 유명한 성하곡의 오월
미를 지민이 시식하기 위해서 따로 보관하라는 것이 아니라는
것쯤은 장종두도 잘 알고 있었다. 누군가 쌀로 밥을 지어먹는
다는 것은 상상도 못했다. 귀빈이라도 예외는 없었다. 쌀이 귀
한 시절인지라 신한성 내에서도 대다수는 아직 굶주리고 있는
상황이었다. 싸움터라고 해서 차별은 없었다.

　그것은 평등을 위해서라도 반드시 엄격하게 지켜지는 철칙
이었다. 그래서 장종두도 그 여섯 가마의 사용처에 대해서는
짚이는 바가 전혀 없었다. 그때는 그저 그러려니 하고 잊어버
렸다. 그런데 그 여섯 가마를 지민이 다시 언급하고 있는 것이
다.

　"그 여섯 가마라면 지금도 창고에 있습니다. 오늘 아침에도
제가 확인했습니다."

　충직한 장종두는 매일매일, 그래서 오늘 아침까지도 주군의
지시를 충실하게 한 치도 틀림없이 지키고 있는 것이다.

　"그것을 내오도록."

　"네?"

　"주방장에게 일러서 그 여섯 가마로 밥을 지어 내오란 말이
다."

　"그러면 그것으로 저녁상을……?"

　"쯔쯔, 어쩜 저리도 눈치가 없는지……."

　종내는 지민이 혀를 차고 말았다.

"해넘이언덕에서 온 놈들이나 네놈이나 어찌 그리 눈치가 없는지……."

지민은 막 석양을 물들이고 있는 강안의 저녁 하늘을 바라보며 그렇게 중얼거렸다. 일몰의 방패단을 말하는 것이라면 주군의 마음이 장종두도 이해가 갔다. 지민은 일전에 포위망이 형성되기 전에 눈치껏 빠져나오라고 닦달을 했었다. 그러나 일몰의 방패단도 명령 불복종처럼 똥고집을 부렸다. 자신들의 생명마저 안중에 두지 않은 것 같았다. 그 후로도 '저 눈치없는 놈들' 소리가 귀에 딱지가 늘어앉도록 걸핏하면 들려왔다. 그 눈치없음의 동급을 구가하던 장종두도 이제야 그 미망에서 벗어났다.

"주군."

"왜 그러느냐?"

여전히 강변만 바라본 채 지민이 대답했다.

"방금 도착한 조장님들께 쌀밥을 따뜻하게 지어드리라는 말씀이시죠?"

"……."

확인하듯 장종두가 되물었으나 지민은 못 들은 척 저녁 하늘만 쳐다보고 있었다. 아직도 그 '눈치없는 놈들'에 대한 분노가 가라앉지 않은 듯했다.

二. 진퇴양난

신한성의 삼천 군대가 모성천의 북쪽 강변에 주둔을 하고 팽나라의 중왕이 군대를 모으고 있다는 소문하에 갈수록 분위기가 흉흉해지고 있었다. 격전지로 예상되는 강변에서 채 이십여 리도 떨어지지 않은 어느 아담한 초막의 대청마루. 밖의 분위기와 어울리지 않게 두 사내가 한가롭게 장기를 두고 있었다.

"이리 되면 오도 가도 못하게 됐나?"

한가롭게 자책을 하는 사람은 뜻밖에도 상관장용이었다.

"신중하십시오, 어르신. 자칫하면 외통수입니다."

그 맞은편은 더더욱 의외의 인물, 신한성의 대부 정명이었다. 상황과 사정만으로는 전혀 어울리지 않는 두 명의 사내가 장기를 두고 있었다.

"외통은 외통이지."

상관장용은 뜻밖에도 정명에게 맞장구로 수긍해 주었다. 이
것은 상상도 못할 일이었다. 오늘도 상관장용에게 신한성 쪽
의 영입을 부탁하러 방문한 길이었다. 거듭된 거절에도 날이
면 날마다 상관장용을 찾아왔고, 그때마다 완강하게 거절하고
있는 상관장용이었다. 그런 고집불통이 정명의 탐색 작전에
순순히 수긍할 리가 없었다.

"흐흐, 확실하게 외통수지요, 상관 어르신?"

상관장용의 수긍이 믿어지지 않아서 정명은 평소의 근엄한
성정과는 안 어울리게 능청을 떨며 재탐색에 들어갔다.

"누가? 당백보가? 아니면 칠갑산이?"

아니나 다를까, 상관장용은 매섭게 정명의 약점을 찔러 들
어왔다. 그것은 장기판의 상황이 아니라 실제의 형세 판단에
근거한 말이었다.

성하곡의 오월미 인수로 동해일가는 구사일생으로 살아났
고, 일견 신한성은 한숨을 돌리는 듯했다. 그러나 그것은 끝도
모를 수렁의 시작이었다. 모성천 북쪽 강변에는 신한성의 총
병력인 삼천 대군이 주둔했다.

삼천 명의 군대는 신한성의 인원을 닥닥 긁어도 모자라 출
발하는 그 순간까지 급거 편성한 것이 바로 이런 총병력의 결
과였다. 총병력의 모성천 주둔은 곧 본거지 신한성의 무주공
산을 의미했다. 다시 말해서 신한성에는 이렇다 할 수비 병력

이 하나도 없었다. 오죽하면 일개 아녀자인 영주부인 양양이 수비대장을 맡았을까.

당백보는 성하곡에서 남서쪽으로 불과 삼십 리밖에 떨어지지 않는 팽나라의 수비 요새를 지칭하는 지명이다. 지민이 모성천에 주둔한 지 사흘이 지나고, 일주일이 지나도 낌새조차 없더니 무슨 바람이 불었는지 유람이라도 하듯 팽나라의 중왕이 당백보로 급거 이동하였다.

국왕이 친히 출동하였으니 그 수행하는 군대의 수도 적지 않음은 자명했다. 첩자의 보고에 의하면 적어도 일만 이천, 즉 지민의 병력에 무려 네 배에 해당하는 대병력이었다. 결단만 내린다면 당장에라도 모성천으로 진격해도 좋을 상황이었다.

"칠갑산……."

정명은 여전히 장기판만 뚫어져라 쳐다보며 신음처럼 내뱉었다.

칠갑산은 통유와 조화의 중간 지점에 해당하는, 근동에서도 산세가 험한 산이었다. 정확하게 위치를 따지자면 동청령에서 삼십 리, 신한성에서는 그보다 가까워서 겨우 이십 리밖에 떨어지지 않은 신한성의 앞동산과도 같은 산이었다.

산세가 험해 산적이 은거지로 삼기에도 적당했다. 파고인의 자유도시 조화와 일휘국의 동청령, 그리고 지민의 신한성에 이리저리 걸쳐 있는 경계 지역이었다. 다시 말해서 딱히 누가 주인이라고 주장할 만한 지역은 아니었다.

굳이 말하자면 칠갑산의 산적이 그 산의 주인인 셈이었다. 그러니까 칠갑산의 주인은 그 칠갑산의 산적이었고, 그 산적 두목은 정진갑이라는 인물이었으니 굳이 말해야 한다면 정진 갑이 칠갑산의 주인이라고 말해도 무방했다. 나름대로 인근에 서는 유명 인사였는데, 그 이유는 바로 정진갑이 장철영의 친 구라는 데 있었다.

장철영은 독산의 토호 우두머리였다. 그리고 독산은 조화 를 둘러싼 지역, 즉 조화의 위성 지역이었다. 말하자면 조화 상인들의 호위무사이자 꼭두각시에 불과한 일개 하수인이었 다.

상관장용은 그것을 일러 외통수라고 정명을 아프게 찔러온 것이다. '이리 되면 오도 가도 못하게 됐나?'라는 독백은 자신 의 신세를 한탄하는 것이 아니라 정명을 유인하는 함정수인 셈이었다.

눈앞의 당백보에 중왕이 버티고 있었으니, 그 탓에 총병력 삼천 군대는 손발이 꽁꽁 묶였다. 설상가상으로 수비 병력조 차 변변히 없는 신한성에서 들려오는 소문에 의하면 신한성 코앞에 웅크리고 있는 정진갑의 움직임이 심상치가 않았다. 그 배경에 조화 상인이 있고, 그의 하수인 장철영의 친구가 정 진갑이라고 생각하니 그 움직임의 설득력은 강력해졌다. 칠갑 산의 산적 병력도 삼백 명을 능가한다는 설이 있었다.

앞의 당백보와 뒤의 정진갑. 상관장용의 말대로 작금의 지민군의 상황은 그야말로 오도 가도 못하는 외통수의 신세였다.

"까짓 칠갑산쯤은⋯⋯. 신한성이 천리만리 떨어진 것도 아니지를 않습니까? 지금이라도 철군만 하면 금방입니다. 반나절이면 도착하는 데 무리가 없습니다."

끽소리도 못하고 잠자코 있을 정명이 아니었다. 궁색하기는 하나 변명이랍시고 성하곡과 신한성이 지척 거리임을 내세웠다.

"왜 지금이라도 당장 철군을 못하나? 자칫하면 멸망일세, 멸망. 회랑의 푸른 날개가 그 절박함을 모르지는 않겠지?"

궁색한 변명이 말썽이 되어 급기야 상관장용이 발끈했다. 정명은 후회했지만 이미 엎질러진 물이었다. 일시에 분위기가 어색해지고, 두 사람은 장기판에 코를 처박고 서로를 외면하였다. 그들이 주장하는 바가 문제의 본질이 아님을 정명도 상관장용도 알았다.

"자네 주군께서는 결단이 아직이신가?"

어색한 침묵을 깨뜨리려는 듯 상관장용이 한마디 했다.

"그게⋯ 저희 주군께서는 이미 어르신과⋯⋯."

정명은 말을 얼버무렸다. 지민이 고집을 부리고 있었다. 지민도 상황이 악화되었음을 모르고 있지는 않았다. 지민의 고집은 항상 문젯거리였다. 그 빌어먹을 약속 때문이었다.

"왜? 우리 성하곡 때문에? 하지만 그쪽도 멸망이야. 우리 쪽도 그런 사정도 모른 체하는 철면피는 아니지."

상관장용은 체념한 것 같았다. 난세의 약속이란 게 다 속절

없게 마련이다.

"하지만 저희 주군께서는 이미 오월미를 받아놓은 다음인지라……. 그러니 이미 약속을 한 것이고, 약속은 지켜야 하는 것이고……."

"허허, 그것참!"

이쯤 되면 상관장용 쪽에서는 헛웃음만 나왔다. 정명과 상관장용은 장기판은 뒷전이었다. 상관장용 쪽에서도 못할 짓이었다. 중왕의 일만 이천 군대가 지척의 당백보에 버티고 있었다. 무슨 속셈인지 당백보에 출동했을 뿐 준동조차 하지 않고 있었다. 지민 쪽에서는 미치고 팔짝 뛸 노릇이었다. 수비 병력조차 없는 신한성에서 총병력을 끌고 나온 상황이었다. 이제 와서 총병력을 빼돌릴 수는 없다. 이유는 코앞의 당백보에서 일만 이천 팽나라 군대가 버티고 있기 때문이다.

조만간에 이판사판 결말을 내야 모성천에서 전멸을 하건 신한성으로 철군을 해서 굳게 수비를 하건 할 것이 아닌가. 만약 신한성의 안전을 위해서 이대로 철군한다면 당백보의 중왕은 무주공산인 성하곡을 점령할 것이다. 성하곡의 주민들은 그야말로 팽나라의 군사들에게 도륙이 날 것이다.

지민으로서는 이것이 신념이었다. 그들에게서 오월미를 인수했기에 자신들의 안전만을 위해서 신한성으로 돌아갈 수는 없었다. 만에 하나 정진갑이 군사를 움직여서 신한성이 점령된다면 지민은 두 눈을 뜨고 그것을 지켜봐야만 했다. 바로 당백보의 중왕을 막아내기 위해서이다. 이것은 원래대로라면 지민의 빌어먹을 약속 때문이었다.

"이대로 사흘까지라면… 억지가 되겠지?"

잠시 빛을 잃고 망연하던 상관장용의 눈빛이 반짝 빛을 발하며 정명에게 은근한 목소리로 속삭여 왔다. 정명은 직감했다. 상관장용에게 뭔가 있구나 하고.

"뭔가 꾸미고 계시는 게 있는 거죠?"

이쯤 되면 정명도 진지하지 않을 수 없었다. 혹여 긁어 부스럼이 되지나 않을까 하는 염려가, 하기야 그런 염려라면 이런 상황 속에 긁어 부스럼이 남아 있을까 할 정도로 상황은 극도로 좋지 않았다.

"형나라에서 기별이 왔었네."

혹시나 하던 정명의 눈빛이 이내 실망감으로 바뀌었다.

"난 또……."

"아니야. 그 정도가 아닐세. 이미 군대를 편성해서 이동을 했다는군. 이번에는 자태령 쪽에 모인 모양이야. 출동 준비까지 마쳤지."

"자태령이요? 거기가 어딘데요?"

정명으로서는 처음 들어보는 지명이었다.

"산서지방에서는 소백령을 자태령이라고 한다더군."

"왜요, 아예 자태령을 넘어서 팽나라 영토로 침공하고 있다고 하시지요?"

정명은 한층 삐딱하게 나갔다. 물론 상관장용의 진심을 진정으로 모르는 바는 아니었다. 산동과 산서지방의 세 갈래 통로 중 이곳 성하곡은 가장 북쪽이었다. 지금 자신들의 군대가 지키고 있는 곳이었다. 그리고 가장 남쪽의 통로에 해당하는 중중령은 어쩐지 지금은 핵심에서 벗어나 있었다. 그렇게 되면 남아 있는 통로는 자태령뿐이었다. 자태령은 지형적으로 제법 효과가 있었다. 만약 형나라가 자태령을 통해서 침공한 다면 팽나라의 수도 청도가 곧바로 위협이 될 수 있었다.

어쩌면 이것으로 당백보의 중왕을 완전하게 제압할 수 있었다. 중왕은 용장이라기보다는 지장에 가까웠다. 그런 만큼 청도를 뒤에 두고 감히 성하곡으로 쳐들어올 뱃심을 가진 것 같지는 않았다.

"사흘, 기껏해야 사흘이네."

상관장용은 쑥스러운 듯 정명에게 말했다. 하긴 상관장용이 억지를 쓴 것은 아니었다. 이게 다 지민의 똥고집에서 비롯되었다. 정명도 모르지는 않았다. 거꾸로 말해서 오히려 이런 지민을 군주로 모시고 있기에 취약한 기반의 통유에서 기적적으로 신한성은 잘 버티고 있는 것인지도 몰랐다.

상관장용도 은밀하게 무던히도 애를 썼다. 오히려 형나라의 정벌이라는 팽나라의 명분을 정면으로 거부하고 있는 성하곡이었다. 그래서 외교 사절이다 뭐다 해서 중뿔나게 형나라를 드나든 모양이었다. 그렇게 애쓴 결과가 바야흐로 효과를 발휘하기 시작하고 있었다. 그러나 문제의 본질은 형나라의 견제가 아니었다. 바로 무주공산의 신한성과 칠갑산, 그리고 독산의 정진갑이 바로 문제의 핵심이었다.

"지금 사흘이라는 시간이 문제가 아니지 않습니까? 그런다고 문제가 근본적으로 해결되지는 않아요. 두고 보세요. 우리 성주님은 완전히 문제가 해결될 때까지 절대 움직이지 않아요. 설혹 우리가 멸망을 하더라도요."

"하긴 사흘 가지고는 택도 없겠지. 조화 상인들이 어떤 놈들인데, 뒷공작 분야라면 그놈들도 결코 만만치는 않지."

정명은 말없이 고개를 끄덕여 상관장용에게 수긍했다. 상관장용도 여간은 아니라서 형세 판단을 정확하게 하고 있었다.

아마도 조화는 중왕의 뒷조정을 하고 있을 것이다. 중왕이 당백보에 잠자코 머무르고 있다는 속셈, 생각해 보면 그것은 절묘한 묘책이었다. 신한성의 군사들을 꼼짝 못하게 묶어서 그들의 본거지 신한성을 공략한다는 것이다. 마침 공교롭게도 그들의 우방 정진갑과 장철영의 준동이 심상치 않았다. 만약 중왕이 그들만 단단하게 묶고 있어준다면……?

"자네 성주님은 그렇게 마냥 잠자코 있을 셈인가?"

지민의 입장에서는 확실히 무슨 수를 내야 하기는 했다. 정진갑과 장철영을 견제하기 위해서 어떻게 해서든지 수를 내야만 했다.

정명은 문득 구패와 요철상이 생각났다.

'그러고 보니 그 친구들이 칠갑산 무리와 무슨 인연이 있었다고 한 것 같은데……'

얼핏 들었지만 언젠가 그런 비슷한 말을 했던 것 같다. 기억이 확실치는 않았다. 물론 구패와 요철상이 세련된 외교관은 아니었다. 그러나 지금 이것저것 가릴 처지가 아니었다. 그들은 지금 신한성에 머물고 있었다. 아마도 기회가 있었다면 해넘이언덕 쪽에서 합류했을 것이다. 자신들만 빼놓는다고 여간 불만들이 아니었다.

"이봐, 정 대부."

상관장용이 뜬금없이 물어왔다.

"왜요?"

"자네 성주의 고집은 그렇다 하더라도, 내가 자네에게 그렇게 중요한 건가? 멸망을 각오할 정도로?"

정명은 상관장용의 대답에 맥이 다 풀렸다.

"그걸 몰라서 물어요? 그 오월미가 아니었다면 무령도 사람들은 종내에는 모두 굶어 죽고 말았다고요."

"그래서?"

"어르신이 아니라면 그저 시간 차이일 뿐이에요. 무령도 사람들하고 똑같은 신세나 마찬가지라고요. 그냥 똑같이 굶어 죽을 신세라고요. 아시겠어요?"

"나 땜에?"

상관장용은 어이없었다.

"네. 그러니까 무조건 어르신이 토지개혁을 해주셔야만 해요."

정명은 단호했다.

"왜?"

"말씀드렸잖아요. 우리 영토에서는 구조적으로 식량이 모자라요. 어르신이 도와주시지 않는다면 지금이 아니라도 조만간에 굶어 죽고 말 거예요. 기왕에 죽을 고생만 하다가 어차피 굶어 죽는 거 차라리 지금 멸망해 버려도 나쁘지는 않아요."

정명은 변제할 능력이 없는 채무자처럼 억지를 썼다. 상관 장용은 기가 막혔는지 할 말을 잃고 멍하니 정명을 쳐다보았다.

三. 뜻밖의 대모험

　남태령을 오르는 노년의 사내가 있었다. 겉보기에는 기골이
허약한 것이 군인은 아니었다. 완연하게 학자풍의 분위기가
얼핏 보였다. 여정은 신한성에서부터 출발한 것 같은데 그것
은 쉽게 짐작이 되질 않았다.

　신한성의 사정을 잘 아는 사람이라면 고개를 갸웃했을 것이
다. 신한성에는 외모만으로도 학자풍이 느껴지는 노년 사내는
드물었다. 학식이 제법 있는 자로는 남부 출신의 하성택이 있
었지만 그의 외모도 학자의 풍모에는 어울리지 않았다. 고개
를 오르고 있는 사내의 복장은 검소하였다. 게다가 장사치도
아닌 것 같았다. 이런 검소한 복장이라면 장사꾼은 아니었다.
또한 검소한 복장으로 미루어볼 때 역시 신한성 출신일 가능성이 농후했다.

결론적으로 그런 추리는 적중했다. 사내는 체력이 부치는 듯 남태령의 정상에 오르자 근처의 길가 바위 턱에 무너지듯 주저앉아서 땀을 닦았다.

"휴우! 과연 내가 잘할 수 있을까?"

사내가 땀을 닦아내며 중얼거렸다. 석 날 선에 이미 이 고개를 올라본 경험이 있다. 그는 신한성 유일의 학자 한성웅이었다. 한성웅은 근심이 깊었다. 아무리 생각해 봐도 지금의 이 사태가 믿어지지 않았다. 물론 국가의 중대사였다. 그러나 이런 성격의 임무라면 자신이 판단하기에도 자신에게는 문외한에 가까운 분야의 임무에 해당했다.

한성웅은 본래부터 무한의 성 출신이 아니었다. 어쩌면 무한의 성과는 전혀 연이 닿지 않은, 머나먼 하양반도의 남쪽 구석 출신이었다. 그런 한성웅이 이리족의 전승전 밀수 사건에 연루되면서 무한 성과의 인연이 생겼다.

그도 한때 고향에서는 제법 학식이 있다고 정평이 나 있는 전도양양한 학자였다. 탐욕이었다. 새말 용병단 누군가의 꼬임에 넘어가 북쪽의 황산 국경지대까지 빠져들었고, 하마터면 붉은 이리족의 꼭두각시가 될 뻔했다. 그때 무한의 성 성주인 지민에게 구출되어서 엎어진 김에 쉬어간다고, 고향으로 돌아가지 못하고 신한성에 합류하였다.

지금은 중대한 임무를 띠고 일휘국의 수도 하지성에 가는 길이었다. 얼마 전까지만 해도 정말 상상도 못하던 일이다. 어제 한성웅의 집무실로 지화가 찾아왔고, 그의 임무는 그렇게 시작되었다.

"한 내무관님!"

집무실에서 한창 사무를 열중하고 있는데 대제사장의 시동 지화가 그를 찾아왔다. 지화가 한성웅을 방문한 것은 그리 드물지 않았다. 제사장 석진화가 성내로 들어온 뒤 아무래도 한성웅과 왕래가 잦았다. 대제사장은 일단 업무 파악을 위해서라기보다는 행정 일로 한성웅과 업무상 불가분의 관계가 있었다.

이제까지 통유에 내려와서 성 밖의 행정에 대해서는 거의 여유가 나지를 않던 신한성의 수뇌부였다. 인원도 인원이려니와 자금과 능력도 되지 않았다. 그러던 것이 시간이 점점 흐르고 복속되는 영토가 늘어나자 관리가 필연적으로 뒤따르게 되었다.

수뇌부는 다급하게 되었다. 지역은 확장되고 보살펴야 할 주민도 늘어갔다. 때마침 석진화가 합류하면서 그 다급한 위기를 막아주었다. 석진화의 입장에서도, 종교적 차원에서 지역 행정을 정비해야 할 필요성이 불가피했고, 그나마 갖춰진 기존의 천유신당의 포교 체계가 행정 조직을 대신하게 되었다. 양쪽의 필요성으로 인해서 천유신당의 포교 체계를 그대로 행정 체계로 용인하게 된 것이다.

이렇게 성 밖의 행정 조직이 존재하게 되자 성내에서의 중앙 지원은 더 이상 늦출 수 없게 되었고, 중앙 지휘부의 행정 업무가 필요해졌다. 일단 행정부의 책임자는 대부 정명이 되었지만 그 휘하의 인재가 문제였다. 당연히 지휘부라면 그녀의 기사단 단원 중에 누군가가 맡아야 했다. 그러나 군사 문제라면 몰라도 행정에 관해서는 문외한들이었다. 그들은 경영 경험조차 없는 용병들이었다.

약간이라도 일을 해본 경험이 있는 인재를 찾아보니 하상택과 한성웅이 전부였다. 일찍이 상업에 종사했던 하성택이 재무를 맡았고, 외교나 정치에 관해서는 이미 무한의 성에서 행정 일을 맡아본 적이 있는 한성웅이 맡았다.

성 주민들은 특별히 정해진 공식적인 직책도 없는 그들을 그냥 행정관이라고 불렀다. 특히 행정관들을 구분할 필요가 있을 시에는 하상택을 재무관, 한성웅을 내무관이라고 호칭했다.

그런 전차로 석진화의 시동인 지화와 한성웅은 행정 업무를 논의하기 위해서 거의 같은 부서의 동료처럼 지내야 할 지경이었다. 바꿔 말해서 대제사장 석진화가 행정관 한성웅의 직속상관이라 주장한다면 이제 와서 뭐라고 이의를 제기한다 해도 그럴 만한 사람조차 없게 되었다.

"오, 지화 왔구나."

성내에서 지화에게 스스럼없이 하대를 하는 사람도 한성웅밖에 없었다.

"별일 없지요?"

예쁘게 미소를 지으며 지화가 말했다. 한성웅은 그때까지만 해도 으레 업무상 협조에 관한 방문이겠거니 하고 짐작했다.

"뭘, 어제도 봤으면서⋯⋯. 그사이 무슨 일이야 있겠어? 그래, 상두촌 인구 집계 때문에 왔구먼. 역시 계산에 약간 착오가 있었겠지?"

꼼꼼한 한성웅이 겸손을 떨었지만 의외로 지화는 다른 용무였다.

"아니요. 여전히 바쁘시네요. 하지만 그 바쁜 행정 일은 잠시 접어두시구요."

"응?"

"제사장님이 한 내무관님을 뵙자고 하시네요."

"제사장님이? 나를?"

한성웅은 손가락으로 자신을 가리키며 지화에게 다시 다짐을 받았다. 그러니 저러니 해도 신한성의 대제사장이었다. 한성웅이 직접 독대를 해도 좋을 만한 수준의 직위가 아니었다. 지금처럼 지화가 중간에 연락을 주고받으며 연결해 주는 방식으로 일을 해왔다.

"예, 틀림없이 대제사장님이 한 내무관님을 지목해서 명하셨어요."

"으음, 무슨 일이실까?"

한성웅으로서는 가슴이 털컹 내려앉았고, 일이 궁금해졌다. 이제까지 일을 해나가는 성향을 보면 대제사장 석진화는 거침이 없었다. 석진화가 한성웅을 직접 불렀다는 것은 필시 국가 대사에 관한 중요한 업무임이 틀림없었다. 지금까지 그랬기 때문이다.

"저도 모르겠는데요."

지화만 쳐다보고 있으니 정말로 안타깝다는 듯 지화가 고개를 설레설레 저었다. 그 표정만은 정말 여자처럼 고왔다.

"정말 짐작 가는 것도 없어?"

한성웅이 끈질기게 물고 늘어지자 할 수 없다는 듯 지화가 암시를 주었다. 관례적으로 석진화는 많이 앞서 나갔다. 한성웅이 석진화의 말뜻조차 못 알아듣는 경우가 왕왕 있었다. 이런 둘 사이의 오해가 없도록 그 틈을 연결해 주는 역할을 지화가 맡아오고 있었다. 이번에도 역시 지화가 한성웅의 기대를 저버리지 않았다.

"일전에 하지성에 가셨던 적이 있다면서요?"

"그랬지. 성주님을 모시고 하지성 왕궁에 갔었지."

"왕궁까지요? 와아, 대단하시네요."

지화는 놀랍다는 듯이 법석을 떨었다.

"대단할 것까지야……. 하지만 그 당시에는 외교 일을 맡을 사람이 나밖에는 없었으니까 도리가 없었지."

한성웅은 겸연쩍어했고, 지화는 아랑곳도 하지 않았다.

"우와. 외교 일까지! 정말 대단해요!"

급기야 지화의 감탄은 극에 달했다. 하지만 한성웅으로서는 그의 감탄에 민망하여 빠져나갈 곳이 없는 곤경에 빠졌다. 물론 한성웅 같은 평민 신분으로 일휘국의 왕궁에 들어간다는 것은 분명 출세이기는 했다. 하지만 거기에는 그만한 사정이 있었다.

딱히 한성웅을 대신할 만한 인물이 없었기 때문이다. 어찌 보면 한심한 일이기는 하지만 어쩌다가 밀수 사건이 원인이 되어 무한의 성과 일휘국의 영토 교환에 대한 중대한 외교 협상으로 발전하고 말았다. 그 당시에는 무한의 성에 딱히 일을 맡을 만한 인물이 없었고, 때마침 한성웅이 무한의 성에 머물고 있었다.

이것저것 가릴 여지가 없었다. 그나마 무한의 성에는 외교 절차와 예의범절을 알고 있는 사람은 한성웅이 유일했다. 누군가는 일을 맡아야만 했고, 무한에서 통유로의 영토 교환이라는 일의 업무 진행을 맡아야 했다. 그래서 당시 울며 겨자 먹기로 한성웅이 일휘국과 무한의 성 간의 외교 절차와 업무를 도맡아야만 했다.

"그래서 그때 일휘국왕 배웅의 얼굴도 보았나요?"

"허허, 보기는 봤지. 그냥 먼발치에서 용안을 얼핏 뵌 것뿐이지만……."

"아마 그것 때문에 대제사장님이 한 내무관님을 뵙자고 하신 걸 거예요."

"뭐어? 하지만 그냥 먼발치에서밖에는……."

"그것만 해도 어디에요? 그거면 충분해요. 일단 대제사장님부터 만나보시고, 신전으로 가시자고요."

그렇게 지화가 한성웅의 소맷자락을 잡아끌었고, 일이 어떻게 돌아가는지도 모르는 한성웅으로서는 그런 사소한 경험 때문에 일이 벌이지고 만 것이다.

'아아, 대제사장님은 정말……!'
한성웅은 절망적인 표정이 되어 고개를 설레설레 저었다. 남태령의 고갯마루에서 길옆의 바위 턱에 앉아서 땀을 식히다 보니 한성웅은 자신이 앉아 있는 바위가 마치 자신의 머리 위에서 내리누르는 듯한 부담감을 떨쳐 버릴 수 없었다.

점잖은 평소의 태도에 맞지 않게 정말 머리카락이라도 쥐어뜯고 싶은 심정이었다. 대제사장 석진화는 정말 예측하기 힘들 정도로 모든 면에서 거침이 없고 대담하다고밖에는 더 이상 할 말이 없었다.

'어떻게 이런 일이……. 평생을 전쟁이라고는 담을 쌓고 지내온, 한낱 글쟁이일 뿐인 나 같은 사람이 어쩌다가 이런 엄청난 일을 떠맡게 되었누!'

생각하면 할수록 정말 엄청난 일이었다. 한성웅은 아무리 생각해도 엄두가 나지를 않았다.

한성웅은 자신도 모르게 주먹을 불끈 쥐었다. 그러나 해야만 한다. 그가 하지 않으면 할 사람도 없고, 그가 가만히 앉아 있었다가는 신한성의 멸망은 불 보듯 뻔했다. 어쨌든 해야 했다. 밑져야 본전이라는 심정으로 한성웅은 석진화가 맡긴 계책을 수락한 것이다.

'그 친구들도 출발했겠군. 잘할 수 있을까? 아무렴 나보다 야 낫겠지.'

한성웅의 심각한 표정에도 어느새 웃음꽃이 피어올랐다. 출발은 같았지만 행선지가 다른 구패와 요철상이 생각났다. 그 친구들을 생각만 해도 웃음부터 나왔다. 임무를 수락한 것도 모두가 구패와 요철상 때문이었다. 분위기에 휩쓸리다 보니 '어어' 하는 사이에 어느새 임무를 수락하고 있는 자신을 발견하게 되었다.

석진화에게 같은 사건의 다른 부분에 관한 임무를 부여받은 구패와 요철상이었다. 한성웅과는 달리 자신감이 넘쳤다. 그들은 흔쾌히 임무를 수락했다.

"왕년에 장철영이가 새말의 북문 바닥에서 우리한테 잠깐 의탁했었지."

구패가 거드름을 피웠다.

"야, 인마, 그게 왜 너한테 의탁한 거냐?"

그의 단짝 요철상이 강력하게 항의를 했다.

"인마, 그때 새말 북문 거리면 너랑 내가 둘이서 반으로 나눴잖아. 그게 그거지 무슨 상관이냐."

어쩐지 구패의 기세가 위축되었다.

"이 자식, 어떻게 그게 그거야. 북문 거리는 둘이 나눠 가졌지만 그때 장철영이가 의탁한 곳은 엄연히 내 관할이고, 걔는 그전부터 내 친구란 말이야."

요철상의 기세는 갈수록 높아졌다.

"누가 뭐래나. 어쨌거나 거기서 나랑 장철영이랑 안면 텄잖아. 그리고 걔는 어쩐지 나랑 죽이 잘 맞지 않았냐?"

구패가 요철상을 구슬리는 듯 점잖게 나가자 잔머리의 요철상도 더 이상 버텨봐야 이익도 없다는 듯 맞장구를 쳐주었다.

"하긴 이상하게 너랑 그 녀석이랑 사이가 좋았지."

"암튼 우리한테 맡겨줘. 칠갑산 패거리들을 살살 잘 구슬려 놓을게."

'암만, 그때 그 처량 맞은 신세를 벌써 잊어버렸을 장철영이도 아니지. 모르긴 해도 우리가 부탁한다면 간이랑 쓸개라도 내줄 거야. "

그렇게 구패와 요철상은 임무 성공을 장담하며 칠갑산으로 떠났다.

"휴우, 나도 이러고 있을 때가 아니지. 서둘러야겠다."

한성웅은 자리를 털고 일어났다. 짧은 시간이라도 시간은 흘러간다. 그냥 아쉬운 시간만 낭비하는 것이다. 남태령에서 하지성까지는 넉넉잡아 이틀 길이었다. 한성웅은 무리가 되더라도 밤을 낮 삼아 여정을 단축하고 싶었다.

"서두른다면 하루 길이면 되려나?"

그렇게 크게 한숨 쉬고 여행을 계속했다. 우연찮게 무한의 성 주민이 되었으나 성주 지민에 대한 충성만은 누구에게도 지고 싶지 않은 한성웅이었다. 목숨이 열 개라면 열 개 모두 주저없이 바칠 충성심 하나만큼은 누구에게 지지 않은 충절의 사내였다. 신한성주 지민을 위해서 맡은 임무였다. 죽어서라도 반드시 임무를 완수해야만 했다.

열렬한 충성심이 일흔의 노령임에도 불구하고 한성웅을 하루 만에 하지성 앞의 맹악산에 당도하게 했다.

"좋구나. 우리 신한성에 비할 바가 아니네."

산턱에 이르자 하지성의 웅장한 성채가 한눈에 드러났다. 한성웅의 감탄도 그럴 만한 것이, 신한성은 지형지세를 따질 수도 없는 상황이었고, 일휘국왕 배웅의 하지성은 하양반도 중부지방을 통틀어서 가장 좋은 지형지세를 골라잡을 수 있었다.

게다가 세월이 흘러감에 따라 이제는 얼핏 대도시의 연륜이 더해지니 신성의 산뜻함과 은연중의 고색창연함까지 깃들어 있었다. 한성웅이 당도한 곳은 남문이었다. 남쪽에 위치한 신한성에서 직선거리를 주파했으니 남문이 당연했다.

'흠, 애초에 북문으로 갔어야 하는 것을……'

한성웅에게 하지성의 남문은 초행길인 셈이었다. 지리적으로 낯설어 걱정이 되었다. 하지만 이런저런 이유로 시간을 낭비하기는 꺼려졌다. 한성웅이 스스로의 담이 적음을 극복하고 하지성의 남문을 통과하여 들어간 때는 지민군이 모성천의 북쪽 강변에 주둔한 지 이미 엿새가 지나고 있었고, 한성웅 자신이 신한성의 북문을 나선 지 꼭 하루 만의 일이었다.

'흠, 다행스럽게도 생각보다 복잡하지는 않군.'

한성웅은 자신의 도박이 크게 실패하지 않았음을 깨달았다. 원래 허허벌판이던 곳에 미리 계획을 세워서 건설한 성이다. 그래서 사대문 각각의 대로가 곧게 뻗어 교통이 잘 정비되어 있었다. 어리짐작으로 길을 잃어버릴 염려는 없었다. 잘하면 어렵지 않게 목적한 곳을 찾을 수도 있을 것 같았다.

'그래도 북문에서 시작해야겠지.'

꼼꼼하고 겁이 많은 한성웅은 그래도 이미 가본 적이 있는 북문 부근에서부터 다시 길 찾기를 시작하고 싶었다. 비록 시간은 약간 낭비였지만 북문으로부터 길을 잃은 염려에 의한 시간의 절약도 있을 것이라 계산했다. 남문에서 북문까지는 직선상의 대로가 뚫려 있었다. 반드시 끝까지 가지 않아도 북문의 위치만 짐작할 수 있으면 비교적 안전한 목표 지점 찾기가 되는 셈이다.

머지않아 대로 앞으로 북문으로 짐작되는 큰 대문이 보였다. 남문을 통과한 지 반나절도 지나지 않았으니 예상보다 시간을 허비하지는 않았다. 한성웅은 북문의 위치를 확인한 다음 어림짐작으로 다시 골목들을 두리번거리며 길을 걸었다.

'그래, 이곳 근처였어.'

거리가 낯익었다. 다행히 그동안 거리 풍경이 많이 변하지는 않았다. 하긴 지난번 방문 이후로 넉 달이 채 되지 않았고 기억력도 아직 흐려지지 않았다. 한성웅은 곧장 자신의 목표 지점을 확인하고 낯익은 작은 가옥까지 갔다. 전에 와본 적이 있는 집이다.

"계십니까?"

대문 앞에 이르러 조심스럽게 문을 두드렸다. 너무 조심스러웠는지 한참을 기다려도 집 안에서는 아무런 기척이 없었다. 한성웅은 다시 뱃심을 키워서 소리를 조금 높였다.

"계십니까?"

혹시나 그동안 이사를 갔거나 신상의 중대 변화가 없다면 이 집은 바로 주영신의 집일 것이다. 한성웅은 거의 확실하다고 생각했다. 자신이 목표했던 위치와 일치되는 지점이었고, 먼저 방문하고 나서 불과 서너 달밖에는 시간이 경과하지 않았다. 그사이에 무슨 변고가 없었다면 말이다. 과연 한성웅의 기대는 크게 어긋나지 않았다. 안에서 낯익은 음성이 들려왔다. 중년사내의 목소리는 주영신의 음성과 비슷했다.

"누구시오?"

"여기가 주영신 대인의 집이 아닙니까?"

한성웅의 물음에 잠시 후 대문이 벌컥 열렸다. 제대로 찾아온 것이다. 주영신의 얼굴이 대문 안에서 나타났다.

"아니, 한 총사님이 아니십니까?"

"아아, 주 대인."

주인과 객이 반갑게 서로의 손을 맞잡았다.

주영신이 대인이라서 대인이라 칭하는 것은 아니었고, 마찬가지로 한성웅이 총사라서 총사라고 칭한 것은 아니었다.

일전에 한성웅이 외교 사절로서 회담 준비차 하지성에 방문했을 때, 바로 그가 주로 상대를 했던 일휘국의 외무부 관리, 아니, 정확하게는 관리라고 부르기도 과분한 삼급의 말단 관리였다. 당시 한성웅도 관리는커녕 그냥 심부름꾼 격이었기에 할 수 없이 그와 격이 맞도록 상대로 정해진, 아니, 그렇게 급소된 인물이 바로 주영신이었다.

"어인 일로 이곳 하지성까지……?"

주영신은 어리둥절했다. 주영신 쪽의 이런 반응이 당연한 것은 한성웅의 방문이 공식적인 외교 업무라면 당연히 상부에서 사전의 지시가 있었을 터이다. 사전 지시가 없었던 것은 한성웅의 방문이 공식적인 외교 임무에 의한 것이 아니기 때문이었다.

"예, 주 형에게 긴히 상의할 것이 있어서……."

"예? 외교적인 일이라면……?"

"그게 아니라 외교적인 일이기 이전에 주 형과 사적인 상담이 필요합니다."

한성웅의 얼굴이 자기도 모르게 굳어졌다. 비로소 한성웅의 낯빛을 살핀 주영신은 그의 태도가 심상치 않음을 알게 되었다.

"예서 이럴 것이 아니라 우선 안으로……."

먼저 주영신은 한성웅의 의도를 탐색하였다. 한성웅도 당연히 거부할 뜻은 없었다.

주영신이 한성웅을 집 안으로 안내했다.

잠시 후 간단한 다례가 준비되고, 한성웅은 지체없이 상담에 돌입하였다. 한성웅으로서는 공연히 탐색에 낭비할 시간적 여유가 없었다.

임무는 한성웅의 관점에서 보면 완전히 '미친 짓'이었다. 그것도 정상적인 생각으로는 할 수 없는 임무였다. 그러나 반드시 해야만 했다.

고지식한 한성웅은 그렇게 마음을 정했다. 어찌 되었든 무조건 해내야 할 일이다. 아니면 우리는 죽는다. 이 임무를 수행함에 있어서 죽음보다 더한 일이 어디 있겠는가. 설령 잘못돼서 죽는다고 해도 그래 봤자 본전이다. 이런 심정이었다.

그래서 소심한 한성웅의 '미친 짓'이, 아니, 대모험이 시작되었다. 그 후로는 그냥 귀신에 씌었다고밖에는 생각할 수 없었다. 한동안 무엇인가에 미쳐 있던 한성웅이다. 무언가 귀신에 씌인 것처럼 미쳐 돌아가는 한성웅의, 평소의 한성웅 같으면 도저히 해낼 수 없는, 한성웅이라고는 믿어지지 않는 대활약이 시작되었다.

한편, 주영신의 입장에서 한성웅은 어떻게 보면 자신에게 대은인과 같은 인물이라고 할 수도 있었다.

처음 무한의 성주 지민이 하지성에 왔을 때, 주영신은 그야말로 말단 관리에서도 못 미치는 그저 평민에 가까운 신분이었다. 외교상의 의전 형식의 체면을 중시하는—당시 무한의 성 사람들은 그런 개념은 존재하지도 않았다—일휘성 관료들의 무한의 성 업무 상대로는 한성웅밖에 없었다.

사전 준비 업무를 위해서 가장 먼저 하지성 내로 들어온 인물은 한성웅 외에 다른 사람이 없었기 때문이다. 때문에 급조해서 한성웅을 상대하게 한, 이를테면 업무 협조를 위해 선발된 인물이 바로 주영신이었다.

속사정을 들여다보면 한성웅도 겨우 평민의 신분에 지나지 않았지만 당시 무한의 성에서 의전 형식과 예의범절을 아는 인물은 정명을 제외한다면 한성웅이 유일했다. 다시 말해서 겉으로는 평민이었지만 실제로는 외교 협상 면에서 무한의 성 측에서 거의 절대권자에 가까운 결정권자인 셈이었다.

일이 진행되고, 그 내용에 따라서 자연스레 한성웅의 위치가 격상되었고, 주영신의 지위도 올라갔다. 한성웅과 주영신은 둘 다 합리적이면서도 책임감도 강한 사람들이었다. 게다가 당시의 지위에 맞게 굳이 체면과 형식을 따지지 않았고, 일의 실질적인 면에 중점을 두는 편이었다.

일이 순조롭게 진행될수록 양쪽은 모두 호감을 가지고 존경심마저 품게 되었다. 게다가 일휘국의 관료들이 보기에도 입이 떡 벌어질 정도로 중대하고 예민한 주요 사안들조차 척척 진행이 잘되어 나갔다. 이것은 열 명 이상의 관료가 처리해도 벅찰 정도의 업무량이었다.

외교 협상에서 두 사람의 중요성은 점차 증대되었고, 결과적으로 극도의 난관이 예상되던 영토 교환의 협상에서도 예상보다 훨씬 큰 공을 세우게 되었다. 어쩌면 회담의 주역은 한성웅과 주영신이라고 해도 무방할 정도였다.

그 일은 주영신에게 인생의 일대 전환기가 되었고, 그런 측면에서 한성웅에게 큰 은혜를 받았다고 주영신이 생각하게 된 것도 무리는 아니었다.

"주 형."

"말씀하십시오."

두 사람의 상담 분위기는 기본적으로 호의를 바탕으로 삼고 있었다. 특히 주영신은 가능하다면 한성웅에게 도움이 되고 싶었다. 이러한 저간의 사정을 한성웅도 모르는 바는 아니라서 임무 완수를 위해서 제일 먼저 주영신을 찾아오게 된 것이다.

"하실 말씀이 있으면 기탄없이 말씀해 주십시오."

한성웅이 어디서부터 말을 꺼내야 할지 망설였다. 반면에 주영신은 노골적으로 호의를 내보이며 한성웅을 재촉했다.

"사실은 신한성에서 곤란한 일이 있어서 이렇게 주 형을 찾아뵙게 되었습니다."

한성웅이 어렵게 말머리를 꺼내자 주영신이 요령있게 대화를 풀어나갔다.

"흠, 듣자 하니 신한성이 급박하게 돌아가는 것 같던데 역시 저희 나라와 무슨 협상할 일이라도 있는 게지요?"

주영신은 한성웅과 외교적인 일로 만났었기에 역시 그에 관한 일이려니 짐작했다.

"아닙니다. 굳이 말하자면 개인적인 일입니다."

"예? 하오시면 한 총사님의 개인사로 그렇게 먼 신한성에서 저희 하지성까지 일부러 방문하게 되었다는 겁니까?"

"아닙니다. 개인적인 일이라기보다는 역시 외교적인 일입니다."

"그래요? 그렇지만 저희 부서에서는 그런 사전 지시는 없었는데……."

"그러실 겁니다. 양국 간에 공식적으로 문서가 오가는 것과는 다른 지극히 비공식적인 일로 하지성에 오게 된 거니까요."

한성웅이 염려한 것과는 달리 대화는 원하던 방향으로 가고 있었다.

"하오시면 제가 알아서는 곤란한 일인 것 같군요."

"아닙니다. 실은 주 대인께 긴히 부탁할 일이 있어서……."

"하하, 그런 것이라면 어서 말씀해 주십시오. 한 총사님께 제가 도움이 될 수 있는 일이 생긴다면 그것이야말로 제가 원하던 것입니다. 제가 기꺼이 도와드리겠습니다. 자아, 무슨 일 때문에 그러십니까? 어서 말씀해 주십시오."

주영신은 얼굴까지 활짝 밝아지며 반색을 했다. 한성웅은 어려운 부탁이라는 암시를 표정에 내보이고 있었지만 아랑곳하지 않았다.

"옛정을 잊지 않고 계시니 정말 고맙습니다."

"원, 천만에요. 그래, 무슨 일입니까?"

한성웅은 진지하고 엄숙하게 자세를 바로 하며 숨을 크게 들이마셨다. 바야흐로 본격적인 임무가 시작되고 있었다.

"저… 오해하지는 말아주십시오. 저는 지금 미친 것도, 지나치게 흥분한 것도 아닙니다. 저는 지금 정상적이고 침착하고 정신이 맑은 상태입니다. 말하자면 여정 때문에 피곤하거나 그런 상태가 아니라는 겁니다. 그러니까 지금 저는 지극히 멀쩡하다는 것을 주 대인께서도 알아주셨으면 합니다."

어디를 가나 인간은 자신의 본성을 숨길 수는 없다. 본론에 앞서 소심한 한성웅이 잔뜩 변명부터 늘어놓았다.

"허허, 이거 무엇 때문에 그러시는지 제가 다 궁금해지는군요. 걱정 마십시오. 제가 보기에도 총사님의 총기는 아주 맑아 보이고 표정도 멀쩡해 보입니다."

"개인적으로, 비공식적으로, 은밀하게……."

"예, 그리고요?"

"일휘국의 누군가를 만나고 싶은데 주 형께서 주선해 주셨으면 합니다."

"참으로 답답하십니다. 제가 아는 분이라면 그 누구라도 상관없습니다. 어느 분을 연결시켜 드릴까요?"

주영신은 돌아가신 부모님이라도 청한다면 기꺼이 연결해 줄 수 있다는 태세였다.

"귀국의 국왕님을 만나게 해주십시오."

"네?"

주영신은 한성웅의 총기에 대해서 다시 한 번 호기심을 가졌다. 그러나 그의 눈빛은 여전히 총총하였다. 절대로 비정상은 아닌 듯싶었고 표정도 멀쩡했다. 그의 눈빛은 총총하다 못해 형형하였다. 마치 광기에 휩쓸린 듯 이상한 열기가 느껴졌다.

그렇지만 한성웅의 말이 정녕 실감이 가질 않아서 주영신은 다시 확인하고자 했다.

"한 총사님께서 그러니까… 한 총사님이 방금 하신 말씀이 바로 그 일휘국의… 말하자면 그 국왕 폐하를……."

말을 더듬던 주영신이 침을 꿀꺽 삼키고는 말을 계속했다.

"만나게 해달라는… 그 말씀이지요?"

"바로 그렇습니다."

한성웅은 이제 주저하지도 않고 똑똑하게 대답했다. 주영신은 침을 꿀꺽 삼켰다. 분명히 미쳤거나 망령이 난 것 같지는 않았다. 그래서 주영신은 잠시 멍하니 한성웅을 바라보았다. 아무리 생각해도 한 가지 가능성밖에는 없었다.

"옳아. 소문에 의하면 크게 출세하셨다더니… 무슨 은밀하고 중대한 신한성주님의 밀명을 받고 이곳에 오신 게지요?"

"아닙니다."

"그러면요?"

"저는 승진도 안 했고, 지금의 상황대로라면 이렇다 할 내세울 만한 직위도 없습니다. 그러니까 비공식적인 신분으로 그저 일개 신한성의 주민으로서 귀국의 국왕님을 만나고자 합니다."

그토록 미련을 버리지 않던 주영신의 표정이 마침내 어두워졌다.

"한성웅 총사님이 이렇게 막무가내로 일을 처리하지는 않는 분이라 알고 있습니다. 예전의 회담 협조에서도 저는 한 총사님처럼 합리적이고 일의 처리가 명확한 분은 만나보지 못했습니다. 그런데 지금 총사님은… 지금 어떠한 경로를 통해서 저희 국왕님을 만나고자 하시는지 다시 한 번 확인코자 합니다."

주영신은 지극히 공식적인 어조로 물어왔고, 한성웅도 공식적인 말투로 대답했다.

"비공식적인 경로입니다."

"총사님!"

급기야 주영신의 끝까지 호의적이던 말투가 항의조로 변화했다. 그러나 한성웅의 말투에 흔들림은 없었다.

"주 대인, 저를 믿어주십시오. 저는 이번 일의 성사가 틀림없이 양국 모두에게 이익이 되는 일이라고 확신합니다."

한성웅은 정말 귀신이라도 쒼 듯이 까닭 모를 열기에 휩싸였다. 이와 같은 열기는 그가 하지성을 떠나갈 때까지 계속되었다. 한성웅은 일이 어떻게 흘러가는지도 모르게 귀신에 홀린 듯 일을 강행해 나갔다. 어찌 보면 막무가내였다.

"이유는 말씀드릴 수 없습니다. 단지 저를 믿어달라는 말씀을 드리겠습니다."

한성웅은 반복해서 자신을 믿어달라고만 할 뿐이었다. 주영신으로서는 딱 부러지게 말해서 확실하게 불가능한 일이었다.

그런데 이상하게도 한성웅의 열기가 묘했다. 물론 일전의 영토 교환 때만 해도 그랬다.

아무것도 할 줄 아는 것이 없어 보이던 한성웅은 양국의 복잡하고 이해가 상충되는 어려운 일도 척척 해결해 나갔다. 그리고 결국 양국의 영토 교환을 성사시켰다. 물론 양국 수뇌부가 한 일이었지만 그늘이 모르는 물밑의 복잡한 바탕을 거의 혼자서 떠맡다시피 일을 처리한 인물이 바로 한성웅이었다. 덕분에 가망이 없던 주영신의 인생에 출세의 기회를 얻게 되었다.

주영신은 아직도 그때를 잊지 않았고, 그런 까닭으로 한성웅의 기이한 열기는 주영신에게 온전히 전달되어 왔다. 그러니까 일은 소심한 한성웅이 맡고 정작 일의 진행은 주영신이 떠맡았다고나 할까. 그렇게 일견 불가능해 보이던 일이 진행되었다.

먼저 주영신은 자신의 인맥을 총동원하였다. 처음에는 그에게 만만한 인물들부터 찾아보았다. 주영신의 주변 인물이라고 해서 크게 달라질 것은 없었다. 주영신은 일휘국 외무부의 말단 관리가 고작이었다. 게다가 주변의 기준으로는 이른바 벼락출세라고 할 수 있었다. 그런 그에게 특별한 인맥이 있을 리가 없었다. 그가 교섭하고 부탁하는 인물들은 하나같이 득이 되지 않았다. 오히려 그의 능력을 의심하는 불이익까지 생겼다.

"그래도 해봅시다. 일만 성사된다면 모든 부덕은 모두 인덕으로 바뀔 거요. 그것은 내가 보장하리다."

일의 부작용으로 주영신이 일휘국의 외교통에서 고립되기 시작하자 한성웅은 평소의 그답지 않게 강력하게 밀어붙였다. 그리고 필사적이었다. 결국 주영신은 다시 한 번 용기를 내서 시도해 보았다.

이렇게 안 가본 곳이 없이 헤매고 다닐 때, 이리저리 싸돌아다니면 평소에 안 만나던 사람도 만나게 되기 마련이다. 고택영은 주영신에게 있어 그런 분류에 속하는 인물이었다. 그런 고택영까지 만나게 되었다.

업무 분야상으로 거의 관계가 없어서 얼굴 볼 일이 없는 사이였다. 굳이 한성웅의 일휘국왕의 알현에 관한 일과 관계를 맺는다면 권력 구조에 있어서 과정상 중간에 만나게 되는 중간 점쯤에 해당하는 인물이었다. 즉, 권력자와 그 끈을 이으려는 출세 지향자들의 중간 점이었다. 고택영이 가지는 권력 구조의 끝에는 병무대신 양중표가 있었다.

양중표는 권력 구조상 일휘국의 이인자였다. 국왕 배웅을 제외한다면 권력 구조상의 종점에 해당했다. 그러나 양중표와의 거리는 천당과 지옥처럼 멀어서 그를 직접 만나는 일은 그야말로 꿈에서나 가능한 일이었다.

"무슨 일이야?"

고택영은 주영신을 만나자마자 다짜고짜 물었다.

"예? 그렇게 밑도 끝도 물어오시면……."

"아예 외무부를 들쑤시고 다니더군. 요즘 그렇게 많은 사람

들을 만나고 다닌다면서? 자네도 알고 있겠지? 그래도 이 계통
에서 높은 사람 만나는 일을 주선하는 일이라면 그 분야에선
나도 꽤나 알아주는 사람이라고."

고택영은 그렇게 너스레를 떨었다. 주영신은 잠시 당황했
다. 평소의 사이대로라면 굳이 업무라고 해서 챙겨줄 상관은
아니있다. 오히려 귀찮다고 무시하는 것이 주영신의 업무 태
도였다. 그러나 생각해 보니 숨기고 자시고 할 만한 일도 아니
었다.

그래도 고택영이 자신보다는 발도 더 넓고 윗사람도 더 많
이 알고 있었다. 고택영의 입장에서는 주영신을 도와준다고
해서 크게 손해날 만한 일도 아니었다. 밑져야 본전이었다. 잘
하면 조금 더 윗선에 닿을 수도 있었다. 그때까지만 해도 감히
양중표까지 생각하고 있는 것은 아니었다.

"아, 예, 다름이 아니오라 신한성과 외교적인 협조 사안이
조금 있어서요."

주영신은 평소와는 달리 싹싹하게 보고의 형식을 취했다.
이런 자세는 오히려 고택영의 체면을 살려주는 쪽이었다.

"됐네, 됐어. 그렇게 딱딱하게 보고할 것까지야……."

고택영은 과장스럽게 손사래를 쳤다. 아니나 다를까, 고택
영은 주영신의 겸손으로 인해서 자신의 위치를 다시 확인하고
는 흡족해했다.

"병무대신께서 자네를 부르시더군."

고택영은 짐짓 아무 일도 아니라는 듯 말했다. 그러나 주영

신에게는 생각지도 못한 일이었다. 귀가 번쩍 틔었다.

"고 부장님, 뭐라고 말씀하셨습니까?"

"이 사람이… 아직도 창창한 나이에 벌써 귀가 어두워졌어? 병무대신님, 일휘국의 병무대신 양중표 대감님."

"무, 무슨 일로……?"

"낸들 아나. 미리 말씀이 계셨으니 가보면 알 수 있겠지. 지금 바쁜 건 아니지? 아무튼 개면통으로 가보게. 바쁘신 대감님께서 모처럼 만에 짬이 나셨지. 오늘 오후까지는 시간이 있으신 모양이야."

이렇게 해서 말단 외교 관리 주영신이 일휘국의 대단한 거물—공식적으로 병무대신 양중표는 나라의 이인자, 국왕 배웅 다음의 거물이었다—과 손이 닿게 된 것이다. 주영신이 한성웅에게 달려갔음은 당연했다.

"한 총사님!"

대문을 열자마자 한성웅부터 찾았다. 그렇지 않아도 주영신이 출근만 하면 그동안의 결과만을 목이 빠지게 기다리는 한성웅이었다. 그 즉시 주영신의 부름에 호응하였다.

"이제야 퇴근이십니까? 오늘도 고생하셨습니다."

인사부터 먼저 챙겼지만 한성웅도 주영신의 밝은 얼굴로부터 무언가 좋은 일이 생겼음을 예감하고 있었다.

"한 총사님, 됐습니다, 됐어요!"

사람 좋은 주영신은 마치 자기 일인 양 반갑게 한성웅의 손부터 맞잡았다.

"오늘은 무슨 소식이라도 가져오신 게로군요?"

"좋은 소식입니다. 제가 오늘 누구를 만났는지 아십니까? 아마 총사님도 놀라 자빠지실 겁니다."

"허허."

"놀라지 마십시오. 우연치 않게도 방금 전에 병무대신님을, 병무대신 양중표 대감님을 만나고 오는 길입니다."

한성웅도 뜻밖의 낭보에 귀를 의심했다.

"정말이십니까?"

주영신은 놀라지 말라고 했으나 한성웅은 짐짓 일부러 놀라는 시늉을 했다. 이렇게 되리라고는 생각지 못했던 일이 성사된 것이다.

'천유신당이 드디어 해냈구나!'

사실 한성웅이 정작 놀란 것은 주영신의 말이 아니라 신한성을 출발하기 전 장담했던 석진화의 말 때문이었다.

처음에는 석진화의 장담을 믿지 않았다. 석진화는 한성웅이 하지성에 도착해서 뒷공작을 벌이기 시작하면 십중팔구 양중표를 만나게 될 것이라고 장담했다. 그래서 한성웅은 하지성에도 그의 수하들을 뿌려놓았을 것이니 이곳에서 암약하던 천유신당의 첩자들이 무언가 뒷공작을 했으리라고 짐작했다. 그러나 다시 생각해 보니 석진화의 장담은 당연했다.

양중표는 이래 봬도 일국의 병무대신이었다. 절대로 호락호락한 사람이 아니었다. 주영신이 하지성의 외교통을 들쑤시고 다녔으니 그의 정보력에 비한다면 주영신의 뒤를 캐보는 것은

일도 아니니라. 이리 봐도 저리 봐도 지금 신한성과 일휘국의
외교적 핵심은 다름 아닌 바로 그 사람이었다.

"오늘 오후에 양중표 어르신을 만나고 왔습니다."

"그, 그래서요?"

한성웅은 침을 꿀꺽 삼켰다. 정녕 일이 그렇게 흘러가는 것
인가.

"사흘 후……."

주영신이 말꼬리를 끊었다. 급하게 달려왔는지 숨이 가쁜
모양이었다.

"만나자고 하십니까?"

주영신은 침을 삼키며 얼굴을 찡그리고는 고개를 서둘러서
끄덕였다.

"사흘 후에? 이 한성웅이를? 병무대신께서 만나자고 하신다
는 말씀이십니까?"

"예, 사흘 후. 개면통에서. 아시겠지만 개면통은 하지성의
남쪽 대로를 말합니다. 그곳에 병무부의 청사가 있지요."

주영신은 친절하게 한성웅에게 개면통이라는 지명까지 설
명해 주었다.

"정말이십니까?"

"틀림없습니다."

"애썼습니다, 주 형. 이 은혜, 정녕 잊지 않겠습니다."

한성웅은 예를 다해서 주영신에게 머리를 숙였다.

"뭘요. 저는 별로 한 게 없습니다. 사실은 저도 얼떨떨한

걸요."

주영신은 쑥스러워했다. 믿어지지 않는 듯했다. 사실 한성
웅도 일이 이렇게 쉽게 성사되었다는 게 믿어지지 않았다. 한
성웅은 자기도 모르게 주먹을 불끈 쥐었다.

'사흘 후로구나.'

사흘 후가 되면 신한성의 미래가 결정되는 것이다.

사흘이 지나자 한성웅은 신한성의 미래를 한 몸에 짊어지고
개면통으로 양중표를 만나러 갔다.

"병무대신님을 뵙습니다."

정작 이런 상황이 닥치면 긴장을 심하게 해서 정신을 잃어
버리지나 않을까 걱정했더니 막상 일이 닥치고 보니 의외로
차분해졌다. 한성웅의 소심함이 드디어 인내의 한계를 넘어버
리자 오히려 될 대로 되라 하는 자포자기와도 비슷한 심경이
되었다.

"그래, 그대가 바로 나를 찾았다는 신한성의 사신인가?"

양중표는 그렇게 험악한 인상은 아니었지만 일부러 고압적
인 인상을 내보였다. 현재의 만남은 일단 외교적인 입장이었
다. 이를테면 외교 협상이다. 노련한 외교 고수라면 시작부터
상대의 기선을 제압하고 상대의 혼을 빼놓은 후 다음으로 넘
어가는 것이 일을 수월하게 하기 위한 전형적인 술수였다.

또 양중표와 한성웅의 만남은 혼을 빼놓을 만하기에 충분한
상황이었다. 애초부터 서로 상대를 할 만한 직위가 아니었다.
그러나 한성웅은 결코 주눅이 들지 않았고, 혼이 나가지도 않

았다. 오히려 당차다면 당찬 기세였다.

"둘 다 아닙니다."

"뭐어? 둘이라니? 나는 한 가지만 말했는데 어떻게 둘로 변했단 말인가?"

오히려 기선을 제압하려던 양중표가 당황하기 시작했다.

"첫째는 바로 대신님을 뵙기를 청했다는 것이 아니라는 말씀입니다."

한성웅은 일견 건방져 보일 수도 있는 표정으로 위장했다.

"만나려는 자가 바로 내가 아니라고?"

"네."

초반 양상의 예상과는 정반대가 되어 기선을 제압당한 쪽은 양중표, 의기양양한 고자세는 한성웅 쪽이 되고 말았다. 기가 막혔는지 할 말을 잃은 양중표가 추궁할 것도 잊어버리고 습관적으로 본연의 목적으로 돌아갔다.

"아, 아니, 그건 그렇다 치고, 그 둘째는?"

"둘째는 소인이 바로 신한성의 사신이 아니라는 점입니다."

"뭐라고?"

이쯤 되니 양중표로서는 한성웅과의 만남이 완전히 목적을 상실한 채 일의 진행이 오리무중이 되고 말았다. 이로써 주도권은 완전히 한성웅에게 넘어갔다.

"나를 만나려는 것이 아니라고?"

"네."

"그런데 어이하여 여기까지 왔는가? 무엇 때문에?"

양중표는 호기심에 골몰하였고, 한성웅은 자못 오만하다고 할 정도로 태연해졌다.

"저는 하지성에서 정부의 높은 분을 만나고자 신한성에서 왔습니다."

"높은 분?"

"예."

"나 정도면 하지성에서 신분이 높지를 않다?"

양중표는 이제 어디까지 가는지 보자는 심정으로 손가락으로 자신의 몸을 가리켰다.

'설마' 했으나 '역시나' 였다.

"병부대신님보다 더 신분이 높으신 분을 뵙고자 합니다."

"설마 내가 누군지 모르고 있는 것은 아니겠지?"

시간이 흐르자 양중표는 점점 냉정함을 되찾았다. 그의 추궁은 마치 얼음장처럼 싸늘해졌다.

"네. 일휘국의 병무대신 양중표 대감님으로 알고 있습니다."

"혹시 잘 모르나 본데… 이곳 일휘국은 대외적으로 군사 강국을 표방하고 있지. 그 군사를 담당하는 사람이 바로 본관이라네."

"네, 감히 여쭙습니다. 소인은 감히 대감님께서 실질적인 일휘국의 이인자라고 생각하고 있사옵니다."

양중표는 어디 갈 데까지 가보자는 심정으로 한성웅을 몰아붙이다 보니 어느새 그 종착점에 도착했다. '설마' 에서 '역시나'로 바꿔서 이번에는 '혹시?' 라는 직감이 들어서게 된 그 종착점. 그 종착점을 양중표가 먼저 질문을 하고 말았다.

"그럼 그대는 본관이 이인자라는 점을 알고 있고?"

"네."

"한데 나보다 신분이 높은 분?"

"네."

"일인지상 만인지하의 이 양중표., 그보다 신분이 높은 분은 일휘국의 주인이신 폐하를 지칭하는 터?"

"네."

한성웅은 끝내 양중표의 압력에 굴복하지 않았다.

"네놈이 지금 지껄인 말은 정녕 한 치도 틀림이 없으렷다?"

양중표의 표정이 점차 엄중해졌다.

"소인은 한 자도 어긋남이 없이 일휘국의 국왕님을 알현하고자 양중표 병무대신님께 청을 올립니다."

한성웅은 태연자약했고, 드디어 참다못한 양중표가 폭발했다. 눈앞의 건방진 신한성 사자는 양중표가 생각하기에 정도가 지나쳤다.

"무슨 자격으로? 자네는 신한성의 사신은 아니라고 분명히 말했으렷다?"

"틀림없이 그렇게 말씀드렸습니다."

"허허허."

기가 막혔다. 양중표는 눈앞의 저 신한성 사내가 틀림없이 미쳐 버렸다고 판단했다. 그리고 이제 막 상대할 가치도 없다고 한성웅을 내치려는데 아주 작게 한성웅이 말했다.

"비공식적으로."

"뭐?"

"신한성의 비공식적인 사자로서 귀국에게 유감을 표합니다."

이것은 또 무엇이란 말인가. 완전히 방치 상태로 맥이 풀려 버린 양중표가 단순히 호기심만으로 성의없게 한성웅의 말을 받아주었다.

"무슨 유감?"

"저희 신한성은 귀국의 천정벽 장군의 처리에 대해서 순전히 비공식적으로, 순전히 일개 신한성의 말단 관리의 독단으로 유감을 표합니다."

그제야 양중표는 정신이 번쩍 들었다. 다시 쳐다보니 어느새 한성웅의 표정이 엄숙하고 경건하게 변해 있었다.

'이것이로구나!'

바야흐로 양중표는 자신이 어째서 이렇게 바쁜 와중에 굳이 상대적으로 약소국인 신한성의 말단 외교 관리를 비공식적으로 만나야만 했는지 그 당위성을 찾아 나가기 시작했다.

천정벽.

양중표로서는 자신의 양아들과도 같은 막역한 사이의 천정 벽이었다. 그런 천정벽이 다른 이도 아닌, 자신의 사주에 의해서 하지성 밑바닥으로 추락하고 있었다. 병무대신 양중표도, 일휘국왕 배웅도 알고 있었다. 이번 하룡고원 해넘이언덕이라는 난제 해결의 실질적인 일등공신은 천정벽이라고. 그런 물밑의 일등공신 천정벽이 거꾸로 패배의 책임을 지고 덤터기를 쓰고 있었다.

일휘국에서의 대역죄인. 그것은 전쟁의 패배자와 동일한 의미의 단어였다. 일휘국의 논공행상의 기준은 전쟁의 승패였다. 일휘국이 신생 군사 국가로서 해야만 하는 어쩔 수 없는 선택이었다. 일휘국의 수뇌부는 국가가 살아남기 위해서는 다소 모순이 있더라도 국가의 풍토를 그렇게 이끌고 갔다. 패배에 대한 이유 같은 것은 필요없었다.

그런 국가 분위기의 풍토 속에서 욱일승천의 기세로 출세한 대표적인 인물이 바로 천정벽이었다. 천정벽은 이 같은 국가 분위기와는 다른 부류의 군인이었다. 누구나 자신의 생명은 하나밖에 없다. 나라를 위해서라면 천정벽은 그런 생명조차 돌보지 않았다.

인간이라면 위험한 곳을 피하고 안전한 곳에서 승리를 구하는 것이 인지상정이다. 날이면 날마다 전쟁터가 일터였던 일휘국의 군인들에게는 더더욱 그랬다. 그런 분위기 속에서 천정벽만은 달랐다. 일부러 위험한 사지로, 승리보다는 패배가 예상되는 불리한 곳으로 자청해서 달려갔다. 그리고 연전연승으로 촉망받는 신예 장수가 되었다.

승리보다는 패배를, 안전보다는 위험을 마다하지 않았기 때문에 천정벽은 양중표의 사주에 따라서 일부러 해넘이언덕의 패배를 스스로가 자청해서 걸머졌다. 나라의 근간이 그랬기 때문에, 일휘국왕 배웅도, 양중표도 눈감을 수밖에 없었다. 배웅도, 양중표도 어쩔 수 없었다. 천정벽의 패배에 대한 처벌을 피하는 것은 나라의 근간을 뿌리부터 뒤흔드는 것이었기 때문이다.

그러나 신한성의 성주 지민은 배웅이나 양중표와는 근본부터가 달랐다. 양중표도 그런 지민을 잘 알고 있었다. 눈앞에 배알하고 있는 신한성의 사자가 왜 자신이 비공식적이고, 신한성의 사자라는 신분을 부정하는지 미루어 짐작할 수 있었다.

양중표에게 청정벽은 곧 자신의 양아들이나 진배없었다. 이제 다시 구제된다면 기껏해야 백의종군이 고작이었다. 그런 그에게 실낱같은 희망이 비추어진 것이다.

'그래, 용병왕이라면…….'

양중표는 더 이상 따지지 않고 고개를 끄덕였다.

"그래, 우리 국왕 폐하를 만나고 싶다는 말이지?"

"그렇습니다."

"천정벽 장군의 일에 외교적으로 유감을 표한다고? 그래그래. 잘 알아들었네."

양중표는 멍하니 고개만 끄덕이고 있었다. 그리고 이틀 후 한성웅은 일휘국왕 배웅을 만날 수 있었다. 한성웅의 요청대로 비공식적으로, 은밀하게.

四. 영토 교환

　멀리 본영 막사는 이때쯤이면 항상 소란스러웠다.

　"주군!"

　정명의 막사에서도 마치 규정계의 고함 소리가 들려오는 듯
했다. 모성천의 북쪽 강변의 본영에서 정명의 막사는 당연하
게도 군사 평철과 더불어 간부 회의장으로 사용되는 본영 막
사에서 가장 가까웠다. 목청이 큰 규정계의 흥분한 목소리는
정명의 막사에서도 들리고도 남았다. 요즘 들어서는 날이면
날마다 그랬다.

　"주군!"

　언제나 성질 급한 규정계가 앞장을 섰다. 그녀의 기사단은
날마다 득달같이 달려가 지민을 괴롭히고 있었다.

그녀의 기사단원의 나라를 생각하는 충정도 백번 이해가 갔지만 어쩐 일인지 심사가 뒤틀린 지민은 일부러 기사단의 탄원을 들은 체도 하지 않았다.

당백보에 틀어박힌 중왕은 여전히 요지부동이었다. 이 정도면 틀림없었다. 조화 상인들의 뒷공작이 있었음을 어렵지 않게 짐작할 수 있었다. 신한성의 안전만 생각하면 뒤통수가 뜨끔한 지민군의 입장에서는 시간이 갈수록 애가 탔다. 특히 규정계의 애는 타고도 모자라서 하얗게 재가 되었다.

마침내 예정에 없던 구패와 요철상이 주둔지에 도착을 하고 나서는 지민군 진영의 긴장감은 절정에 이르렀다.

소식을 듣고 정명도 한달음에 본영 막사로 달려갔다. 그때 이미 정명은 구패와 요철상의 정진갑에 대한 관계, 그리고 석진화의 뒷공작을 어렴풋이 감지하고 있었다. 구패와 요철상의 예정에 없던 모성천 방문 소식을 듣자마자 정명은 불가분으로 석진화가 생각났고, 그 뒷공작의 명수 석진화의 존재에 대한 연역적인 추리가 자연스럽게 이루어졌다.

정명이 본영 막사에 들어서자 평소에도 죽이 잘 맞은 규정계와 구패가 한창 그 문제에 대해 대화를 하고 있었다. 정명은 구패의 목소리에서 불길한 예감이 들었다. 그의 목소리가 어쩐지 힘이 없었기 때문이다.

"장철영이 그놈도 의리는 있는 놈이지."

"그래서?"

"근데 장철영이하고 정진갑이도 여간 친한 게 아니거든. 나

랑 재보다 먼저 친구 먹은 사이거든. 게다가 이웃사촌이기도
하고."

"아따 답답하구먼. 빨리 말해봐. 앞뒤는 생략하고 결론부
터, 결론부터 말해봐. 나는 지금 굉장히 궁금하단 말이야."

규정계가 재촉했다. 그러나 듣지 않아도 뻔했다. 정명은 구
패와 요철상에게 더 이상 기대할 것이 없어 보였다. 그러나 뜻
밖에도 장철영의 방문에 대한 성과는 있었다.

"사흘."

"응?"

"유월 내로 성문 안으로 들어가야 한대. 알잖아? 새말 장사
치들. 조화 놈들도 똑같아. 계약이라면 사족을 못 쓰는 족속들
이잖아. 정진갑이가 중간에 서서 철영이가 조화 패거리들이랑
계약을 맺었다는 거야. 내 얼굴을 봐서……."

"내 얼굴도 있었지. 하여간 그 뒤로는 죽어도 안 된대."

이 대목에서는 요철상도 생색을 내기 위해서 잊지 않고 끼
어들었다.

"가만있어 봐. 오늘이 유월 이십칠 일이니까… 그래서 사
흘?"

"응."

"제기랄!"

규정계는 실망했지만 정명에게는 의미가 달랐다. 불확실에
서 확실한 '사흘'이 생겼다. 사흘 동안 신한성의 안전은 가시
화되었다. 사흘 안에 중왕의 당백보만 어떻게 처리한다면 해

결의 실마리가 보이는 것이다. 그러나 당백보의 중왕. 여기까지 생각하자 정명은 골치가 아파왔다. 문제의 해결은 사흘이라는 시간 가지고는 절대로 불가능할 것만 같았다.

웬일인지 본영 막사의 소란스러움이 정명의 막사에서도 오늘은 들리지 않았다. 무슨 일인가 궁금해서 본영으로 건너가려는데 때마침 누군가 정명의 막사를 찾아왔다.

"정 대부님."

지민의 시종 장종두였다.

"종두로구나. 어쩐 일이냐? 그러잖아도 거기로 건너가려는 참인데⋯⋯."

"그럼 건너가시지 않길 다행이네요."

"응? 주군께서는?"

"네, 대부님을 부르십니다."

"그래? 그럼 가보자."

"아니, 본영이 아니라 주군님의 숙영 막사입니다."

"응? 어쩐 일이시지?"

평소에는 없었던 일이다. 비교적 공과 사가 분명한 지민이었기에 아주 은밀한 의견이라도 가능하다면 본영의 막사에서 의논하는 것을 선호하는 편이었다. 무뚝뚝하기로는 자신의 주군을 쏙 빼다 박은 시종답게 장종두는 자세한 설명도 없이 자신의 임무만 말했다.

"가보시면 알게 되실 겁니다."

"그래, 알았다."

지민의 숙소로 가보니 역시 무슨 일이 생기긴 생긴 모양이었다. 침소로부터 때 아닌 곡소리까지 들려오고 있었다.

"주군, 이 죄인을 죽여주시옵소서."

어쩐지 생경한 목소리였다. 신한성 사람이라면 어느 누구라도 낯익은 목소리였지만 정명은 그 생경함의 원인을 곧 알 수 있었다.

'저 양반이 또 여긴 웬일이지? 신한성에 무슨 일이라도 났나?'

이런 전쟁터에서는 쉽게 볼 수 없는 인물이었다. 그러나 정명조차 가볍게 여길 수 없는 인물, 신한성에는 둘밖에 없는 행정관 한성웅이 모성천 강변에 나타난 것이다. 안에서는 방아를 찧는 듯한 둔중한 울림이 이어졌다.

"이봐, 이봐, 한 행정관."

이번에는 당황스러움이 역력한 지민의 목소리도 들려왔다. 문득 호기심이 안 생길 수 없어서 서둘러서 인기척을 냈다.

"주군, 정명이옵니다. 부름을 받자옵고 대령했습니다만……."

"오, 대부인가? 어여 들어오게."

지옥에서 구세주라도 만난 듯한 지민의 평소답지 않은 반가운 목소리였다.

"무슨 일이십니까?"

"여기를 보게, 이것 좀 자네가 어떻게 해보게."

"한 내무관!"

"대부님."

한성웅은 눈물이 그렁그렁한 눈으로 정명을 바라보고 있었다. 지민의 앞에 엎드려 있는 그의 이마는 이미 피가 흐르고 있었다.

"주군, 이 죄인을 죽여주시옵소서."

쿵—

한순간에 둔중한 울림의 정체는 곧 밝혀졌다. 한성웅은 땅바닥에 모질게 머리를 찧고 있었다. 척 보기에도 웃을 일은 아니었다. 정명은 앞뒤 사정 볼 것도 없이 일단 한성웅부터 만류했다. 그의 고지식한 평소 행실대로라면 이대로 놔두었다가는 이마가 깨져야만 끝날 것 같은 태세였다.

"이거 왜 이러십니까."

일단 정명이 한성웅의 이마와 정명의 손이 중간에 위치하도록 조치하였다.

"주군, 도대체 이게 어찌 된 일입니까?"

침착한 정명조차 평정을 잃고 오히려 지민에게 질책하듯 물었다.

"낸들 아나. 글쎄, 난데없이 나를 이곳으로 끌고 와서는 이 친구가 이러지를 않나."

"한 내무관이요?"

"그래."

"이상하군요. 제가 보기에는 틀림없고 정확한 사람인데. 여간해서는 큰 실수 같은 것을 하리라고 상상도 가지 않는 양반인데……."

"그러게 말이야."

지민도 정명의 말에 백번 동의하는 듯했다.

"그런데 왜 죽을죄를……?"

"응, 한 내무관이 일휘국의 배웅을 만난 모양이야."

이번에는 석진화의 뒷공작도 생각나지 않았다. 그만큼 지민의 이야기는 뜻밖이었다. 정명으로서도 머리를 열심히 굴려봐도 얼른 인과 관계가 떠오르지 않았다.

"일휘국왕을요?"

"응."

"저기 한 내무관이요?"

"그렇다니깐."

여전히 지민은 알 수 없다는 표정이었다. 정명도 그랬다.

"도대체 왜요?"

"이 친구가 그 일휘국왕에게……."

지민이 자초지종을 이야기하려는데 다시 막무가내의 곡소리가 터져 나왔다.

"주군, 저를 죽여주십시오!"

쿵—

이쯤 되면 어지간한 정명도 사건의 자초지종조차 이해 불가가 되었다.

"글쎄, 계속 이 모양이야. 대부가 어떻게 좀 해봐."

"안 되겠습니다. 주군께서는 잠시 나가 계십시오. 제가 이야기해 보겠습니다."

"그래, 어떻게 좀 해보게."

지민은 정명의 말이 떨어지기가 무섭게 도망치듯 막사를 벗어났다.

막사를 나서니 어느새 저녁이 되었다.

"종두야."

"예, 주군."

"그때 그 여섯 가마 말이다."

"하명하십시오."

"아직도 남아 있겠지?"

"그런 것으로 소인은 알고 있습니다만……?"

"다시 저녁밥을 짓도록 일러라."

"이번에는 한 내무관님이죠?"

"그렇지."

죽을죄를 지었든 아니든 일단 내 백성이었다. 죽을죄를 지었다면 죽을 고생도 했을 것이다. 따뜻한 밥부터 먹이고 싶었다.

장종두가 종종걸음으로 알리러 가자 지민은 하늘을 쳐다보았다. 기분이 묘했다. 좋은 것도 싫은 것도 아니었다.

'석진화 이놈!'

마치 지민은 안중에도 없는 듯했다. 생각 같았으면 단칼에

베어버리고 싶었다. 걸핏하면 지민의 지시는 존재하지도 않는
듯, 마치 자신이 신한성주인 것처럼 행동했다. 이번만 해도 그
랬다. 구패와 요철상이며, 순진한 한성웅까지 꼬드겨서 일을
벌였다.

'휴우—'

지민은 애써 분노를 삭였다. 이번에도 그럴 것이다. 얄밉게
도 석진화의 공작은 한 번도 틀린 적이 없었다. 명령 위반이면
어떻고 독단적인 행동이면 어떤가, 결과적으로 신한성을 생존
하게 하는 일이 되었다.

"주군."

지민의 엄숙함이 조심스러웠는지 정명이 소리없이 다가왔
다.

"알아봤는가?"

"예, 그것이……."

정명이 곤란하다는 듯 머리를 긁적였다. 그러나 지민은 불
쾌한 내색을 하지 않았다. 주군이 된다는 것이 그런 것이다.
신하들 앞에서는 모쪼록 배포가 넓으면 넓게 보일수록, 아량
이 있으면 있을수록 좋은 것이다.

"괘념치 말고 말해보게."

"예, 한 내무관이 일휘국왕을 만나기는 만났더군요."

"비공식적으로 말이지?"

"예."

"그것도 독단적으로?"

"예."

"그래서 한성웅이가 죽을죄를 지었고?"

지민은 죽을죄라고 말했으나 정명은 다행스럽게도 한성웅의 일을 죽을죄로는 동의하는 것 같지는 않았다.

"허허, 결과적으로는."

"말해보게, 그 결과를."

"이번에는 대제사장님도 제법 머리를 썼더군요."

"대제사장이 무슨……."

어쨌거나 지민은 일의 진상이 궁금했다. 지금은 진퇴양난의 위기였던 것이다.

"한 내무관이 일휘국왕과 약조를 한 것은……."

"약조?"

"예, 비공식이기는 해도 형식상으로는 엄연한 조약이니까요."

"한 내무관 그 건방진 놈이……."

"주군, 진정하십시오. 저 순진무구한 한 내무관이 괜히 죽을죄라며 이마에 피까지 흘리며 사죄를 했지 않습니까?"

"흥, 누가 뭐랬나. 계속해 보게."

"내용은 영토 교환입니다."

"뭐어? 장난하자는 거야? 황산과 통유를 교환시켜 놓고는 또다시 교환을 하자고? 배웅이 이놈, 이건 해도 너무하잖아."

지민은 한성웅의 뜨거운 피를 본 탓인지 계속 기분이 언짢아 괜한 곳으로 화풀이를 해댔다.

"아아, 일휘국왕이 그런 건 아니고요, 이번엔 오히려 우리 쪽에서 요구한 겁니다."

속으로는 부글부글 끓었지만 그래도 억지로 마음을 진정시키며 겉으로는 여전히 무뚝뚝한 척을 하고 지민이 조용한 어조로 물었다.

"그 교환이라 건 정확하게 무엇과 무엇을 바꾸자는 거야?"

"예, 우리 쪽에서는 동청령을 내주고 그 대가로 장대포를 받는다는 내용입니다."

정명의 설명을 듣는 순간 지민의 귀가 솔깃해지지 않을 수 없었다. 장대포는 당항포의 북쪽으로 연결되는 포구였다. 그 포구는 기타 포구들과는 차원이 달랐다. 일휘국의 영토이기는 하지만 그 행정 경계가 거의 기타 포구들의 서너 배에 해당하는 널따란 지역이었다.

결정적으로 솔깃해지는 것은 장대포가 당항포와 맞닿아 있다는 점이다. 그러므로 장대포가 신한성의 영토로 편입된다는 것은 신한성의 입장에서 보면 곧바로 당항포로의 염전 확장이 가능하다는 것을 의미했다.

장항포의 갯벌이나 지형은 당항포보다 오히려 염전의 입지적인 면에서 월등했다. 일휘국왕 배웅도 신한성의 당항포 개발을 보며 그 가능성을 타진해 보았겠지만 문제는 아뇌의 소금 독점권이었다. 그것은 강대국 아뇌와 적대적이 된다는 것을 의미했다. 지금 상황으로 보아 일휘국의 입장에서는 위험한 도박이었다. 정명도 전부터 장대포의 합병을 검토해 보았지만 그 불가능성을 생각하고는 입맛만 다시고는 했다.

"그래서 배웅이 얼씨구나 장대포를 우리에게 넘겨주겠다는 건 아니겠고."

"왜 아니겠습니까?"

얼마나 좋아하는지는 정명의 표정에서 그의 숨기지 못하는 미소만 봐도 충분했다.

"뭐어? 조약이 성사됐다고? 동청령과 장대포를 교환하겠다고?"

동청령은 척패부의 칠부 광산이 통유평야로 진출하는 유일한 통로였다. 게다가 척박하고 별 볼일 없는 좁은 고갯길에 불과했다. 그저 진출을 막기 위한 요새일 뿐이었다. 반면에 장대포는 어엿한 포구였고, 게다가 염전을 위한 최적의 후보지였다. 결정적으로 그 면적이 동청령과 비할 바가 아니었다. 그 쌍방의 가치 비교는 극단적이었다.

"배웅이 그런 인심을? 어떻게 그럴 수가 있지? 도대체 한성웅이가 뭘 어떻게 한 거야? 혹시 그 한성웅의 죽을죄가……?"

정명이 쿡쿡 웃었다. 어지간히 좋은 모양이었다.

"그게 있잖습니까?"

"……."

지민은 이런 불평등 조약이 어떻게 가능했는지 도무지 짐작이 가지를 않았다.

"그 죽을죄요."

"응?"

"한 내무관이 바닥을 쾅쾅 찧을 정도로 죽을죄를 지었지요."

"뭐야? 시시덕대지 말고 본론부터 말해봐."

"한 내무관이 제 딴에는 독단적으로 신한성에 피해를 주었다고 생각한 모양입니다. 영토 교환에 대한 대가가 결코 만만치가 않습니다."

지민은 고개를 끄덕여서 정명의 말에 수긍했다. 불공정 거래에서는 당연히 그 대가가 뒤따른다. 여기까지는 한성웅이 죽을죄를 지었다고는 말할 수 없었다. 지민의 눈치를 보며 정명이 말을 이었다.

"칠부 광산의 문제 처리 후, 그러니까 겉보기에는 동청령을 획득함으로써 척패부에 대한 수비를 대신하는 대가입니다. 향후 칠부 광산에서 얻어지는 철광산 생산량의 이 할을 오 년간 일휘국에 납부한다는 조항에 합의했습니다."

여기까지도 수긍이 갔다. 애초 황산과 통유의 맞교환 시에 칠부 광산의 권리도 포함되어 있었다. 그때는 이 년간 생산량의 이 할, 즉 이 년이 오 년으로 늘어난 것이다. 이것은 영토 교환의 이익에 비하면 비교가 안 될 정도로 소소한 것이었다.

"그게 만만치가 않은 대가야?"

"웬걸요. 만약 장대포에서 소금이 생산된다면 그 수확량의 일 할을 영구히 제공한다. 즉, 속으로는 장대포의 권리를 계속 유지하면서 우리는 장대포를 차용했고, 그 차용세로 일할을 준다는 계약 내용입니다. 이 정도까지는 돼야만 납득이 가는 것이겠죠. 주군, 이건 어떻습니까? 소위 영구히라는 건데요."

"영구고 뭐고 간에……."

역시 지민으로서는 이의가 없었다. 아뇌와의 마찰을 피해가면서 겉으로는 장대포의 권한을 계속 유지하는 척하면서 한편으로는 염전의 경영권을 신한성에게 넘긴다. 이것은 겉보기에는 양국 모두에게 확실히 이익이 돌아가는 조약이었다.

설명의 마치고도 정명은 여전히 실실 웃고 있었다.

"주군께서는 영토 교환을 받아들일 용의가 있으십니까?"

"왜? 장대포잖아. 대부가 그렇게 원하던 그 장대포."

"하지만 장대포의 소금세는 영구히입니다, 영구. 게다가 칠부의 광산 권리도 오히려 불리하게 됐고요. 즉, 겉보기에는 장대포는 우리가 염전개발권밖에는 차지하지 못한 거죠. 엄밀하게 말하면 영토 교환이라고 할 수도 없지요. 우리 백성들이 납득할까요?"

"흠, 것도 그렇군. 그럼 대부의 생각은 영토 교환에 반대인가?"

"아니요."

"그럼 어떻게 하자는 거야?"

아직도 지민은 미궁 속을 헤매고 있었다. 정명의 대답이 그런 지민에게 하나의 빛을 밝혀주었다.

"천정벽 장군이 말입니다. 동청령으로 천정벽 장군이 파견된답니다. 이것은 영토 교환을 수락하는 대외적인 우리의 하나밖에 없는 조건입니다."

"천정벽!"

잊고 있었다. 정말 깜빡하고 있었다. 비로소 그동안 탁하게 흐려져 있던 지민의 고민이 환하게 밝아지는 느낌이었다.

이번 해넘이언덕 사태로 인해서 양국의 수뇌부에게 모두 골치를 앓던 인물이 바로 천정벽이었다. 그것은 냉정하게 말해서 인간의 생존 법칙과 마찬가지로 냉엄한 현실이었다. 그러나 사적이건 공적이건 지민에게도, 배웅에게도 가만히 좌시하기는 어려웠다. 그런 천정벽을 동청령에 다시 파견한다는 것이다.

일단 신한성에서는 쌍수를 들고 환영할 만한 일이었다. 사천이 넘는 일휘국이 자랑하는 정예 중의 정예 부대인 멸랑대, 그리고 그 대장 천정벽으로 동청령을 수비한다는 것은 척패부에게 단단한 방패가 되었다. 그는 배웅, 지민 양쪽 모두에게 신뢰가 가는 장군이었다. 묘하게도 정서적으로 천정벽의 수비는 신한성에서도 일휘국에서도 자신들의 수비대장이 동청령에 위치하는 효과를 주었다.

겉으로 보기에는 신한성 측의 불공정 교환이었다. 신한성 측의 대외적인, 공식적인 조건은 바로 천정벽이었다. 이것은 영토 교환의 일등공신이 바로 천정벽이라는 이야기로 연결되었다. 즉, 해넘이언덕의 패배자가 결국 일휘국의 전리품을 획득하는 일등공신이 된 셈이었다. 이것은 명백히 배웅과 지민이 원하던 천정벽의 처리였다.

"사천 멸랑대를 동청령에 파견한다라……."

그것은 일휘국의 군대였지만 신한성의 군대 파견과도 동등한 효과를 발휘했다. 무주공산의 신한성에서 사천 명의 병력이 창출되는 효과였다. 즉, 무에서 유를 창조하는 마술과도 같은 묘수였다.

절묘하게도 칠갑산은 동청령과 신한성의 사이에 끼어 있었다. 천정벽이 신한성과 밀접한 관계가 있다는 점은 정진갑은 물론 칠갑산의 산적 장철영도 잘 알고 있었다. 자동적으로 신한성을 공격하기 위해서는 등 뒤에 있는 멸랑대의 눈치를 봐야만 했다. 장철영과 정진갑에 대한, 나아가서는 조화에 대한 충분한 견제력을 발휘한다. 천정벽을 동청령으로 전진 배치함으로써 불씨가 타오르던 신한성의 안전에는 급한 불이 꺼졌고, 덕분에 지민도 한숨 돌릴 수 있게 되었다.

"어찌시겠습니까?"

정명이 물었다.

"뭐를?"

"한 내무관이요."

"휴우, 대부가 좀 잘 타이르게, 그 늙은이도 이번만큼은 마음고생이 극심했을 테니 건강까지 해치지 않도록."

말이 '죽을죄' 였지 한성웅이야말로 숨겨진 일등공신이었다.

"그건 그렇고, 영토 교환은 승인하시는 것이죠?"

"이제 와서 내가 뭘 어쩌라고? 지들끼리 다 결정해 놓고. 이거야 원!"

생각할수록 오만한 석진화 때문에 속이 부글부글 끓고 있었다. 그러나 이번에도 그가 옳았다. 항상 그랬다. 이것이 지민의 속을 더욱 끓게 만들었지만 어쩔 수 없이 신한성의 대제사장 석진화에게 감사해야 했다.

五. 양가장의 옛 동료들

양양은 대청마루로 나와 앞뜰을 보고 있었다. 앞뜰에는 백목련이 화려하게 피어 있었다. 이제 유월도 끝나가니 백목련도 지고 말리라. 양양은 자신이 손수 베틀로 짜낸 무명천의 상, 하의를 받쳐 입고 있었다. 이제 여인으로 한창 피어난 양양은 마치 앞뜰의 백목련과 일체라도 된 듯 잘 어울렸다.

"마님."

양양을 부른 이는 향금이었다. 지난번 남태령 산적 납치 사건 때 양양은 향금이의 태도와 재기를 높게 보았다.

'지금은 남녀를 가릴 때가 아니고 재기가 발랄하니 제가 한번 키워보도록 하지요' 하고 지민에게 간언을 청해서 자신의 시녀로 삼은 터였다.

적어도 양양 자신의 본심에서는, 향금이 지민의 시녀에서 양양의 시녀가 된 전환이라는 관점은, 애초부터 질투라는 감정이 끼어들 여지는 없었다. 그만큼 양양과 지민의 부부 사이가 각별하다는 말도 됐다.

"그래, 도착했느냐?"

"예, 도착을 하기는 했습니다만……."

향금은 말꼬리를 흐렸다.

"역시 성주님이 같이 도착하지는 않았다는 얘기겠지?"

"예, 윤 총관님하고 사 집사님은 틀림없이 도착했습니다."

향금은 위로라도 하는 듯 말했다. 그러나 양양은 그 두 명만으로는 큰 위로가 되지 않은 듯 한숨으로 대답했다.

"역시 성주님은 꼼짝도 안 하실 거야."

무심코 눈길을 주는데 후원의 사립문이 삐꺽 열렸다. 외원 사람들이 드나드는 문이 아니었다. 오래된 전통의 문, 즉 이제는 없어진 용병단 사람들의 전용 문이라면 전용 문이었다. 역시나 사병두가 조심스럽게 고개를 들이밀었다가 양양과 눈이 마주치고 말았다. 사병두는 겸연쩍은 듯 미소부터 내놓는다.

"사 집사는 아직도 그 버릇을 못 버렸군요."

양양이 질책했다.

"하지만 전 아직 양양 용병단의 집사 노릇을 버릴 생각이 없는 놈이라서… 종내에는 그만 버릇이 되고 말아서요."

"그래도 버릇을 고쳐야지요. 용병단은 이제 없습니다."

양양은 지금의 심사를 대변하듯 따끔하게 한마디 해주었다.

사병두와 윤문배만은 그 버릇이 고쳐지지 않았다. 자칫하면 특권 의식이 생긴다는 이유로 양양이 통행을 금했던 사립문이다. 그러나 윤문배와 사병두는 그 통행문마저 사라진다는 것이 허전했을 터이고, 양양도 역시 마음이 허전해져 윤문배와 사병두의 드나듦을 모른 척했다.

"네, 마님."

사병두는 능청을 떨면서도 사립문을 바라보고 있었다. 아니나 다를까, 사병두에 이어서 쑥스러운 표정으로 윤문배가 뒤를 따랐다.

"총관님도 참……."

이렇게 되면 양양도 마냥 엄숙한 표정만 지을 수는 없었다. 표정이 풀어지며 약간의 웃음을 보여주었다.

"총관님까지 어인 일이십니까?"

"그래도 도착을 했는데 마님께 먼저 문안을 드려야지요."

눈치를 보건대 그냥 문안만은 아닌 듯했다.

"먼 길에 피로하실 터인데 그런 번잡함까지는. 그래, 성주님도 여전하시지요?"

양양은 체면불구하고 기회가 온 참에 가장 궁금했던 것을 물어보았다.

"예, 여전하십니다. 몇 번을 간언했지만 소용이 없었습니다."

윤문배의 표정이 당장 어두워졌다.

"그 고집을……."

양양은 욕이라도 해줄 듯 입술을 꼭 깨물었다. 고집불통의 낭군이 항상 말썽이었다. 고집도 정도가 있는 것이지 이건 군주의 자세는 아니라고 양양은 생각했다.

당백보의 중왕도 여전하였고, 성하곡은 여전히 백척간두였다. 이 상태라면 지민의 입장도 요지부동이었다. 요는 중왕에게 달려 있었다. 중왕이 가만히 있는다면 지민도 꼼짝할 수 없었다. 물론 천정벽이 동청령으로 나왔다지만 그것은 임시변통이었다. 어쨌거나 지금의 능력으로는 근본적인 문제 해결이 불가능했다. 그러하다면 본거지로 돌아와서 후일을 도모하는 것이 군주의 정도였다.

"그 상관장용이라는 분도 영입이 되셨다고?"

일의 발단은 그 상관장용의 영입에서 비롯되었다. 들리는 말로는 이번 지민의 고집 때문인지는 몰라도 감동이라도 했는지 상관장용이 신한성에 의탁했다. 물론 일의 선후는 있는 사람인지라 성하곡의 안전 문제가 해결될 때까지는 신한성의 토지개혁도 그다음 일이었다.

"예, 그 상관 어르신이 합류하셔서 성주님도 대부님도 어찌나 기뻐하시던지. 아무튼 성하곡에서의 일은 그걸로 해결된 셈이지요."

"그럼 뭐 합니까? 문제가 해결돼도 안 되는 것만 못한 일이 아닙니까?"

양양은 윗사람의 체모에 안 어울리게 툴툴대었다.

"그러게 말입니다. 아무리 간언을 해봐도 이렇게 되면 토사구팽의 꼴이 아니냐고, 그것은 군자가 할 도리는 아니라고 펄쩍 뛰셨습니다."

"그러니 이 일을 어찌하면 좋겠습니까?"

양양이 통탄하고, 윤문배도 더불어 통탄을 했다.

"그러게 말입니다."

"거기 군사님이나 대부님이라는 분들은 뭐 하는 분이시랍니까? 그 말 잘하는 사람들이 모두 꿀 먹은 벙어리라도 됐답니까?"

드디어 애꿎은 사람들까지 끌어들여 불평을 했다. 그만큼 양양도 답답했다.

"그간에 요철상 조장도 칠갑산에 가서 사흘 말미를 벌어왔고, 한 행정관님도 하지성까지 가서 영토 교환이다 뭐다 회담도 해서 그나마 우리가 겨우 연명은 했습니다만……."

"그리하면 뭐 합니까? 모두 도로 아미타불인데."

양양이 답답한 얼굴로 인상을 쓰자 윤문배와 사병두도 양양의 눈치를 살폈다. 평소의 그들답지 않았다. 윤문배와 사병두는 양양의 눈치를 볼 정도로 아첨을 하거나 줏대가 없는 사람들이 아니었다.

"무슨 할 말들이 있으신 게지요?"

게다가 지금의 상황은 아첨이나 줏대의 문제가 아니었다. 성하곡이라면 엎어지면 코 닿을 지척 간이었다. 일부러 문안 인사하러 올 상황도 아니었다. 양양은 필시 무슨 곡절이 있으리라고 짐작했다.

아니나 다를까, 윤문배와 사병두가 서로의 얼굴을 번갈아 쳐다보며 눈치를 살피고 있었다. 양양은 틀림없다고 생각하고 그들을 재촉하였다.

"뭡니까? 얼른 말씀해 보세요."

"저… 그게 말입니다, 주군께서는 이대로라면 꼼짝도 못하실 겁니다."

결국 신분이 높은 윤문배가 말을 꺼냈다.

"그렇지요."

일부러 맞장구를 치며 계속 이야기하라고 재촉했다. 그러자 이윽고 마음을 정했다는 듯 윤문배가 분명한 어조로 이야기를 시작했다.

"문제는 성하곡에 수비력이 없다는 겁니다. 그렇다고 우리 총병력 삼천에서 얼마간 떼어준다고 해서 문제가 근본적으로 해결되는 것도 아닙니다. 이러니저러니 해도 그쪽은 대충 잡아도 일만 이천 명이니까 일부 병력을 떼어내 준다고 해서 역시 균형이 맞는 것도 아니고요."

"그야 그렇지요. 그래서 성주님이 성하곡에 잡혀 있는 게 아닙니까."

양양은 윤문배가 실없는 사람은 아니라는 것을 알기에 틀림없이 뭔가 있다 싶어서 계속해서 맞장구를 쳐주었다.

"그렇다고 팽나라를 쳐들어가서 문제의 원인을 없애는 것은……."

"윤 총관님."

"예."

"무슨 할 이야기가 있는 거지요?"

양양은 거두절미하고 본심을 내놓으라고 재촉했다.

"예, 저희들이 이 문제 해결에 대해서 이런저런 궁리를 해봤습니다만……."

윤문배와 사병두가 다시 눈을 마주쳤다. 양양은 윤문배와 사병두가 분명 무슨 해결점을 찾았음을 직감했다. 양양이 말했다.

"무슨 말이든 괜찮습니다. 어서 얘기해 보세요."

"예, 그래서 드리는 말씀입니다만……."

윤문배와 사병두, 그리고 양양. 옛 양양 용병단의 수뇌부들이 무언가 중요한 의제를 놓고 골똘히 의논에 들어갔다.

六 청사자기 다시 펄럭이다

"평 군사."

"예."

"그러니까 여기가 전략의 요충지라 이 말이지?"

평철과 규정계가 성하곡 중간 지점의 어느 벼랑에 서 있었
다. 벼랑이라고는 해도 묘하게도 벼랑 중간에 약간의 둔덕이
있었다.

"그렇지요. 요충지라기보다는 전략적으로 좋은 거점이라고
말해도 무방하겠지요."

평철은 신한성의 군사로서 서열로 치자면 지민, 정명 다음
으로 성의 삼 인자라고 해도 부족함이 없었다. 반면에 규정계
는 아직도 일개 일몰 방패단의 조장에 불과했다. 물론 그녀의

기사단 시절부터 치자면 규정계가 평철에 비해서는 한참 고참이었다.

"거점이라… 거점. 그 거점이라는 거지?"

"그렇지요. 그런 의미에서 거점이라 칭해도 충분합니다."

여전히 규정계가 하대를 하고 평철이 깍듯하게 존대를 했다.

당장 바꾸기가 거북했는지 은근슬쩍 규정계가 계속 하대를 하고, 무던한 평철도 그것에 크게 연연하지 않고 평소 하던 대로 규정계에게 계속 존대를 했다. 그녀의 기사단의 사정을 아는 사람이라면 그들에게 뭐라고 트집을 잡을 것도 없었다.

"거점이라……."

규정계는 턱수염을 쓰다듬으며 자꾸만 같은 말을 반복했다. 그의 표정은 자못 감개무량하다 못해 울먹거리는 듯했다.

"예, 거점."

점잖은 평철마저 격정을 억누르려는지 자꾸만 반복했다.

"응. 이곳이 바로 그 거점이라는 거지?"

말수가 적은 평철이 시키지도 않은 상세한 설명까지 덧붙였다.

"이곳이 성하곡 일곱 마을 중에 세 번째와 네 번째 사이의 지점에 해당하지요. 측량해 보니 거리상으로 딱 중간 지점이더군요. 그러니까 성하곡을 수비하기 위해서는 알맞은 지점이라는 이야기가 됩니다."

"그렇지. 양쪽 모두를 수비하기에는 더할 나위 없이 좋은 거지."

"맞습니다. 형나라의 계곡 입구부터 팽나라의 계곡 초입까지 양쪽 모두 계곡의 통과를 허용하지 않도록 하기에도 좋지요."

"그렇지."

규정계도 신이 난다는 듯 연신 고개를 끄덕였다.

"게다가 벼랑 중간이에요. 저쪽으로 벼랑을 조금만 깎아내고, 가장자리만 조금 다듬는다면 둔덕의 모양이 거의 반원형으로 생기지 않습니까?"

"그렇지, 그렇지."

"여기라면 어지간한 대장원도 지을 수 있을 만큼 면적이 충분히 넓습니다. 이 정도라면 적어도 일, 이천 명 정도 먹고 자는 것은 일도 아니지요."

"그렇지. 이 정도면 마음만 먹으면 옛날보다 훨씬 크게 지을 수 있을 거야. 충분히 넓잖아? 틀림없이 면적이 나올 거야."

"뒤에는 병풍 같은 벼랑, 그리고 나머지 삼면은 반원형으로 모두 가파른 경사로 둘러싸인 지형이지요. 저 정도 경사면 기습을 해오기에도 만만치 않을걸요?"

"그렇지. 저런 경사라면 대군이 몰려와도 우리 병력의 십 배 정도는 충분히 감당할 수 있지. 자신있어. 팔구삼 고지에, 해넘이언덕에… 이 정도면 널널한 거지, 뭐."

규정계가 자신있다는 듯 가슴을 탕 쳤다.

"그래서 천혜의 요새, 우리의 거점이라고 말해도 무방하다는 거지요."

"암만!"

평철과 규정계는 둔덕을 다시 둘러보며 주변의 풍광을 감상
하였다. 그 둔덕의 언덕 밑에는 벌써 사람들이 모여들고 있었
다.

"정계야."

"어, 석태 형."

밑에서 석태가 손나팔을 만들어 외쳤고, 위에서 규정계가
화답했다.

"뭐 하냐? 마차는? 보이냐?"

석태는 높은 곳에 서서 멀리 계곡 입구 쪽을 바라보았다. 신
한성에서 출발했다면 반드시 거쳐야 하는 계곡의 동쪽 입구였
다. 그러나 아무것도 보이지 않았다.

"아직 안 보이는데."

"이상하다. 얼추 때가 다 된 것 같은데……."

"그러게 말이야. 서둘렀다면 벌써 도착하고도 남을 시간…
아! 보인다, 보여!"

규정계의 눈에 동쪽 입구에서 뿌옇게 먼지가 일어나는 것이
보였다. 필경 마차 떼가 이동하는 모습처럼 연상되었다.

"왔어요, 왔어!"

규정계가 있는 힘껏 고함을 질렀다.

"오, 오는 게 보이냐?"

"응. 지금 오고 있어."

규정계는 금방이라도 울음을 터뜨릴 듯한 표정이 되었다.

"뭐 하냐? 빨리 내려와라. 너랑 평 군사님도 마중은 나가야지."

석태가 말했다.

"어, 가야지. 내가 가서 마중을 해야지. 평 군사, 어서 내려갑시다."

"허허, 그러지요."

평철과 규정계는 서둘러 둔덕을 내려갔다.

둔덕을 내려가자 벌써 몇몇 사람이 모여 있었다.

평소에는 과묵한 서정마저 말을 빨리하였다.

"왔냐? 왔어? 어디까지 왔든?"

"응. 첫 번째와 두 번째 대답으로 말할 것 같으면 내 눈으로 똑똑히 봤어. 세 번째 답변으로 말할 것 같으면 아마 지금쯤 계곡 입구를 통과해서 여기서도 보일 것으로 짐작이 돼. 저거봐. 여기서도 보이잖아?"

규정계가 서정의 연속적인 질문을 장난스럽게 대답하며 손가락으로 동쪽의 계곡 초입 방향을 가리켰다.

"오, 오시는구나!"

구명표가 흡사 탄성처럼 외쳤다.

"그렇구먼."

석태도 자못 감탄스러운 어조로 구명표에게 맞장구를 쳤다.

마차가 나타났다. 한 대, 두 대를 넘어서 열 대도 넘는 마차가 긴 행렬을 이루며 오고 있었다. 대단한 행렬이었다. 아마도 행렬은 큰살림을 통째로 옮겨 실은 모양이었다. 마차가 행렬을 이루어 짐을 나르고 있었다.

사람들은 모두 하나같이 그 마차 행렬을 지켜보며, 입을 열지 못했다. 정적이 흘렀다. 그 침묵은 마차가 구경꾼들 앞에 당도할 때까지 깨지지 않았다. 이윽고 계곡 길을 따라 마차 행렬이 도착했다.

마차의 문이 열리고, 가장 먼저 마차를 나선 사람은 상, 하의를 온통 새하얗게 무명천으로 갖춰 입은 한 여인이었다.

"영주 마님!"

하고 규정계가 인사를 하려는데 구명표가 만류했다.

"멍청한 녀석, 마님이라니?"

"왜, 명표 형?"

언제나처럼 구명표가 나무랐고, 규정계는 그 이유를 몰랐다.

"이제는 당연히 단주님이라고 해야지. 이 근본도 모르는 놈."

구명표가 설명하자 규정계도 깨달았다.

"아차! 그렇지. 이제부터는 단주님이니까."

"정계야, 제발 미리 나서지 좀 마라."

"응, 알았어."

규정계도 별로 이의가 없는 듯 구명표의 뜻에 따랐다. 주변의 다른 사람들도 구명표의 뜻에 이의는 없는 듯싶었다.

"단주님."

"단주님을 뵙습니다."

모성천에 오기 전 신한성을 떠날 때만 해도 모두가 '영주 마님'이라고 불렀다. 마차에서 내려온 여인은 바로 양양이었다. 그러나 이제는 누구도 '영주 마님'이라고 부르지 않았다. 모두가 하나같이 단주님이라고 불렀다.

"그래요. 고맙게도 미리 마중들을 나와주셨군요."

"저희들이 당연히 마중을 나와야지요."

일행을 대표하여 석태가 머리를 조아리며 대답했다.

마중을 나온 사람들은 양가장의 용병, 아니면 최소한 양양의 용병단에서 용병일을 했던 전력이 있는 그녀의 기사단 사람들이었다.

양양은 마차에서 내리자마자 벼랑 중간쯤의 둔덕부터 올려다보았다.

"저곳인가요?"

사람들 중에 평철을 바라보며 물었다. 주변 사람들은 굳이 평철을 지목했음에 양양의 질문 의도를 알아들었다. 평철이 나서서 대답했다.

"예, 저곳입니다."

평철이 손가락을 들어서 가리켰다.

"좋은 곳이로군요."

"예, 새 출발하기에는 아주 좋은 전략적인 거점입니다."

"그렇군요. 전략적인 거점."

양양과 평철은 다시 한 번 둔덕의 지형을 감상했다. 주변 사람들 역시 다시 봐도 감탄스럽다는 듯 쳐다보았다.

마차 행렬에서 사람들이 하나둘씩 내리고 인부들이 짐을 풀기 시작했다. 사람들은 그들 중에서 누군가를 열중해서 찾기 시작했다.

"저기 있다."

눈이 빠르고 행동마저 잽싼 추 삼형제의 막내 추삼이 찾던 사람을 가장 먼저 발견했다.

"맞다. 저기."

둘째 추평이 확인했고, 첫째 추대가 행동 지침을 내렸다.

"그래, 저기로 가자."

삼형제는 재빨리 마차 행렬 속으로 진입해 들어갔다. 그들이 찾던 사람은 양양 용병단의 집사 사병두였다.

"사 집사님."

"아, 추 조장님들."

"가져왔지요?"

"뭣을요?"

앞뒤 없는 질문에서 질문의 의미를 눈치채고는 사병두가 시치미를 뗐다.

"아따, 시치미 떼기는."

"설마 잊어먹지는 않았겠지요?"

"그럴 리가 없잖아."

추대, 추평, 추삼의 순서로 연달아 말했다.

"허허, 그럴 리가 없지요. 확실하게 가져왔습니다."

사병두는 여전히 허허 웃었다. 그도 기분이 좋은 듯싶었다.

"그렇지요? 꼼꼼한 사 집사님이 누군데요?"

"아마 저쪽에 있을 겁니다. 윤 총관님이 지키고 계시질 않습니까?"

세 번째 마차 앞에서 윤문배가 근처의 인부에게 무언가 지시를 내리고 있었다.

"옳아. 총관님께서 지키는 곳이라면 틀림없이 거기 있을 거야. 대단히 소중한 물건이니까. 갑시다, 형님들."

삼형제가 윤문배의 마차를 쳐다보았다. 이번에도 말도 빠르고 행동도 재빠른 막내가 먼저 흥분해서 말했다.

"가봅시다, 형님."

덩달아 둘째도 흥분했다.

"우리 정도만 가지고 되겠어?"

그러나 첫째는 맏이답게 침착했다.

"어림없지요. 보통 소중한 물건이 아니니까요."

"석 대장님이면 될까?"

역시 눈이 밝은 추삼이 두리번거리다 석태를 먼저 발견하고 고함을 치며 석태를 손짓해서 불렀다.

"석 대장님!"

"왜 그래?"

"이리 와보세요. 여기 있어요. 윤 총관님 옆이에요."

추삼이 손가락으로 방향을 가리켰다.

"오, 그래. 알았어."

석태는 윤문배를 발견하자 성큼성큼 다가왔다.

"총관님."

"오, 석 대장."

"여기 있습니까?"

석태가 굳이 그 이름을 언급하지 않고 물었다.

"역시 그걸 먼저 찾는 거겠지?"

이름을 언급하지 않아도 윤문배 역시 짐작하고 있었다.

"예. 우선은 그걸 먼저……."

"이봐."

윤문배가 근처의 인부 한 명을 불렀다.

"그걸 내오게. 여기 석 대장에게 인수인계하도록."

"예."

인부도 역시 알아듣고 즉시 마차의 짐 꾸러미가 있는 쪽으로 갔다.

"여기 있습니다."

인부는 일부러 석태가 가져가려는 것을 미리 준비하고 있었던 듯 그 물건을 석태에게 내주었다. 그것은 장정 한 길이 넘을 정도로 기다란 물건이었다.

"오, 이것인가?"

"예."

석태가 겉을 둘러싼 비단 천을 풀었다. 비싼 비단 천으로 싸여 있으니 분명 귀중한 물건임은 틀림없었다. 석태가 비단을 풀어헤치자 목곽이 드러났다. 그 목곽은 겉모양만 봐도 범상치가 않았다. 석태는 조심스럽게 목곽을 품에 안고 윤문배에게 말했다.

"그럼……."

"조심해서 가져가게."

"총관님도 같이 가셔야지요."

"당연하지. 하지만 단주님부터……."

그녀의 기사단 사람들이 석태의 품을 발견하고는 하나둘씩 모여들었고, 석태와 윤문배의 뒤를 따랐다.

"단주님."

"그건 석 대장이 가져가세요."

양양이 석태에게 손으로 권했다. 석태도 더 이상 사양하지 않고 목곽을 다시 자신의 품속으로 정성스럽게 갈무리했다.

"그럼 가시지요."

양양 이하 윤문배, 사병두는 물론 그녀의 기사단도 뒤를 따랐다.

"촌장님도 같이 가시죠."

"아닙니다. 여기 마차의 짐도 누군가는 관리를 해야지요. 이 늙은이는 신경 쓰지 말고 어여들 가보십시오."

예전의 무한의 성 촌장 장두태는 사양했다. 엄밀하게 따지자면 그는 양양의 용병단 소속이 아니었다. 장두태도 그들만의 순수한 모임이 되기를 바랐다.

일행은 더 이상 권하지 않고 둔덕으로 올라갔다.

"이곳이면 어떻겠습니까?"

둔덕의 적당한 곳에 이르자 석태가 양양의 의견을 물었다.

"아니야. 석태 형, 좀 더 높은 곳."

규정계가 느닷없이 끼어들었다.

"하지만 여기가 장원으로 적당한 장소야. 조금 더 올라갔다가는 아마도 장원에서 벗어나기 십상일걸?"

식태가 양양의 눈치를 보자 양양도 괜찮다는 듯 슬쩍 미소를 보여주었다.

"그래도."

규정계의 표정은 간절했다.

"가능하면 조금이라도 더. 한 사람이라도 더 볼 수 있게."

석태도 규정계의 떼쓰는 심정을 모르는 바는 아니었다. 그가 한 번 더 수고를 했다.

"여기까지다. 더는 안 된다. 자칫하다가는 뒷문에다 세워야 될 거야."

석태가 사람 좋게 웃었고, 규정계도 더 이상 고집을 피우지 않고 고개를 끄덕였다.

"단주님, 그럼 이곳으로 정하겠습니다."

"그렇게 하세요."

양양의 허락이 떨어졌다.

석태는 조심스럽게 자신의 품에서 목곽을 꺼냈다. 기다란 목곽을 바닥에 꺼내놓고 그 뚜껑을 열었다. 안에 놓인 것은 그냥 창처럼 생긴 기다란 막대기에 지나지 않았다. 하지만 여느 막대기와는 달리 그 끝에는 무슨 헝겊 같은 것이 달려 있었다.

석태는 목곽에서 막대기처럼 생긴 것을 꺼내 바닥을 잘 겨냥해서 힘껏 찔러 넣었다. 기다란 막대기가 바닥에 콱 박혔다. 어딘가에서 바람이 불어왔다. 그 바람에 막대기의 끝부분을 동여맨 헝겊이 스르르 풀려 나왔다.

풀려진 헝겊이 바람에 펄럭였다. 그 헝겊에는 청사자의 그림이 새겨져 있었다. 바로 오랜 전통의 양가장의 문양인 청사자였다. 바람으로 인해서 청사자가 깃발이 되어서 펄럭였다.

"좋구나."

누군가 감개에 젖어 자신도 모르게 감탄성을 토하였다.

"색이 조금 바란 것 같지 않아?"

"그럴 수도 있지. 새말에서 깃발을 내린 지 벌써 이 년이나 지난걸."

이렇게 조그만 소리로 속삭이는 이들도 있었다.

"어! 깃대가……."

"깃대가 뭐 어떻다고?"

그는 얼어붙은 듯 깃대를 가리켰다.

"홍살령의 일번창이 아니잖아."

"난 또 뭐라고."

"왜? 그래도 새말에서는 우리의 명예요, 긍지였잖아."

"이 사람아, 깃대를 잘 봐. 어디서 본 것 같지 않아?"

"어! 그러게. 저건 양가대의 그 화살이잖아."

양가대의 화살은 너무도 거대해서 거의 창을 대신해도 괜찮았다. 아니, 홍살령의 일번창보다도 오히려 청사자 깃발에 잘 어울렸다.

"응, 그렇지. 그까짓 새말의 일번창이 뭐가 중요해. 우리에겐 지금 신한성이 중요하지. 그래서 호동갑 조장이 만든 그 전설적인 쇠뇌가 우리의 상징이 되는 거야. 새말 일번창의 명예를 대신에 스스로가 우리만의 명예가 되는 거지."

"그래그래."

사내는 연신 고개를 끄덕였다. 양가장의 청사자기가 이곳 성하곡에서 다시 펄럭였다.

이 계책을 맨 처음으로 건의한 것은 양가장의 집사 사병두였다. 당백보의 중왕에 말려서 진퇴양난에 빠진 지민의 고집 때문에 비롯된 계책이었다.

지민의 고집은 오로지 성하곡의 안전에 있었다. 문제는 당백보의 중왕의 군대였다. 군대의 일부를 떼어놓고 신한성으로 귀환한다고 해서 근본적으로 문제가 해결되지는 않았다. 무려 일만 이천 명의 군대였다. 기껏 삼천 명에서 성하곡에 몇 명을 떼어주고 철군한다는 말인가? 게다가 중왕이 당백보에서 철군한다고 해서 문제가 해결되는 것은 아니었다. 언제든 마음만 먹으면 성하곡으로 쳐들어오면 그만이었다.

기회만 보고 있던 집사 사병두는 이 틈을 타서 양가장의 부활을 건의했다. 성하곡에 용병단을 설립하면 어떻겠느냐는 것이었다. 우선 용병단이 성하곡에 있게 되면 저절로 상비군을 보유하게 된다. 용병단은 성하곡의 수비를 용병비로 대신 받으면 성하곡은 성하곡대로 자주권을 유지할 수 있게 되고, 용병단도 유지 비용을 당당하게 용병비로 충당할 수 있게 된다.

물론 시작부터 큰 병력을 기대할 수는 없었다. 그러나 용병단의 특성상 형편대로 점점 그 병력 수는 증강할 수 있었다. 결정적으로 통유로 내려오면서 양양에게 새로운 용병단을 만들어주겠노라 지민이 양양을 위로했었다. 그것도 약속이라면 약속이었다.

사병두의 건의가 그럴듯하다고 생각한 양양은 즉각 지민에게 요청했다. 지민도 들어보니 꽤 괜찮은 계책이라고 생각했다. 어찌 되었든 양양이 단주로 가 있는 용병단이라면 믿을 만했고, 그것으로 중왕에 대한 상비군이 존재하게 되는 것이다.

성학곡의 늦은 봄에는 봄바람이 살랑살랑 기분 좋게 불어오고 있었다. 그리고 벼랑의 둔덕에서는 청사자 깃발이 펄럭였다. 규정계의 요청대로 높은 곳에서 깃발이 나부껴서 성하곡에서라면 어디서도 그 깃발을 볼 수 있었다.

한반도 북단의 무량산 남북 기슭의 작은 마을에

하나둘씩 밥을 짓는 연기가 오르고 하나둘씩 꺼져서 마침내 마지막 굴뚝에서 연기가 사라졌다.

이곳 황산 마을의 아침 식사가 다른 곳보다는 이르기도 하지만 오늘따라 더욱 이른 새벽이었다. 아직 동도 트기 전이었다.

공문서의 서막

　무한의 성 전임 촌장 장두태는 자신이 무한의 성 촌장이 된 이래 처음으로 후회했다. 물론 그 영광의 시대를 잊은 것은 아니었다. 한낱 촌무지렁이가 이 정도면 출세한 것이라고 자위도 해보았다. 그러나 최근의 사태는 그로서는 정녕 역부족이었다.

　한때는 이보다 더한 위기도 많았다. 이런 정도의 위기를 극복하지 못하다니, 분했다. 장두태는 분노를 금할 수 없었다.

　"이럴 수는 없어."

　장두태는 한참을 들여다보던 장부책을 발작하듯 내던졌다.

　"왜 또 그래요, 촌장님?"

옆에서 역시 장부를 여기저기 들춰보던 그림쟁이 당곤이
물었다. 그는 장두태의 이런 발작이 한두 번이 아닌 듯 '또 시
작이구나' 하는 표정으로 한심하다는 듯 장두태를 바라보았
다.

사실 장두태는 장부책과 궁합이 잘 맞는 편은 아니었다. 오
히려 계산보다는 농사일, 그중에서도 개간이 전문이었다. 그
런 그가 이런 계산이나 하게 된 이유가 있었다.

원래 무한의 성에서부터 시작된 마을 살림이었다. 살림을
맡다 보니 들어오는 수입이 있으면 나가는 지출도 당연히 있
었다. 무한의 성 사람들로 치자면 장두태나 다른 마을 사람들
도 사정은 같았다. 누구 하나 경리 일에 능한 사람이 없었다.
그래서 할 수 없이 울며 겨자 먹기로 그 일을 맡아 해오고 있었
던 터다.

통유로 옮겨오자 계산이 복잡해졌고, 그 들고나는 금액도
어마어마하게 증가했다. 이것은 장두태에게 벅찼다. 그래도
그럭저럭 이 일을 계속할 수 있었던 것은 양양의 용병단 사람
들 덕택이었다. 특히, 윤문배와 사병두는 계산적인 사무에 있
어서 장두태의 안목으로 보기에는 그야말로 도사 급이었다.

그동안의 재정에 관한 업무를 장두태 혼자서 맡아온 처지라
서 그 순간부터 딱 잘라 일을 내팽개칠 수는 없었고, 그동안
장두태가 해왔던 일 가운데서도 아직 끝나지 않고 진행 중인
일도 더러 있었다. 그래서 재정 일을 그 즉시 인계할 수는 없
었다. 인정 많은 장두태로서는 너무도 매정한 일 처리라고 생

각했다. 적어도 그 당시에는 그랬다.

할 수 없이 장두태는 윤문배, 사병두와 더불어 재정적인 일을 보좌해 주는 식으로 재정 일을 계속하게 되었던 것이다. 덕분에 경리와 재정에 관한 전문적인 지식도 많이 배우게 되었다. 이제는 비로소 재정 일에서 벗어났다고 장두태는 생각했다.

그러던 차에 일이 터지고 말았다. 별안간 성하곡에 양양의 용병단이 생겨났고, 윤문배와 사병두는 '촌장님, 안녕!'을 외치며 멀리멀리 성하곡으로 떠나 버린 것이다. 또다시 그 커다랗고 복잡한 신한성의 재정 일을 혼자서 떠맡게 되는 사태에 직면하게 것이다. 물론 장두태로서는 역부족이었다. 그것은 분명하고도 분명한 일이었다.

처음에는 이것이 오히려 전화위복의 기회가 될 것이라고 장두태는 낙관했다. 일을 일부러 그런 방향으로 진행시킨다면 안 될 것도 없을 것 같았다. 당장에 장두태는 대부 정명에게 건의했다.

"대부님, 대부님도 용병단의 윤 총관님과 사 집사님의 사무 능력은 잘 아시죠? 이건 척 봐도 안 되는 일입니다. 이것만은 대부님도 인정해 주셔야 합니다."

장두태는 용병단의 건립을 기회로 이참에 자신도 재정 일에서 벗어날 천재일우의 기회로 삼았다. 그러나 그것은 야무진 야망에 지나지 않았다.

"그래, 나도 인정하네. 그렇다면 후임자를 물색해 보게. 장

촌장이 그렇게 싫어하는 일이라는데 적당한 인물만 찾아온다면 자네가 원하는 대로 하도록 내가 조치를 해주지."

정명의 뻔뻔한 변명을 듣는 순간 장두태는 절망했다. 실로 뻔뻔한 변명이었다. 정명의 말은 하나마나한 핑계에 불과했다.

후임자, 그것도 적당한 후임자.

장두태는 찾아볼 엄두조차 나지 않았다. 이래 봬도 죽을힘을 다해서 아등바등 맡아 해오던 마을 살림이었다. 마을 사람들이라면 아직 생겨나지도 않은 갓난아기들까지 훤하게 꿰차고 있는 장두태였다. 물론, 통유 정착 이후 새로 정착한 사람 중에는 꽤나 능력있는 재정 경력자도 없지는 않았다. 그러나 외부인에게는 신용이 가지 않았다. 적어도 장두태는 이제까지 고양이 앞에 생선을 맡기는 정도의 일은 한 번도 하지 않았다고 자부하고 있었다.

그것은 장두태에게 죽으라는 소리와 같았다. 그들을 제외하고 그나마 믿음이 가는 재정 전문가로는 한성웅과 하성택이 있었다. 한데 그런 인재들이 아직까지 놀고 있을 리는 천부당만부당했다. 그 사람들은 대부 정명이 다른 업무로 벌써 채갔다. 그리고 나니 적당한 재정 후임자가 단 한 명도 없었다. 그것은 장두태도 너무나 잘 아는 사안이었다.

"말도 안 돼요."

당곤이 불에라도 덴 듯 펄쩍 뛰었다.

"그래도 늘 붓을 잡는 일을 했잖아."

"그건 그림을 그리는 거구요. 그거랑 경리 일이 어떻게 같아요?"

물론 장두태도 비참했다. 그림쟁이 당곤마저 성의 재정 일에 끌어들이려는 자신이 싫었다. 그러나 혼자서 하기에는 너무도 벅찬 일이었다.

그냥 아무라도 끌어들이고 싶었다. 돈을 만지는 일에 관해서 믿을 수만 있다면 그 누구라도 좋았다. 믿을 사람도 없었다. 그나마 동고동락한 무한의 성 출신밖에는. 그래서 눈을 딱 감고 골라잡은 사람이 바로 그림쟁이 당곤이었다. 그 구실은 사무 경리와 그림쟁이가 같은 도구를 사용한다는 공통점이었다. 어쨌거나 장두태가 보기에는 타당한 구실이었다.

"왜 그러는데요?"

당곤이 비협조적인 태도로 장부책을 발작적으로 집어던진 장두태에게서 무성의하게 사태의 진상을 알고자 했다.

"돈을 더 지출하라는 공문이야."

장두태가 대답했다.

"네? 그건 진짜 말도 안 된다."

사사건건 비협조적인 태도로 마지못해 경리 일에 참여하며 장두태의 의견이라면 팔을 걷어붙이고 반대만 하던 당곤마저 믿을 수 없다는 태도로 장두태에게 동조하고 나섰다. 당곤이 장두태의 손에 잡혀 있는 문제의 그 공문으로 추측되는 두루

마리를 건너다보았다.

"배를 건조하겠다는데요?"

당곤이 공문을 어깨너머로 읽어보고는 말했다.

"누가 아니래냐?"

장두태가 심드렁한 어조로 말을 받았다.

"이건 정말 말도 안 되는데요."

"네가 보기에도 그렇지?"

드디어 두 사람이 서로에게 찬성을 표하였다. 신한성의 재정 전문가와 보좌관이 합류하고 처음으로 의견 일치를 보인 순간이었다.

이번 달의 신한성 재무재표의 상태는 통유로 내려온 이후 그야말로 절정의 적자였다. 물론 당항포의 소금 생산은 순조로웠다. 장대포의 영토 교환으로 소금 생산의 증가가 기대되었으나 그것은 떡 줄 사람은 생각도 하지 않은 김칫국이었다. 장대포 갯벌의 염전 개발비로 인해서 오히려 증가된 당항포의 소금 수입을 모두 소진하고 추가적인 지출 계정을 더해야 했다.

수입 구조의 다양화도 기대가 되었다. 드디어 통유의 토지 개간 사업이 착수되었다. 물론 그동안의 정명의 개간 금지령이 풀린 것은 아니었다. 개간 금지령의 이유를 잘 아는 무한의 성 사람들은 상관장용의 영입 소식으로 김칫국부터 마셨다.

누가 시키지도 않았는데 벌써 호미와 괭이를 들고 모두 황무지로 나섰다. 장두태는 부푼 꿈에 젖었다. 그러나 개간 작업의 김칫국은 장대포 염전 개발의 김칫국과는 그 손해 면에서 비할 바가 아니었다.

"싹 갈아엎어!"

상관장용이 신한성에 도착해서 첫 토지 시찰을 나가자마자 무한의 성 사람들의 황무지 개간 작업을 보고 처음으로 한 말이었다.

무한의 성 사람들은 개간이라면 명수 중의 명수들이었다. 그들은 노련한 개간꾼들답게 지형에 따라 자연스럽게 울퉁불퉁한 논두렁을 만들었다. 힘의 효율성이 낭비되는 것을 미연에 방지하기 위함이었다. 그러나 그것이 오히려 힘의 낭비가 되어 애써 개간한 것이 도로 아미타불이 되고 말았다.

"이미 만들어진 꾸불꾸불한 수로는 소용없어. 그리고 그따위로 바위나 구릉을 힘들다고 피하는 요령이 무슨 쓸모가 있어?"

사람들은 억울할 뿐이었다. 솔직히 요령을 피우려고 꾸불꾸불하게 논의 경계를 만든 것이 아니었다. 그저 너나 할 것 없이 서로의 이익을 따지지 않고 대의적으로, 희생적으로 효율성만 따졌던 것이다. 그러나 반나절 거리의 성하곡의 논밭을 미리 가봤다면 모두 고개를 끄덕였을 것이다. 무한의 성 사람들의 개간 작업과 상관장용의 토지개혁 사이에는 너무나 먼 거리가 있었다. 사람들은 눈물을 머금고 애써 개간한 논밭을 갈아엎어야 했다.

이 또한 예정에 없던 노동비와 작업 비용으로 지출이 생겼다. 그리고 일단 나가 버린 돈은 다시 돌아오지 않았다. 장두태의 적자는 깊어만 갔다. 물론 지출이 꼭 나쁜 일만 말하는 것은 아니다. 지난달만 해도 이런 일이 있었다.

"수중보를 만들어야겠어."

하양반도 최고의 수중 건축가라는 주천태가 말했다.

"수중보? 그게 뭔데?"

이야기를 들어보고는 장두태는 펄쩍 뛰며 결사반대했다.

"수중보는 강 하구에 물을 가두기 위해서 쌓는 담 같은 거야."

친절하게 주천태가 설명했다.

"아하, 대지의 아버지가 오신다더니 드디어 통천강의 치수를……?"

"허허, 그건 모르는 이야기고."

주천태의 표정만으로 보면 처음 들어보는 이야기 같았다.

"통천강에 수중보인가 뭔가를 쌓는 게 아니고?"

"응? 아니야. 일전에 당항포의 염전을 구경 갔었지. 그곳 책임자로 있는 정복이라는 친구랑 의논해 봤더니 거기에 수중보를 세우면 꽤 쓸만할 것 같아서……."

"그게 얼마나 하는데요?"

"다음달에는 소금 생산이 비약적으로 증가할 거야. 그렇지만 공짜로 되는 일은 없지. 그러려면 두어 달치 당항포 소금 수입 정도의 비용은 각오해야 할걸?"

당연히 장두태는 펄펄 뛰었다.

"절대 안 돼요. 내 배를 째고 돈이 있다면 가져가세요."

"허허."

장두태의 생떼에 주천태는 당혹했다. 그래서 정복을 데려왔다.

"제길! 난 몰라. 저 친구한테 얘기해."

주천태는 마치 남의 일이라도 되는 듯 장두태에게 일을 떠님졌다.

"촌장님, 이건 중요한 일이에요."

정복은 이별반도의 호성에서부터 정명의 일을 계속 같이해 온 정명의 하나밖에 안 남은 심복이었다. 정복에게 장두태도 호감이 어느 정도 있었다. 그는 염전 개발의 전문가로서 당항포 개발을 거의 혼자 이끌다시피 하여 당항포의 갯벌을 염전으로 변화시켰고, 소금 생산에서 그 수입을 장두태에게 제공하는 실질적인 생산자이자 소금을 제공한 큰손이었다.

"중요해도 절대 안 돼."

장두태는 단호했다.

"밀물과 썰물이 드나드는 수로에 보를 설치하면 보다 많은 밀물을 끌어들여서 기존의 염전보다 면적이 두 배는 증가한다고요."

정복이 차분하게 설명했다.

"헛, 그래?"

소금 생산이 획기적으로 증가한다는 말에 장두태의 귀가 솔깃해졌다.

"게다가 염전에 비가 오면 소금 생산에 차질이 있다는 건 아시죠?"

"알지."

염전은 잘 몰라도 그 수입의 증감에 관한 것만은 관심이 있었다. 염전에 햇볕에 쬐여 며칠 동안 염전의 농도가 소금에 가깝게 짙어진 것에 빗물이 섞이면 소금 생산 일정은 그야말로 개판이 된다는 것쯤은, 그래서 소금 생산이 결정적으로 지장을 받는다는 것쯤은 장두태도 잘 알고 있었다.

"이 주 백장님은 그 밀물과 썰물에 관여하는 수로에 관해서는 최고의 전문가라고요."

"그래서?"

장두태의 귀는 점차 솔깃해졌고, 정복의 설명에 빨려들어 갔다.

"비가 오면 귀중한 간수가 빗물에 섞이지 않도록 저장고에 보관해야 해요. 그렇게만 된다면 소금 생산에 도움이 되겠죠?"

"그건 그렇군."

일전에 들은 바가 있었다. 간만의 차에 한계가 있어서 기술적으로 저장고까지 간수를 끌어들이는 데 큰 어려움이 있다는 문제점을 해결하기 위한 회의에 참석했었다. 물론 금전적인 지원이 필요해서였다.

"수중보만 설치되면 그게 해결된다고요. 아시겠죠? 돈이 없으면 빌려서라도 마련해 주셔야 할 일이에요."

"진작 그렇게 알아듣기 쉽게 말할 것이지."

장두태가 주천태에게 눈을 흘겼지만 사실 주천태는 말주변도 없고 과묵한 사내였다. 없는 돈에 고생고생해서 간신히 수중보 건설 예산을 마련해 주었다. 그런 수중보에 대한 시련이 아직도 끝나지 않은 것이었다.

"뭐? 그건 전에 해줬잖아?"

또다시 수중보를 건설할 비용을 내놓으라는 것이었다. 이번에는 주천태가 아니라 신한성 건설 현장의 자금 책임자인 한재필을 위시한 무한의 성 사람들이 장두태에게 몰려왔다.

"야, 내가 무슨 화수분도 아니고, 너도 알다시피 당항포에 수중보를 건설해 줬잖아. 안 돼. 그게 얼마나 돈이 나가는 일인데……"

"주 백장님 이야기로는 당항포의 그것하고는 돈이 들어가는 게 비교가 안 된대요."

재정 형편을 잘 아는 당곤도 어림없다는 듯 거들었다.

"절대 안 돼."

장두태는 길길이 뛰었다. 당곤의 설명을 당항포의 그것과 만드는 비용에서 비교가 안 된다는 말로 잘못 알아들었다.

"그게 아니라, 상관장용 재상님의 건의예요. 토지개혁에 꼭 필요한 거래요. 아시잖아요. 당항포의 염전 소금 생산량이 수중보 때문에 두 배로 늘었다는 거."

그동안 상관장용은 신한성의 재상으로 등용되었다. 정명보다는 직위가 높고 대제사장보다 약간 낮은 파격적인 인사였다. 한재필이 말했고, 장두태가 대답했다.

"거야 알지. 그 수중보는 절대 아깝지 않지."

그나마 같은 재정 전문가인 한재필과 장두태는 말이 통했다.

"재상님이 장담한대요. 통천강 하구에 수중보를 설치하면 당항포의 소금 운송선이 신한성 동문까지 올라올 수 있대요. 게다가 통유평야는 모르긴 몰라도 기존보다 두 배 이상은 경작지가 증가한대요."

"뭐? 그렇다면 해줘야지."

장두태는 조화의 사채 시장에까지 손을 벌려 무리를 해가며 돈을 융통해 주었다. 이미 주천태의 수중보 위력을 충분히 통감한 터였다. 그래서 재정적으로 무리에 무리를 거듭하며 자금을 마련해 주었다. 이미 그 시점부터 신한성의 재정의 균형은 붕괴되고 있었다.

"촌장, 사정 좀 봐줘. 용병은 새말에서 공급해야 하는데 새말은 여기서 거리가 멀지. 당장은 그렇게 많은 용병비가 필요하지는 않을 거야."

용병단의 설립으로 돈이 필요해진 윤문배와 사병두도 손을 내밀었다. 이것도 어쩔 수 없었다. 돈에 관한 사정은 윤문배와 사병두도 잘 알고 있어서 알아서 절약을 해가며 어렵게 예산을 편성했고, 새로 만들어진 용병단에 무슨 돈이 있겠는가. 이것도 장두태는 죽을힘을 다해서 돈을 마련해 주었다. 그런데 윤문배의 장담과는 달리 새말에서 흘러들어 온 용병들은 자꾸만 성하곡으로 몰려들었다.

"이게 어떻게 된 거야? 새말의 용병 시장에 구멍이라도 뚫린 거야?"

새말의 용병 시장 수급 상황을 비교적 잘 알고 있던 장두태의 예상과는 너무도 달랐다. 용병이 꾸역꾸역 몰려들었고, 돈도 꾸역꾸역 물이 새어 나가듯 흘러나갔다.

"허허, 그러게 말이야."

윤문배도 예상 못했는지 쑥스러워하며 그래도 흘러오는 용병들을 욕심껏 받아주었다.

"이제는 정말 더 이상 안 돼요."

"하지만 중왕은 아직도 당백보에 머물고 있다고, 무려 일만 이천 명이야. 자칫하면 영주 마님을 팽나라에 내주게 된다고."

장두태는 정말 더 이상 어쩔 수 없었다. 거의 자포자기의 상태로 몰려갔다. 그리고 이번에는 아닌 밤에 홍두깨 식으로 용각선 건조에 대한 공문이 날아들어 온 것이다.

"도대체 무령도에 지금 왜 용각선 건조가 필요한 거죠? 소금도 꼬박꼬박 받아가고 들리는 이야기로는 성하곡으로 형나라까지 그 건어물이랑 소금에 절인 생선들이 퍼져 나가고 있다는데, 걔들 모르긴 해도 자금 사정도 꽤나 넉넉할걸요. 혹시……."

당곤이 곰곰이 생각하며 중얼거리다가 말을 멈췄다.

"혹시 뭐?"

"새로 건조하는 선박이 용각선이잖아요."

"그렇지. 용각선."

"걔들이 배가 불러서 우리 신한성에 군침을……."

뭔가 기대하려던 장두태가 금방 실망으로 바뀌었다.

"싱거운 녀석. 지난번 내가 말했던 재무표는 다 끝냈어?"

"아직……."

"그거나 빨리 끝내라, 이 할 일 없는 놈아."

"어디 가시게요?"

"아무래도 대부님을 만나봐야겠어. 이건 보통 심각한 문제가 아니라고."

장두태의 어림짐작으로는 신한성의 자금 사정은 이미 한계에 달했다. 조화 금융의 이자는 당연하게도 꽤나 비쌌다. 용각선의 조선 비용도 어마어마했다. 아마도 이번 건조 비용까지 조화에서 끌어오면 이젠 그 이자 비용만으로도 당항포의 소금 생산 수입량으로는 감당을 못할 것이다. 이것은 심각한 문제였다. 이대로라면 팽나라의 군대가 아니라 조화 상인의 담보로 인해서 신한성이 넘어갈 판이었다.

장두태는 청사를 떠나서 동문 쪽으로 걸어갔다.

'나는 정말 복 많은 사람이야.'

대부 정명이 말했다. 신한성의 동문은 이제 성문이 아니었다. 그 모습만 봐도 항구의 부두로 손색없었다. 통천강 하구를 수중보로 가로막은 밀물은 안정적으로 신한성까지 소금 운반선이 떠밀려 왔다. 썰물이 빠질 때까지 성안에서의 하역 작업도 가능했다. 심지어 이별반도 파고인들의 무역선까지 들어오고 있었다.

주천태의 영입으로 정명의 십년대계는 실현되기 시작했다. 또한 상관장용의 영입으로 그의 계획대로 착착 통유평야는 황무지에서 옥토로 탈바꿈할 것이고, 마침내 그의 꿈은 이루어질 것이다.

처음에는 주천태와 상관장용의 행적조차 몰랐었다. 그런데 정명의 '복 많음'이 그들을 찾아냈고, 이제 그들로 인한 경제계획이 본격적으로 가동되기 시작했다. 정명의 말대로 이제 신한성은 이별반도의 패권국 아뇌에 못지않은 강대국이 될 것이다.

정명은 장담했다. 모두가 그를 믿었다. 믿을 수 없게도 그의 '복 많음'이 하나씩 하나씩 실현되고 있었다.

신한성의 사람들은 정명을 믿었다. 그러나 장두태는 이제는 아니었다. 정명의 꿈도, '복 많음'도 모두가 조화의 사채시장 속으로 잠겨들고 있었다. 그 끝 모를 수렁의 사채시장의 음모 속에 조금씩 잠식되고 있었다.

'이대로는 안 된다.'

장두태는 그렇게 생각하고 굳은 각오로 정명을 만났다.

"정 대부님."

"오, 촌장님인가. 어서 오게. 바쁠 텐데 어쩐 일인가?"

정명은 아직도 그를 촌장님이라고 깍듯하게 불렀다. 어떤 면에서는 평철 군사와 흡사했다.

"이것 때문에 들렀습니다."

장두태는 시비라도 거는 듯 한 손의 두루마리를 높이 쳐들었다. 방금 전의 그 선박 건조에 대한 협조 공문이었다.

"역시 그것인가? 그것 때문에 당장에 뛰어올 줄 알았지. 우선 진정하고 숨부터 돌리게. 어이, 여기 촌장님한테 따뜻한 차 좀 내주게. 장대포의 염전 개발이 시작됐지? 이제 서너 달만 있으면 소금이 생산되기 시작할 거야. 그때까지 조금만 더 버텨보게."

정명이 그렇게 위로했다. 하지만 장두태는 그 서너 달을 버티기 어렵다고 생각했다.

"비록 갈아엎어 버리기는 했지만 내년이면 농사도 시작될 거고, 두고 보라고. 이제 우리도 식량을 자급자족을 하게 될 거야."

장두태는 점점 절망 속으로 빠져들어 갔다. 아마도 농사일은 내년에도 어림없을 것이다. 일전에 그 문제로 상관장용을 만나본 일이 있었다.

"내년? 흥, 어림없지. 하구에 수중보가 어떤 영향을 주는지 차분히 지켜봐야 해. 지금의 제방이 내년 홍수도 버틸 수 있을지. 썰물과 밀물의 자연스러운 흐름이 막혔으니 제방도 다시 확인해야 하는 게 당연한 거 아냐? 관개 공사나 치수라는 것은 생각처럼 그렇게 쉬운 일이 아니야. 내년, 아니, 내후년까지도 농사를 지을 건지는 장담할 수 없어. 그때가 되면 그때 농사의 신께 여쭤봐야 하는 거야."

택도 없다는 무책임한 상관장용의 대답이었다. 게다가 밑

빠진 항아리처럼 용병비만 들어가고 있는 용병단의 총관 윤문배는 또 어떤가.

"손익분기점? 그게 뭔데? 내가 양가장이 문 닫고 낭인 생활을 할 적에 삼 년이 지났지. 그때 새로 문을 연 양양의 용병단에 들어갔는데 삼 년이 지나도록 양양의 용병단은 아직 적자였어. 게다가 이번에는 사립 용병단이 아니야. 이래 봬도 공립용병단, 아니, 국립 용병단이란 말이야. 이건 엄연히 공익사업이라고. 당분간은 이익 같은 것에 대한 생각은 접어둬."

피 한 방울 안 들어가는 무자비한 대답이었다.

그런 것은 모두 그만두자. 일단 실무부터 해결하는 것이 순리였다. 장두태는 흥분을 가라앉히고 조목조목 따지기 시작했다.

"용각선이라는 배가, 그게 그냥 장난감은 아니지 않습니까, 대부님?"

"조금만 참아보게. 서너 달만 있으면 장대포에서 소금이 생산되기 시작할 거야."

"그 사정은 묻지 않아도 대부님이 잘 알고 계시지 않습니까? 하지만 성하곡의 용병단에도 언제까지 자금을 댈 수는 없는 거구요."

"오, 용병단의 용병 영입의 자금 공급도 아주 잘해주었어."

신한성의 재정 형편 같은 것은 모른다는 듯이 정명이 장두태를 칭찬했다.

"하, 하지만……"

또 은근슬쩍 넘어가려 한다. 조금 더 완강해져야 한다고 장두태는 마음을 가다듬었다.

"언제까지 용병 고용 비용을 대줄 수는 없는 일입니다. 적어도 주먹구구가 아닌 계획이 있는 용병 수급에 관한……."

"일이 그렇게 되었네. 사실은 그 용병 고용에서 비롯된 일이야."

비로소 정명의 말속에 무엇인가 있음을 장두태도 눈치챘다.

"네? 조금만 더 알기 쉽게 설명해 준다면 이런 희망없는 일에서도 의욕을 가질 수 있겠는데 말입니다."

정명은 장두태가 평소에는 볼 수 없었던 완강함을 보이자 가만히 장두태를 쳐다보았다.

"왜 그러십니까?"

정명이 진지하게 자신을 쳐다보자 장두태는 혹시 자신이 너무 심하게 항의를 하다가 무례를 범하지 않았나 생각했다. 그러나 그런 정도는 아니었다.

잠시 침묵이 흐르자 정명이 결심을 한 듯 말했다.

"하긴 이번 일은 자네도 알아야겠지. 일만 열심히 한다면 그건 단순한 노예에 불과하겠지. 자네도 어엿한 창립 공신인데……."

"뭘 그렇게 새삼스럽게……."

정명이 정색을 하자 장두태는 민망해졌다.

"이제부터 내가 하는 이야기를 잘 들어보게. 이 피치 못할 일로 자네에게 숨겼던 일급 비밀을, 용병 고용이 밑 빠진 독이 된 내막을, 선택의 여지도 없게 용각선의 건조를 강행하게 된 이 공문의 내막을."

정명은 탁자 놓아두었던 선박 건조 협조 공문을 다시 집어 들었고, 그 두루마리를 쳐다보며 천천히 이야기를 시작했다. 정명의 표정은 딱딱하게 굳어 있었다. 장두태의 예감으로는 아마도 기나긴 설명이 아닐까 싶었다.

二. 용병제도의 몰락

이야기는 구명표의 사려 깊음에서부터 시작된다.

"이상해."

사려 깊은 구명표가 사소한 일에서 이상한 점을 발견했다.

"뭐가?"

물론 아무 생각 없는 규정계가 사소한 일에서 무언가를 발견한다는 것은 불가능한 능력이라는 것을 알고 그 의문점의 발견 능력을 구명표에게 대신 구하려 했다.

"저 치 말이야."

구명표는 방금 고용 계약에 성공한 젊은 용병을 보고 말했다. 새말에서 온 전직 용병이라고 했다.

"응. 왜? 꽤 쓸만하잖아. 저 녀석이 뭔가 찜찜한 게 있어?"

그래도 규정계가 전혀 생각이 없지는 않음을 증명했다.

"아니, 그런 말이 아니고."

"그럼?"

"새말의 용병 시장이 이렇게까지 불황인가? 그런 소식은 들어본 적이 없는데."

새말은 하양 일대에서 최대의 용병 고용 시장이었다. 다른 지역에서 새말로 용병을 구하러 가는 일은 있어도 그 반대의 경우는 거의 없었다.

"흠, 하긴 그렇군. 저렇게 쓸만한 녀석이라면 그 멀리 새말에서 이렇게 궁벽한 곳까지 일자리를 찾으러 올 이유는 없지."

규정계마저 의문을 표했다.

"그렇지? 이상하지?"

"그래서 이상하다는 거야? 난 또… 별게 다 이상하다. 신경 쓰지 마. 이렇게 밀려드는 용병 녀석들 심사하기에도 바쁜데."

"아니. 난 알아야겠어."

그러나 단순한 규정계와 사려 깊은 구명표는 차원부터 달랐다. 무엇인가 있다는 것을 직감적으로 알아낸 것이다. 구명표는 이와 같은 사태를 규명하기 위해 진상 조사부터 시작했다. 그리고 이번에 새말에서 새로 들어온 신입 용병들을 중심으로 조사해 본 결과, 일이 심상치 않게 돌아가고 있음을 알게 되었다. 용병단의 정보부장에 해당하는 모물도를 찾아갔다.

"성하곡과 칠부. 그 외에는 없어. 그런데 왜 하필이면 칠부와 성하곡이라는 거야."

"성하곡과 칠부?"

"응. 그래서 물도 너를 찾아온 거야. 그러니까 주군님이랑 정명 대부님은 너무 바쁘잖아. 이런 일을 부탁했다가 아무 일도 아니면 나만 멍청이 되잖아. 어쩐지 조심스러워. 네가 좀 알아봐 주었으면 좋겠어."

"이상하군. 하필이면 성하곡과 칠부, 왜 그래야 하지?"

구명표의 이야기를 듣고는 모물도도 궁금해했다.

"그렇지? 조화나 팽나라도 아니고 하필이면 성하곡과 칠부라니……."

성하곡은 새말에서 거리가 멀었고 세간의 평가대로라면 궁벽한 곳이었다. 결정적으로 기반이 약하고 위험한 곳이었다. 일자리를 찾는 용병들의 기준에서 보면 한마디로 별 볼일이 없는 시장이었다.

한편, 칠부 광산은 현재 용병이 필요할 정도의 상황은 아니었다. 기껏해야 분쟁 중인 세력은 신한성이 유일했다. 오히려 광산의 광부들이 필요하다면 모를까. 아무튼 용병 시장의 대세로 치자면 성하곡과 칠부는 고용시장에서 제외를 해도 무방했다.

"문제는 용병이 이렇게 구하기 쉬운 건 아니잖아? 특히 여기 중부지방은 난세라서 용병의 공급보다 수요가 많다는 거지. 우리도 처음에는 굉장히 어려울 줄 알았는데. 근데 자네도 알다시피 작금의 상황을 봐. 이렇게 쓸만한 용병들이 손쉽게 구해지고 있잖아."

구명표가 예리하게 의문점을 제시해 왔다.

"응. 확실히 그래. 그래서 나한테 의논하고 싶은 점은?"

모물도도 합리적이라서 곧바로 구명표의 의문을 의식했다.

"문제는 이곳에 넘쳐나는 용병들의 공급 근원지가 새말이라는 점이지."

"어! 확실해?"

새말은 일대에서 가상 활성화된 용병 시장이었다. 모두가 용병이 필요하면 새말로부터 공급받았다. 새말은 시장의 흐름에 맞게 용병이 모자라면 모자랐지 턱없이 남아도는 일은 거의 없는 최대의 용병 공급지였다.

모물도도 그 점은 잘 알고 있었다. 합리적인 모물도는 구명표의 부탁을 시원하게 받아들였다. 양양의 용병단의 상황이 지금은 내 일 네 일을 따질 단계가 아니기 때문이었다.

"알았어. 나한테 맡겨. 내가 알아보지."

'첩보 일이라면 새말 용병계에서는 모물도' 라고 통했던 유능한 정보원 모물도는 새말로 잠입해서 어렵지 않게 중요한 정보들을 획득하였다. 즉시 신한성으로 돌아온 모물도는 평철과의 면담을 요청했다.

"평 군사님, 방금 새말에서 돌아오는 길입니다. 비상대책회의를 소집해 주셨으면 좋겠어요."

"왜 그러십니까? 새말에서 무슨 변고라도……?"

"예, 우리에겐 아주 심각한 일이 생겼습니다."

"비상대책회의의 소집을 요청할 정도로요?"

"예."

항상 유유자적이던 모물도의 심각한 표정을 보고 평철은 보통 일이 아님을 알았다. 모물도의 의견을 즉각 받아들여서 신한성에서 비상대책회의가 열렸다. 성하곡에서 철수해 온 이래 잠시 소강상태에 있던 신한성에서는 처음이었다.

모처럼 만의 신한성의 평화로운 시절은 끝이 났다. 모물도의 한마디가 신한성의 평화를 끝장낸 것이다.

"조세룡이 칠부에 나타났습니다."

모물도의 한마디였다. 당연하게도 대책회의의 모든 참석자들이 발칵 뒤집어졌다. 그것은 신한성 전체가 발칵 뒤집어졌다고 말하는 것과도 같았다. 곧바로 이것이 비상대책회의의 의제로 채택되었다.

"아무리……."

"확실해?"

"잘못 본 거 아냐?"

제각기 한마디씩 해댔다. 하긴 질풍단주 조세룡이 칠부에 있다는 것은 쉽게 상상이 가지 않았다. 그 돈에 환장한 인간이 뭐 먹을 게 있다고 번창한 새말에서 먹을 것이라고는 쇳조각밖에 없는 새카만 철광산에 나타나겠는가.

"물도, 며칠 안 보이더니 그럼 여태 칠부에 가 있었던 거구나?"

말은 없지만 사람들의 관계에 세심한 관심을 보이는 서정이 말했다.

"아니요. 새말이요."

"거긴 또 왜?"

"처음에 명표가 알려줬어요. 용병 고용 문제 때문에요. 명표 이야기로는 칠부하고 새말의 용병 시장에 무슨 일이 있는 것 같다면서, 그래서 먼저 새말부터 가볼까 하다가 가까운 칠부부터 샀죠. 거기서 조세룡이를 봤고, 질풍단에 무슨 일이 있나 해서 새말로 일을 조사해 보러 간 거죠."

별것 없다는 식의 모물도의 전형적인 말이었다. 이것은 사람들의 귀가 솔깃해질 만한 정보를 가지고 있다는 뜻이었다.

"그랬더니?"

대책회의 간부들이 슬슬 관심을 보이기 시작했다.

"요즘 새말 분위기가 말도 아니더군요."

"으음, 그 소문들은 조금 들었지."

이제는 관심사에서 조금 멀어지기는 했지만 사람들은 여전히 새말의 동향에 귀를 기울이고 있었다. 어쨌거나 고향이었다. 최근의 동향은 역시 심상치 않았다. 그 소란의 원인이 용병 시장에 관한 것이라고는 꿈에도 생각지 않았다.

"그래서 새말 용병 시장을 조금 둘러보았지요. 조세룡을 칠부에서 발견하고는 그게 궁금해서 당장 새말로 갔죠. 당연히 새말에 도착하자마자 조세룡의 질풍단 소식에 관해서 뒤를 캐본 거지요."

"물도 형, 거참 서론 참 길다. 빨리빨리 본론 좀 내놔봐. 조세룡이라는 작자가 대체 어째서 칠부까지 납시셨냐구?"

역시나 성질 급한 규정계는 참지 못했다. 모물도도 만만치 않았다.

"이야기가 조금 길어. 인내심을 가지고 천천히 들어봐."

모물도의 말처럼 그 사연의 자초지종은 길었다.

"그래서 질풍대가 뭐 어쨌는데?"

"어려워졌나 봐. 청산토벌대 때문에……."

"그건 또 무슨 소리야? 내가 알기로는 청산토벌대에 끼지도 않았잖아?"

"그렇지. 딱히 질풍대만의 문제는 아니고, 정확하게는 오성방과 천지회에 관한 문제 때문이지. 질풍대가 오성방의 꼭두각시잖아."

"당최 무슨 소리를 하는 건지, 원."

그러니까 일의 발단은 엉뚱하게도 일휘국의 청산토벌대의 철군에서 비롯되었다는 모물도의 이야기였다.

계약은 이행되어야 한다.

이 격언은 새말뿐만 아니라 파고인들의 자유도시라면 모두에게 통용되는 불문율이다. 이 격언이 실행되지 않는다면 큰 문제가 발생한다. 일휘국이 새말의 오랜 맹방이고, 국력에 있어서 새말에게 위협적이지 않는 강대국이라는 점도 소용없었다.

일휘국의 배웅은 새말 정부와 용병 계약을 맺었고, 그래서 정벌하러 가던 군대가 도중에 철군해 버렸다는 것은 명백한 계약 위반에 해당했다. 이런 국가 간의 계약 위반은 새말뿐만 아니라 하양반도 전체의 자유무역도시는 물론이고, 멀리 이별반도의 도시국가들까지 가만히 좌시하지 않을 문제였다. 즉, 국제적인 문제였다.

한마디로 말해서 일휘국과 선진 세력 이별반도와의 단절을 의미했다. 계약 위반으로 인한 일휘국의 막대한 손해가 불 보듯 뻔했다. 일휘국이 가만히 있을 리가 없었다. 새말의 상법재판소에 이의를 제기하였다. 먼저 일휘국의 이의 내용은 계약 내용의 어느 한 단서 조항에 관한 것이었다.

"이의 제기라는 것이 말처럼 그렇게 호락호락하지는 않아요. 반드시 증거가 입증이 되어야 해요. 일휘국의 배웅은 하는 수 없이 그 이면 계약까지 까발려야 했지요. 그 바람에 비밀 계약 내용까지 전부 다 백일하에 밝혀지고 만 거지요, 뭐."

모물도가 잇몸이 보일 정도로 씩 득의양양해서 웃었다.

"오, 이거 점점 흥미진진해지는데? 그래서 그 이면 계약이라는 게 내용이 뭐야?"

석태도 눈을 반짝이며 모물도의 말에 달려들었다.

"거기서 오성방과 천지회의 꼬리가 잡히게 됐지요. 이 사람들이 새말에서 어떤 사람들이에요? 새말에서는 난리도 그런 난리가 없었나 봐요."

이면 계약의 내용은 신한성 사람들도 모두 짐작하고 있는 사항이었다. 일종의 용병 고용 계약이었는데 다분히 형식적인 면이 있었다. 일휘국의 하룡고원의 군대를 꼭 집어서 용병으로 고용한다는 듣도 보도 못한 희한한 내용이었다.

새말 정부 측에서는 이해가 가지 않는 내용이었다. 청산은 새말의 북쪽 붉은 이리족과의 접경지대에 위치했다. 굳이 일휘국의 국경수비대를 내버려 두고—적대국 붉은 이리족과 맞닿아 있었으니 당연히 국경 지대에는 군대도 많았다—하필이면 남쪽의 후방 지역 하룡고원의 군대를 멀고 먼 북쪽의 국경지대까지 이동시키는 그런 어이없고 상식에도 어긋난 이면 계약 내용이었다.

"그럴 줄 알았다. 그러니까 우리를 궁지에 몰아넣으려고……. 오성방 놈들! 그런데 왜 그놈들이 우리를 못 잡아먹어서 안달이지?"

전쟁에 관해서는 항상 한 발짝 물러나 있던 국태봉까지 분노를 터뜨렸다. 모물도가 국태봉의 질문에 대답했다.

"우리 양가장이 문제가 됐기 때문이지요."

"설명 좀 해봐."

전승천의 밀수 사건은 당시의 새말에서도 꽤나 시끄러웠다. 더구나 국방의 주축인 용병단 질풍대가 연루돼 있다는 자체가 새말 사람들에게는 큰 충격이었다. 그 일을 계기로 가뜩이나 나라의 국방 체계에 불만이 커지던 새말 국민들의 개혁의 필요성이 대두되고 있었다.

기존 용병의 상징인 양가장에 비해서 전대문, 질풍단 등의 돈만 밝히고 국방에는 안중에도 없는 용병단을 비난하며, 이참에 국방 체계를 싹 갈아엎는 개혁을 말했다. 즉, 오랜 전통의 양가장과 같은 전통적인 용병 체계로의 회귀를 말했다.

"그쪽에서도 새말 용병의 아버지 양연 어르신에 대한 그리

움 같은 것이라고나 할까요. 그런 새말 기득권의 체계를 원하지 않던 오성방과 천지회에서는 우리 양가장의 잔존이 눈엣가시로 느껴졌겠지요. 그래서 우리를 멸망시키려고 청산토벌대와의 계약을 기회로 오성방과 천지회가 수작을 부린 거죠."

"믿을 수가 없구먼. 그 영악한 소병회와 화서명이 곧 드러날 그런 허술한 수작을……."

신중한 석태가 고개를 갸웃거렸다.

"그 친구들도 어지간히 압력을 받았던 모양이에요."

모물도가 그 속사정을 설명했다.

새말의 미래를 걱정하는 새말 지식인들에게 오성방과 천지회는 보이지 않는 정부로 표현됐다. 그만큼 새말의 권력을 송두리째 장악하고 있는 세력이었다. 질풍단의 희생만으로는 당연하게 일이 마무리되지 않았다. 새말의 분위기는 이미 체계 개혁, 곧 오성방과 천지회의 교체를 원하고 있었다.

궁지에 몰린 천지회와 오성방은 개혁 압력에 못 이겨 그 밀수 사건의 원천인 청산의 토벌을 천명하게 되었다. 그것도 군자금의 대부분을 자신들의 자본으로 충당하게 되었다. 어찌 보면 자신들의 잘못을 시인하는 것으로, 이른바 눈 가리고 아웅 하는 꼴이었다. 그런데 그런 청산 토벌마저 어이없는 이면 계약이 문제가 되었다.

그 이면 계약의 핵심은 일휘국 병부와 새말 정부의 용병의 계약이 아니라 하룡고원의 수비대와 오성방의 계약이라는 데 있었다. 이 사건은 새말 수뇌부의 부정부패가 극에 달했음을 상징적으로 대변해 주고 있었다.

새말의 주축인 상인 계급은 더 이상 참지 못했다. 그들은 오성방과 천지회를 욕했고 예전의 깨끗했던 양가장을 회상했다. 새말의 숨겨진 권력자들에게 눈엣가시는 바로 양가장, 즉 신한성의 양양이었다.

"그래서 일휘국의 배웅을 꼬드겨서 하룡고원의 수비대를 청산으로 보내고, 칠부의 척패부를 움직여서 이참에 양가장의 잔재를 없애 버리겠다. 뭐, 그런 의도였겠지요. 제가 조금 더 알아보니까 천지회의 소병회에게 석산상회라는 산하 세력이 있더군요."

"석산상회? 어디서 들어본 것 같은데?"

"흐흐, 왜 못 들었겠어요. 당연히 한두 번씩은 들어들 보셨겠죠?"

모물도의 질문에 이번에는 새말의 재계에 대해서는 제법 알고 있는 정명이 고개를 끄덕이며 대답했다.

"그 녀석들, 동문의 대흥부두를 휘어잡고 있는 상단인데, 걔들의 주종 사업은 아뇌를 상대로 하는 철광석 해상교역업이지. 아마 새말에서 철광석과 쌀을 주로 다뤘지?"

"오, 역시 대부님. 잘 알고 계시는군요."

"철광석이라고?"

한참 팔짱을 끼고 심각해 있던 지민마저 끼어들었다.

"예, 주군."

"혹시 그러면 칠부에서?"

"예, 바로 그겁니다. 칠부 놈들이 석산에게 철광석을 주고 식량을 받아오는, 뭐, 그렇고 그런 거래가 연결되어 있더군요."

"그래서 천지회의 소병희와 연결되었고, 소병희의 사돈이 오성방주 화서명에게, 거기서 또 오성방의 똘마니 질풍단의 소세룡에게……."

규정계가 손가락까지 짚어가며 그 관계를 꼽아보았다.

"너는 관계를 꼽아도 꼭……."

규정계가 나서자 지금까지 잠자코 있던 구명표가 나섰다.

"왜?"

혹시나 하고 다시 손가락을 꼽아본 규정계가 볼멘소리로 구명표에게 항의했다.

"맞잖아? 괜히 나한테만 그래."

"어떻게 천지회에서 조세룡까지 관계만 꼽아보냐? 청산토벌대 철군 사건이 전승천의 조세룡 밀수 사건과 연결되는 건 생각 안 해봤냐?"

구명표가 통박을 주었다.

"아참, 그렇지. 물도 형, 조세룡! 그러면 조세룡은 어떻게 됐어?"

회의에 참석한 모든 사람도 규정계처럼 궁금해졌다.

"뭐가 어떻게 됐냐? 그냥 절단났지, 뭐."

"칠부에서 멀쩡히 살아 있다며?"

"조세룡만 간신히 목숨을 부지하고 탈출했나 봐. 질풍대는 먼지만 남기고 사라졌고."

"조세룡은 남고 질풍대만?"

더욱더 궁금증을 부추겼다. 새말 상인들의 사고방식으로는 조세룡은 그렇다 치고 당연히 질풍대가 살아남는 게 이익이었다. 그런데 아예 사라졌다는 것이다. 새말의 풍토를 아는 사람들에게 질풍대의 몰락은 너무도 뜻밖이었다.

"그게 그럴 수밖에 없는 게, 새말의 통령까지 하야했대요. 즉, 이제부터는 새말의 체계가 기존의 방식으로는 안 통한다는 말이죠."

"오성방과 천지회는? 질풍단이 붕괴되고, 새말의 최고 권력자인 통령까지 물러나는 마당에, 물론 새말에서는 무소불위라지만 질풍단의 뿌리인 오성방과 천지회가 아무리 권력의 핵심이라고 해도 과연 무사했겠어?"

이번에는 군사 평철마저 놀란 토끼눈으로 끼어들었다.

"군사님, 당연히 아니지요. 새말 장사치들의 의지도 굳건했어요. 밀수에 용병 이면 계약까지. 용병단이 싸워서 돈을 벌라고 해주는 거지, 남의 용병을 사용해서 싸움도 안 하고 돈 벌라고 해주는 건 아니잖아요. 게다가 돈만 버는 것도 아니고 애먼 양가장의 잔존 세력까지 노렸으니 말이에요."

모물도는 조금 고소하다는 듯이 대답했다.

"흠, 결국 새말이라는 용병 시장에서 용병 체계에 필연적으로 근본적인 변화를 줄 수밖에 없었다는 이야기가 되는 건가?"

정치권의 생리라면 조금 아는 정명이 아는 체를 했다.

"네, 그렇습니다. 유식한 말로 요약하자면 새말의 국방 체계는 용병제에서 모병제로 전환되었다고나 할까요."

모물도의 결론에 일동은 한동안 침묵을 지켰다. 그것이 무엇을 의미하는지는 모두 잘 알고 있었다.

이런저런 대화 끝에 모물도의 정보 수집에 관해 정식으로 비상대책회의에 들어갔다. 이것은 비상대책회의에 맞게 너무도 중대차한 안건이었다.

"정리하자면 우리한테도 불똥이 튀게 된 거죠. 전대문은 그렇지 않아도 가뜩이나 손을 봐주려고 벼르던 상인 계급에서 당연히 퇴출, 오성방과 천지회도 예외는 없었지요. 결국 권력 무상과 같아서 그들도 추방령으로 낙착을 받습니다. 그 후로 저로서는 천지회와 오성방의 향배에 대해서 관심을 가질 수밖에 없었지요."

"그래서 조세룡의 칠부 등장?"

"예, 하양반도 최대의 용병 시장이 무너졌으니 그 남아도는 용병이 다 어디로 가겠습니까? 뻔하지 않습니까?"

"나 이거 원, 뭐가 어떻게 돌아가는지 모르겠네."

규정계가 투덜댔다. 여기까지가 규정계의 추리 능력의 한계였다.

"정계야."

"예, 명표 형."

"잘 들어봐라."

"명심, 명심. 감히 누구의 엄명이라고요."

그래도 쌓인 정이 있어서 구명표가 속삭이며 설명을 해주었다. 하양반도 일대를 풍미하던 용병시대는 점차 자신들의 땅은 자신이 지킨다는 모병시대로 변화하고 있었다. 어떻게 보면 그녀의 기사단이 결정타였다. 하양반도 세계의 눈으로 보면 그 상징과도 같았다.

세상의 눈에 용병이 용병 같지도 않게 마치 그 땅의 주인처럼 자신의 생명을 담보로 자신의 영토를 지키는 것을 몸소 보여주었다. 모두 그 교훈을 받았다. 하양반도는 점차 용병제에서 모병제를 채택하는 일이 많아졌다.

특히 군사 강국 일휘국에서부터 점차로 용병제를 축소하고 자신들의 백성을 군대로 모집하는 경우가 증가하였다. 일례로 천정벽의 멸랑대는 모두 일휘국 백성들로 구성되었다. 물론 용병들에게는 말을 보유해야 한다는 진입 장벽이 있기는 했다. 어쨌든 그러한 사례가 효율적으로 증명되었다.

문제는 새말에서 흘러들어 온 퇴출된 용병단의 용병들이었다. 오성방과 천지회는 양가장의 원한을 물론 잊지 않고 있었다. 결과적으로 해넘이언덕에서의 철군이 그들의 퇴출을 재촉한 꼴이었다.

칠부의 조세룡이 새말의 용병을 끌어 모으고 있는 것이 바로 그 증거였다. 반드시 그들 세력의 보복이 뒤따를 것으로 예상됐다. 칠부의 용병 고용의 증가는 곧 신한성에게 커다란 위협이 되었음은 당연했다.

"물도, 새말의 동향은? 용병 고용의 정도가 관건인데……."

오랜만에 지민이 회의 주재에 나섰다.

"예, 우리 용병단과 시기적으로나 지역적으로나 치열한 경쟁이 예상됩니다. 불행하게도 지역적인 면에서도 금전적인 면에서도 역시 칠부가 경쟁에서 앞섭니다. 하지만 우리에게도 전임 단주 양연의 후광이 있죠. 말씀드렸듯이 지금 새말에서는 양연 어르신의 공로가 알게 모르게 우리의 선전에 큰 몫을 하고 있다고 생각합니다."

"대부, 우리 용병 고용의 걸림돌은 역시 금전 때문인가?"

이번에는 그 분야의 책임자인 정명에게 의견을 물었다.

"예, 천만다행으로 그동안 용병단에게 제약을 두지는 않았습니다. 아직까지는 장두태가 사력을 다하고 있습니다만 자금 사정에서는 고전을 하고 있는 형편입니다. 불만이 보통이 아닙니다. 이제부터는 아무래도 용병단의 용병 수급에 제약이 불가피합니다."

"흠, 군사의 의견은?"

"선택의 여지가 없습니다. 우리가 병력을 줄이면 칠부 쪽에서는 자연스럽게 증강이 되는 효과를 보게 됩니다. 그런 면에서 가능한 한 새말의 용병들을 흡수해야 한다고 봅니다. 그렇지 않으면 시간이 갈수록 우리에게 불리합니다."

회의가 군사적인 문제로 들어서자 평철의 발언에 뒤를 이어서 모물도가 결정적인 증언을 터뜨렸다.

"중요한 문제가 있습니다. 석산상회에서 대규모의 식량 거래가 있다는 정보입니다. 물론 목적지는 칠부가 되겠구요. 그 식량·대금은 철광석이랍니다. 목적지는 아뇌입니다. 말하자면 삼각무역이 됩니다."

"삼각무역은 어떤 의도를 말하는 거지?"

지민이 묻자 정명이 평철 대신에 대답했다.

"제가 말씀드리겠습니다. 오성방과 천지회, 그들은 새말에서 쫓겨나서 새로운 본거지를 물색하고 있습니다. 천지회의 삼각무역을 위한 새로운 본거지, 오성방을 위한 새로운 용병단의 본부, 그리고 향후 피할 수 없는 마찰이 예상되는 아뇌까지 있습니다. 공교롭게도 오성방, 천지회, 칠부, 그리고 아뇌의 제거해야 할 목표는 모두 동일합니다. 조만간에 칠부가 움직일 것으로 예상됩니다. 칠부는 그들의 활동 무대로는 너무 좁고, 넓은 곳으로 진출하기 위해서는 걸림돌로 우리가 버티고 있습니다."

"어찌했으면 좋겠나?"

다시 평철이 대답했다.

"싸워야 합니다. 선택의 여지가 없습니다. 늦으면 늦을수록 우리가 불리합니다. 주군, 모쪼록 빠른 결단을 촉구합니다. 그들의 가장 큰 약점은 식량에 있습니다. 그 약점을 제거하기 전에 우리가 먼저 움직여야 합니다. 식량이 확보되기 전까지는 우리에겐 시간이 강력한 무기가 되니까요."

지금 상황으로서는 다른 선택이 없었다. 다시 전쟁이 시작되었다.

三. 양양과 화군영

백천두는 햇볕이 쨍쨍 내리쬐는 언덕에서 만을 바라보았다. 만의 입구를 막아놓은 둑으로 밀물이 다가오고 있었다. 인부들이 굴림목을 차례차례 잇고 있었다. 이제 새로 만들어진 용각선이 그 굴림목을 바퀴로 삼아 바다로 나갈 참이다.

둑으로 막힌 항아리 모양의 만에 이제 밀물이 모두 들어차면 둑은 터지고 용각선은 수면으로 떠오를 것이다. 그 굴림목을 타고 또 하나의 용각선이 바다로 나가는 것이다.

언덕 위로 시원한 바람이 불더니 나뭇가지를 흔들었다. 만이 한눈에 바라보이는 언덕 위에는 백천두와 금서량이 같이 서 있었다.

"그럼 이제 일곱 번째 용각선이 되는 건가요?"

금서량이 중얼거리자 백천두는 말없이 고개를 끄덕였다. 마치 남의 일인 양 금서량은 물어보았지만 정작 배의 건조를 진두지휘한 사람은 백천두가 아니라 금서량이었다. 금서량은 솜씨 좋은 목수였다. 금 씨 가문의 가장에서 육 촌밖에는 떨어지지 않았으니 그만하면 출신성분도 나쁜 편이 아니었다.

금서량은 서량포에서 쭉 자라났고, 일대에서는 가장 큰 조선소가 이곳 서량포에 있었다. 게다가 이곳이 바로 금 씨들의 집성촌이었다. 금서량이 용각선의 건조 일에 발탁된 것은 당연했다.

금서량은 백천두에게는 숙항뻘이었다. 그래도 무려 열 살이나 백천두가 나이를 더 먹었다. 나이가 어린 아저씨 항렬의 금서량이 거북했지만 그래도 동해일가에서는 조선 분야에서만은 최고이기에 어쩔 수 없이 그와 일을 하고 있었다.

용각선의 건조 작업은 비교적 순조롭게 진행되었다. 벌써 일곱 척이 만들어져 가고 있었다. 하지만 아쉬운 대로 일곱 척을 추가하는 것에 그쳐야 했다. 그래도 보름 동안에 일곱 척이면 아마도 동해일가의 신기록일 것이다.

백명길이 무령도로 백천두를 불러들인 것은 보름 전이었다. 신한성에 복속된 이래 그를 호출하기는 이번이 처음이었다. 백천두도 알고 있었다. 어쨌거나 남의 밑으로 들어갔으니 자신의 능력을 발휘해야 했고, 그것이 논공행상에 유리하게 작용했을 것이다.

백천두는 백명길의 뻔한 속셈에 그저 웃었다. 자신보다 능력이 모자란 주군을 모신다는 것은 괴로운 일이었다. 그래서 백천두를 하양반도와는 반대쪽인 고포항으로 보냈고, 그런 권력의 음지에 갇혀 있던 백천두를 오랜만에 다시 자신이 부른 것이다. 그래도 명색이 참모였는데 너무 오랫동안 잊고 있었다.

"주군."

엄밀하게 말해서 이젠 주군이랄 것도 없지만 그래도 버릇인지라 그것도 의리라고 그렇게 불렀다. 복속은 되었지만 여전히 동해일가의 주군 노릇을 하고 있었다. 어찌 된 노릇인지 백명길의 권한을 조금도 간섭하지 않는 신한성의 수뇌부이기도 했다.

그것은 결과적으로 옳은 판단이었다. 유달리 독립심이 강한 동해일가에서의 반발을 최소한으로 줄일 수 있었다. 또한 내정간섭에 대한 두려움을 최소화할 수 있었다. 덕분에 이제까지는 문제가 될 만한 반발이나 말썽이 발생하지 않았다.

"들어오게."

백명길의 안색부터 살폈다. 자신까지 불러들인 것을 보면 그리 간단한 문제는 아닐 것이라고 추측했다. 그런데 표정은 걱정보다는 약간 거만한 기색이었다. 백천두는 적어도 전쟁에 준하는 위기는 아니라고 판단했다.

"전쟁인가요?"

백명길에 대한 빈정기도 약간 섞어서 일부러 너스레를 떨어 보았다. 그러나 전쟁이 아니라고 일단 안도부터 하기에는 너무나 성급했다. 백명길의 대답은 의외로 뜻밖이었다.

"드디어 칠부하고 붙게 되나봐. 그래서 자네랑 의논할 게 좀 있어서."

백명길은 아무렇지도 않은 듯 태평하게 툭 던졌다. 결과적으로 백천두의 지레짐작은 틀렸다. 뜻밖에도 전쟁이었다. 신한성의 무리는 역시 무령도의 우물 안 개구리들하고는 배포의 차원이 달랐다. 처음부터 비밀이고 뭐고 없이 툭 털어놓고 우리 쪽의 의사를 타진해 왔던 것이다.

"뭔데요?"

백천두도 관심없다는 듯 짐짓 여유를 부렸다. 지금은 만사 태평의 무령도였다. 안정적으로 소금이 들어오고, 생선의 염장 사업도 어려움없이 잘 진행되었다. 신한성을 중심으로 하는 생선의 유통권도 안정적이었다.

석진화의 약속대로 주민들의 제사상에는 무령도의 염장 생선들이 제물로 올려졌다. 어획 수확량도 괜찮았고 수입도 짭짤해졌다. 경제가 번창하고 시장도 활성화되었다. 가계마다 돈이 넘쳐나고 동해일가가 일어선 이래로 최고의 태평성대라 아니 할 수 없었다.

동해의 오대세가의 입장에서는 신한성의 은혜가 클 수밖에 없었다. 그동안의 자립정신은 다 어디 갔다 버리고 저절로 신한성의 주민임을 자처하고 나서는 것이 최근의 분위기였다. 만약 신한성에서 무언가 지시가 있다면 그것은 당연히 신한성 백성의 의무로 거부감없이 받아들였다. 무엇보다 백명길부터가 그러했다.

"이건 정치력이나 세련된 처세술이 제법 요구되는 일이라서… 자네도 알다시피 우리 중에는 그런 고단수가 없잖아. 그러니까 자네가 한 번 더 수고해 주었으면 좋겠어."

"알겠습니다."

사정을 잘 아는 백천두로서는 가타부타할 것도 없이 순순히 일을 수락했다.

"다녀온 일은?"

밀물이 들어차고 이제 막 둑을 무너뜨릴 즈음에 백천두는 보고하러 언덕까지 올라온 금서량에게 그의 용무를 일깨워 주었다.

"네, 모두 처리됐더군요. 그 늙은이, 깐깐하기는 해도 일 하나는 정말 똑 소리 나게 한다니까요. 미처 생각지도 못했던 우리 쪽 사정까지 헤아려 가면서 잔무까지 모두 깨끗하게 처리했더군요."

금서량은 자못 감탄스럽다는 듯 너스레를 떨었다. 신한성의 자금 사정은 뻔했다. 너무도 빡빡한 형편일 것이다. 일의 시급성을 잘 알기에 백천두는 직권으로 밀어붙였다.

외상이 된다면 외상으로, 급하면 동해일가의 내부 자금까지 동원해서 독단적으로 일을 진행해 나갔다. 신용과 믿음을 전제로 하는 상호간의 협력 업무 중에 담당자 간의 안면까지 생소한 상황이었다. 일이 순조로울 수만은 없었다. 필연적으로 많은 부분에서 삐거덕거릴 것을 각오했었다.

재정 담당은 장두태라는 노인이었다. 무한의 성에서 촌장질을 해왔다는 장두태라는 재정관은 어찌 보면 백천두보다 한술 더 떴다. 자신의 일이라는 입장에서 내 것 네 것조차 가리지 않았다. 자금 공급 면에서만큼은 마치 백천두의 일을 장두태 자신의 돈으로 하듯이 일의 진행이 시원했다.

둑이 터지고 방금 건조된 새 용각선이 수면 위로 떠올랐다. 배의 건조는 성공이었다. 동해일가의 해군력에 전함 한 척이 추가된 것이다.

"이제 진수를 했으니 한 척 더?"

금서량은 천생 성실한 목수였다. 신한성 장두태의 열성에 비해서도 결코 모자람이 없었다. 그러나 백천두는 고개를 저었다.

"고생 많았네. 정말 잘해주었어. 하지만 이젠 됐어. 안타깝게도 시간도, 자금도, 재료도 다 떨어졌거든."

"이제 드디어 출동입니까?"

"응. 내일이면 출동 명령을 내리실 사령관님이 오신다니까."

"그놈의 사령관은……."

백천두는 아무런 감정이 없었지만 그와 달리 금서량은 뚜렷하게 적대감을 드러내었다. 아무튼 서량포의 동해일가 사람들이라면 모두 금서량과 같은 심정일 것이다.

"뭐 해? 서둘러야 할걸? 때에 따라서는 내일 당장 출동할 수도 있어."

"네이, 네이."

조카 같은 아저씨 항렬의 금서량이 장난스럽게 굽실굽실 고갯짓을 했다. 내일부터는 출동 준비로 정신없이 바쁠 것이다.

"저쪽인 것 같은데요."

용각선 사령함으로 임시로 정한 고물 쪽에서 출동 준비에 바쁘던 백천두는 금서량의 목소리에 고개를 들었다. 금서량이 서쪽 언덕을 고갯짓으로 가리켰다. 백천두는 이마를 짚으며 먼 쪽을 바라다보았다.

"맞죠?"

"그런 것 같구먼."

"나가 봐야죠, 백 부단장님."

일단 백천두가 부단장을 맡았다. 원래는 선단의 단장으로 예정되어 있었지만 급하게 변동이 있었다. 백천두는 어쩔 수 없는 사정으로 한 단계 강등되고 말았다. 이런 과정은 모양새만으로도 썩 좋은 것은 아니었다.

"나가 봐야지."

"가시죠."

금서량이 장난스런 손짓으로 귀빈이라도 안내하듯이 말했다. 말 그대로 귀빈의 마중이었다. 주변 사람들이 눈치채지 못하게 행여 오는 모습을 놓칠까 싶어서 은근슬쩍 고물 쪽으로 나와 있던 터였다.

진작부터 하양반도 일대의 거물이었다. 예전 호파수 해적소 탕전 때부터 전설처럼 떠돌던 것을 백천두도 들어서 알고 있었다. 그러나 인연이 없어서 이번이 초면이 되는 셈이었다. 첫인상은 우선 하얗다. 상, 하의 모두 백설처럼 하얗다. 비싼 비단천이 아니었다. 그냥 무명천이었다. 그런데도 찬란하게 빛이 났다.

"치이, 소문보다는 써억―"

금서량은 마차가 도착할 때부터 어깃장을 놓았다. 그것도 이해는 간다.

"왜? 나로서는 과연 명불허전인데?"

백천두는 금서량의 냉소를 받아주지 않았다. 각오는 하고 있었지만 애초부터 금서량의 비위를 맞추고 싶지는 않았다.

"쳇, 부단주님도 눈이 너무 낮아요."

금서량은 흥이 빠진 듯 재미없어했다.

백천두와 금서량은 서둘러서 수병들이 도열해 있는 곳으로 갔다. 백의여인도 서두르지 않고 수병들이 도열해 있는 곳으로 왔다. 백의여인이 백천두가 있는 곳을 바라보았다. 순간 주변이 환해지는 듯했다.

"봐, 명불허전이잖아."

"어디가요?"

백천두는 태평했고 금서량은 어이없어했다. 소문대로 과연 눈매가 서늘하고 이목구비가 시원한 굉장한 미녀였다. 그녀가 두리번거리지도 않고 곧장 백천두에게 다가왔다.

"어서 오십시오."

백천두는 공손하게 고개를 숙였다.

"부단주님… 아니, 백 선장님."

'이거 봐라' 하는 감탄으로 백천두는 숙였던 고개를 다시 들어서 여인을 바라보았다. 아무나 알 수 있는 것이 아니었다. 그것은 동해일가만이 알고 있는 전통이었다. 그들의 직위에 앞서서 '선장님'이라고 부르는 것은 그들에게 있어서 최고의 존경을 나타냈다. 한마디로 백천두의 체면을 최대한으로 살리는 인사였다. 과연 양가장의 용병단장 양양은 소문대로 정치력의 여장부였다.

"먼 길에 고생 많으셨습니다, 마님, 아니, 단장님."

백천두의 농담을 알아듣고 킥 하고 웃는 듯 입모양을 만들었다. 백천두는 그리 오래지 않아서 이 여인에게 호의를 느꼈다. 그러나 주변의 분위기는 그와는 달리 싸늘했다.

백천두는 조마조마했다. 아직 신한성과 무령도 사이의 관계가 많이 호전됐다고 보기에는 시기상으로 조금 빨랐다. 그래도 신한성의 복속 이후 이렇다 할 간섭이 없는데다가 오히려 무령도 사람들에게 여러 가지 혜택을 가져다주었다. 그래서인지 이렇다 할 저항도 없이 항복을 한 수뇌부에 대한 불만은 많이 누그러졌다. 이번 전쟁 참가에 대한 자신들의 임무도 감수할 수 있었다.

신한성에는 변변한 전함 한 척조차 없었다. 동해일가에게 바다의 모든 것을 넘겨준 것이다. 그것도 불만은 없었다. 의무라기보다는 권리 같은 것이었다. 물론 그들이 해군력을 대신해야 함은 이미 각오하고 있었다. 그런데 느닷없이 신한성에서 내부의 사람으로 사령관을 임명하겠다는 일방적인 명령을 내렸다. 당연히 반발이 뒤따를 수밖에 없었다.

신한성과 무령도의 첫 협동 작전이었다. 그 시작부터 삐거덕거림을 각오해야 했다. 그러나 엄밀하게 따지자면 백명길의 입장에서는 신한성의 수하에 불과했다. 백명길은 그 삐거덕거림이 출셋길에 지장을 준다고 생각한 모양이었다. 그래서 고심 끝에 백천두를 다시 불러들인 것이다.

우물 안의 개구리가 아닌 넓은 세상에서의 안목을 가진 정치력의 인재가 필요했다. 신한성과 무령도 사이의 공연한 마찰을 최소한으로 줄일 수 있는 그런 세련된 정치 감각의 인재를 원했던 것이다. 이제부터 백천두가 그런 역할을 해야 했다.

"이 배가 내가 승선할 사령선인가요?"

"그렇습니다. 우선 한번 둘러보시겠습니까?"

"그러지요."

양양은 주저없이 백천두의 권유를 받아들였다.

"승선을 하시지요."

백천두는 이물 쪽의 목조 사다리로 양양을 안내하고자 했다. 그러나 바로 그때 백천두가 우려했던 보이지 않은 알력이 시작되었다.

"이쪽으로."

금서량이 선수를 쳤다. 백천두와 양양의 사이를 가로막고서 금서량은 사령선에 걸려 있는 고물 쪽의 줄사다리로 양양을 안내하였다. 백천두는 바싹 긴장했다. 자칫하면 심각한 외교 문제로 비화될 수도 있었다. 더군다나 무령도는 냉정하게 말해서 신한성의 속국에 지나지 않았다. 항명의 대가가 얼마나 지독한지는 단단히 각오해야 했다.

  사령선으로 승선할 통로는 두 갈래였다. 하나는 줄사다리였다. 기존 무령도의 관습대로라면 당연히 줄사다리였다. 노약자고 여자고 예외가 없었다. 무령도 사람이라면 관습적으로 줄사다리를 타고 승선을 했다. 쓸데없는 비용을 절약하고 편의성을 위해서 저절로 굳어진 오랜 전통이었다.

  또 하나는 급조된 목조 계단이 있었다. 양양이 사령관으로 온다기에 특별히 조치한, 승선하기 쉬운 계단이었다. 위험한 줄사다리가 익숙지 않은 아녀자 양양이 자칫하면 바다 속으로 빠져 버리는 난감한 상황을 자초할 수도 있었다. 즉, 목조 계단은 그런 위험을 피하기 위해서 기존의 가치관과 다르게 쓸데없는 비용을 동원하고, 번거로운 형식마저 차용한 것이다. 확실한 것은 목조 계단은 무령도의 전통에 위배되는 일이었다.

  양양이 귀빈인데다가 아녀자라는 난점을 사전에 방지하려는 백천두의 보이지 않는 안배였다. 그런데 금서량은 백천두의 그런 정성마저 무시해 버리고 양양을 일부러 골탕 먹이려고 굳이 줄사다리 쪽으로 안내한 것이다.

금서량이 강권하였다. 그러자 백천두도 지지 않고 강권하는
자세를 취하였다. 양양은 두 사람의 고집을 번갈아가며 바라
보다가 잠시 생각해 보고는 결정을 했다.

"가시죠."

뜻밖에도 양양이 선택한 쪽은 금서량이었다.

"하, 하지만 단주님……."

사태가 이 지경에 이르자 백천두는 노골적으로 양양에게 만
류의 표시를 했다. 표정을 보니 양양도 백천두의 갸륵한 배려
를 눈치챈 듯싶었다.

"이쪽이 옳습니다. 저는 이쪽으로 가겠어요."

양양이 감사의 표시라도 하듯이 고개를 끄덕이고는 고집을
꺾지 않았다. 백천두는 다시 한 번 '이것 봐라'의 심정이 되었
다. 무령도 사람들의 기준으로는 그녀가 좋음이 아니라 옳음
을 선택한 것이다.

이 소동으로 금서량과 백천두의 눈에 보이지 않는 갈등도
주변의 모든 사람들 눈에 띄게 되었다. 그리고 양양의 당당한
행보도 눈에 띄게 되었다. 그녀는 자신의 권위와 안전을 돌보
지 않고 백천두의 '선장님'과 무령도의 '줄사다리'를 택했다.
분위기가 술렁거렸고, 눈에 보이지 않게 불편한 관계가 조금
씩 변화하고 있었다.

득의양양해 있던 금서량도 양양의 주저없는 행보에 점차
당황했다. 때를 기다려 병사들에게 백천두가 눈짓을 했다.
만일의 사태를 대비해서 백천두가 대기시켜 놓았던 병사들

이다.

신호를 보내자 두 명의 병사가 사령선의 줄사다리를 팽팽하게 잡아당겼다. 두 명의 병사는 줄사다리를 탄탄하게 당김으로써 양양의 승선이 어렵지 않도록 도움을 주려는 행위였다. 비로소 당황했던 금서량도 남몰래 안도의 한숨을 쉬는 듯 안정을 되찾았다. 주변 사람들의 심정도 금서량의 그것과 동일하였다. 확실하게 분위기가 바뀌어 있었다. 갑판에 도착한 양양이 손을 흔들었다.

"와아―!"

무뚝뚝한 바다 사나이들 답지 않게 양양의 대담한 손 흔들기에 환호로 호응하였다.

'이거야 원…….'

백천두는 설레설레 고개를 저었다. 과연 전설의 여장부 양양다웠다.

"저쪽인가요?"

시종 자애로운 표정을 일관하던 양양이 심각한 표정이 되어 북동쪽을 바라보며 말했다.

"예?"

느닷없는 질문에 백천두는 반문했다.

"내일 출정하려는 곳이요. 아니면 저쪽인가요?"

양양은 여전히 표정을 바꾸지 않은 채 이번에는 해감도 방향으로 이마에 손을 짚으며 물었다. 그제야 백천두는 양양의 말뜻을 이해하였다.

이를테면 출정에 관한 선택, 즉 양자택일이었다. 그것도 아주 중요한 양자택일.

해상봉쇄령.

조세룡의 칠부 등장으로 연일 숙의에 숙의를 거듭하던 신한성 수뇌부는 결국 칠부와의 전쟁을 결정했다. 어쩔 수 없는 선택이었다. 가장 강력하게 주전론을 주장한 사람은 다름 아닌 정명이었다.

오성방, 천지회, 칠부, 아뇌가 서로 연합하려는 움직임을 보이고 있었다. 멀지 않은 시기에 병력, 돈, 자원의 세 가지 힘이 합쳐지기 시작한다면 그 거대한 힘에 비해서 칠부는 바닥이 너무나 좁았다. 필연적으로 넓은 공간으로의 진출이 예상되었다. 그 진출을 가로막고 있는 가상 세력이 바로 신한성이었다.

게다가 신한성은 오성방, 천지회 같은 세력들과 불구대천지수와도 같은 사이였다. 마지막으로 소금 독점권을 위협하는 세력에 대해서는 예외없이 멸망을 강요하는 강대 세력 아뇌가 뒤를 받치고 있었다.

모두가 정명의 말에 동의하였다. 늦으면 늦을수록 불리하다. 그렇기에 만장일치로 칠부로의 전격적인 공격을 결정하였다.

외교적으로 일방적인 공격은 모양새가 안 좋다는 의견에 따라서 적으로 하여금 우리를 공격하게 하자는 전술이 선택되었다. 그래서 칠부를 동청령으로 유인하는 방책이 논의되었다. 병법의 대가 평철이 먼저 전략을 내놓았다.

그것은 칠부에 대한 해상봉쇄였다. 칠부의 가장 큰 약점은 뭐니 뭐니 해도 식량이었다. 식량에 대한 해상봉쇄는 칠부를 당장 기아 상태의 위기에 전락시킬 수 있었다. 그들이 굶어 죽지 않으려면 당연히 동청령을 넘어야 했다.

바다가 봉쇄된다면 동청령 외에는 식량을 구할 방법이 없다. 그들이 동청령을 넘는다면 천정벽이 기다리고 있었다. 진출하는 길목은 동청령 하나밖에 없었기 때문이다. 이것은 자연스럽게 일휘국과 연합이 되는 과정이었다. 해상봉쇄의 또 하나의 장점이었다.

평철의 그 해상봉쇄를 위한 포위 작전이 채택되었다. 새말에서 칠부로의 식량 공수 정보는 이미 모물도가 가져온 상태였다. 칠부의 해상 교역은 삼 개 항로로 압축된다. 기존의 조화와 칠부의 남쪽 항로, 새말에서 칠부로의 북동쪽 항로, 그리고 정황상 그 가능성이 있는 식량 공급선으로 아뇌에서 항해할 수 있는 동쪽 항로가 있었다.

신한성의 해군이라고 할 수 있는 동해일가도 이번 전투에 참여하게 되었다. 그러나 부랴부랴 전함을 추가해도 시일이 너무나 촉박했다. 결국 무령도와의 조율로 두 개의 항로 봉쇄를 책임지는 것으로 타협했다. 다시 외교 협상은 하지성으로 옮겨졌다.

명색이 연합 맹방이었으므로 해넘이언덕 사건의 빚도 갚을 겸 도와달라고 매달렸다. 그 과정에서 또다시 석진화의 교묘한 술책이 먹혔다. 일휘국도 칠부의 세력이 강성해지는 방향은 원하지 않았으므로 마지못해 해군을 지원해 주었다.

일휘국의 해군은 새말과 칠부 사이에 위치하고 있어서 그 항로를 봉쇄하는 데 안성맞춤이었다. 급박한 협상 끝에 신한성이 칠부를 점령하게 된다면 철광 생산량의 이 할을 영구히 제공한다는 조건으로 협상이 타협되었다. 일면 약간은 굴욕적이고 일방적인 조건이었으나 신한성의 입장에서는 일휘국 말고는 다른 대안이 없었다.

삼 개 항로를 봉쇄한 신한성의 합동 작전은 칠부의 해상봉쇄에 성공하는 듯했다. 그러나 상대적으로 그다지 필사적인 위기감을 느끼지 못하고 있는 일휘국 해군의 느슨함이 결국 문제가 되었다. 그들은 호파수의 해룡 화군영의 신출귀몰한 기동력을 간과하고 있었다.

적이 방심한 틈을 타서 전격적으로 기동한 화군영의 함대는 칠부군의 해상봉쇄망을 뚫고 유유히 탈출에 성공하였다.

기존의 동쪽 항로는 무령도의 앞바다로 자신들의 영향권이나 다름없었으니 상대적으로 단단한 봉쇄를 하고 있었다. 나머지 항로인 조화와의 단절은 일단 조화의 해군력이 별 볼일 없다는 판단하에 급한 대로 잉여 병력만으로 남쪽 항로를 차단하였다. 물론 시간이 지날수록 새로 건조한 일곱 척의 신형 용각선을 추가로 배치시킬 예정이었다.

해상을 봉쇄한 지 사흘 만에 모물도에게서 정보가 날아들었다. 새말에서 식량 운반선이 출항했다는 정보였다. 대기하고 있던 일휘국 해군이 즉각 출항해서 항로를 차단했다. 그런데 늦장을 피우며 천천히 출항한 일휘국의 해군은 북쪽 국경의 해감도 근처를 수색해 보았으나 화군영의 식량운반대의 종적을 찾지 못했다. 일휘국 해군의 예상대로라면 당연히 새말에서 출항한 식량 운송선은 해감도를 거쳐야 했다.

그런데 어찌 된 일인지 운송 선단의 자취는 온데간데없었다. 어이가 없었다. 그 소식을 들은 모물도가 길길이 날뛰며 재차 정보의 정확성을 보장해 주었고, 그 결과 양양이 서량포로 급거 출동하게 된 것이다.

"해감도에서는 어찌 된 영문인지 그 원인을 찾았나요?"

"저희로서는 소관 사항이 아닌지라······."

백천두는 내키지 않지만 변명을 해야 했다. 사실 뻔한 질문을 하는 양양이었다. 그것은 모두 다 일휘국 해군의 멍청함 탓이었다.

"예, 그건 알고 있습니다. 다만 대략적인 상황만이라도 알고 싶은 거지요."

"제 짐작만으로도 괜찮겠습니까?"

이 정도의 끈질김이라면 연합군의 체면까지 살펴야 할 당위성은 없었다. 백천두도 양양에게 협조할 의향이 없는 것은 아니었다.

"네, 짐작만이라도요. 저로서는 짐작조차 못하고 있는 상황인지라······."

여전히 조심스러운 백천두였지만 사실은 이렇게 추정하고 있었다. 해감도는 새말과 일휘국의 중간쯤에 위치하고 있었다. 그러니까 새말에서 일휘국으로 항해하려면 오히려 해감도가 중간 기점으로 합당했다. 그러나 칠부 쪽이 목적지라면 경우가 조금 달랐다.

해감도와 일휘국 항구는 그리 멀지 않았다. 해상봉쇄를 피하려면 조금 더 대양으로 나가야 했다. 그러나 항해의 심리상 해감도와 육지 사이의 연안을 통과하는 것이 상식이었기에 화군영이 그 맹점을 찔러왔을 것이라고 백천두는 추정했다.

어찌 됐든 바다 쪽이든 연안 쪽이든 바로 그 지점에서 선단의 행방을 잃어버렸다. 분명히 길목을 지키고 있다고 생각했는데 종적이 묘연해진 것이다.

백천두는 자신의 의견을 설명하기 시작했다.

"정병연 함장 이야기로는, 아, 이번 작전에 일휘국 해군을 지휘하고 있는 함장이 정병연입니다. 정 함장도 미련한 사람은 아니라서 종적을 놓치고 나서 어쩌면 해감도 방면을 바다 쪽으로 우회할 수도 있다고 추정했습니다."

"그런데요?"

"해감도의 동쪽 해안에 미리 염탐꾼을 배치했었죠. 수평선까지 나가서 배를 감추기 전에는 감시의 눈을 피할 수 없었을거라 생각합니다. 하여간 초병들의 보고는 절대로 지나가지 않았다는 것이었습니다."

"혹시 수평선까지 나갔다 다시 돌아왔을 수도 있잖아요."

자신이 내세운 추리인만큼 자연스럽게 백천두가 추리의 타당성을 방어했고, 양양이 그 의문점을 공격하는 입장이 되었다.

"그건 그렇게 효율적이라고 생각하지 않습니다만, 다시 돌아오려면 동쪽 항로를 택해야 합니다. 동쪽 항로는 우리 쪽 봉쇄선이 세 항로 중에서 비교적 단단하게 지키고 있습니다. 만약 그랬다면 애써서 우회를 해서 일부러 수비가 강한 방면으로 되돌아온 꼴밖에는 되지 않습니다."

"해감도와 육지 사이의 연안 항로를 통과했을 수도 있잖아요?"

"그 가능성에 대해서는 검토해 보지 않았군요. 해감도의 서쪽 해안에는 이미 일휘국 해군이 정박해 있는데다가 육지 쪽으로는 좀처럼 빠져나가기 힘든 암초 지대이니까요."

"빠져나가기 힘든 암초 지대라고요? 화군영의 함대가 그쪽으로는 절대로 통과할 수 없다고 확신하나요?"

양양이 끈질기게 물고 늘어지자 백천두는 조금 짜증이 났다.

"화군영이 그렇게 용감한 장수입니까? 목숨까지 내놓을 정도의 위험한 도박을 서슴지 않을 정도로 말입니다."

잠시 망설이던 양양이 대답했다.

"화군영에 대해서는 아마도 제가 가장 잘 알고 있을지도 몰라요. 그래서 제가 서량포로 억지로 끌려나오게 된 이유이기도 하고요."

백천두의 설명에 양양의 표정이 더욱 찝찝해졌다.

"그런 말씀을 하시는 이유는 화군영이라면 기어코 암초 지대를 통과했을 수도 있다고 예상하기 때문인 겁니까?"

사람 좋은 백천두도 '이거 왜 이래?' 하는 심정으로 양양에게 반문했다.

"그때 그가 호파수의 수룡의 명예를 얻어서 유명해졌을 때 세상 사람 모두가 그 내막을 상세히 알게 된 건 아니지요."

양양이 문득 회상에 잠기듯 말을 했다. 그러고 보면 백천두도 소문만 들었지 그 상세한 내막은 모르고 있었다. 해전에 대한 내용은 새말 정부에서 일급 비밀로 다루어졌기에 해전에 관심이 많은 동해일가 측에서도 구해보려고 애를 썼던 기억이 났다. 그러나 끝내 그 전법에 관한 정보를 캐내지 못했다.

"단주님께서는 알고 계십니까?"

"그때 우리 양양의 용병단이 꽤나 큰 용병 계약을 따냈으니까요. 그 당시의 용병단장 급이면 일급 비밀도 큰 제약 없이 다룰 수 있었지요."

양양이 별일 아니라는 듯 쑥스러운 미소를 지으며 말했다. 그러나 백천두는 상당한 관심을 가지고 있었다.

"그 말씀을 조금 더 듣고 싶군요."

"그러시다면……."

사실 이제 와서 양양이 선단의 단장이랍시고 스스로 지휘에 나서는 것이 조금은 내정 간섭에 월권행위로 내비칠 수도 있었다. 양양은 백천두의 질문을 빌어서 드러나지 않고 자연스럽게 자신의 의견을 내보이려 했다.

양양은 마른침을 삼키고 그때 그 해전의 전략을 간략히 설명해 주었다.

"해룡의 명예를 얻게 된 데는 무엇보다 그의 용기에 기인합니다. 당시 새말 항에서 출발한 함대는 곧장 대양을 가로질러서 아보대륙의 해안까지 항해했으니까요. 다시 말해서 연안 항해는 연안 항해이되, 다른 쪽 연안을 끼고 항진했던 거지요."

백천두도 그 소문은 들었다. 듣고서도 믿지 않았는데 소문의 당사자인 양양이 그것이 사실이라고 확인시켜 주었다. 그러나 그런 우회 전략이 지금의 상황과 똑같은 것은 아니었다. 백천두는 그런 점을 들어서 양양의 의견에 반론했다.

"말씀드렸다시피 그들이 해적의 길목을 피해서 아보대륙의 우회 전략을 다시 사용한다면…… 당시의 아보대륙과 이별반도는 다르니까요. 비록 우회를 하더라도 기껏해야 동쪽 항로나 북쪽 항로로 돌아올 수밖에는……."

그러나 양양은 백천두의 주장에 대해서 곧바로 반박했다.

"왜 해상봉쇄령을 우회해서 돌파할 것이라고만 생각하시죠?"

"예? 하지만 남은 한곳은 말씀드렸다시피 암초 지대라고……."

"해룡의 명예를 얻게 된 점은 무엇보다 용기에 기인한다고 말씀드렸을 텐데요."

"그럼 암초 지대를 통과해서?"

설마하는 의혹의 표정으로 백천두가 말했다.

"그 가능성은 아예 전무한가요? 면밀한 검토를 한 번이라도 해보셨는지요?"

막상 그렇게 듣고 보니 백천두는 자신이 없었다. 그저 암초 지대라고 생각하는 맹점만 있었다. 물론 전혀 불가능한 일은 아니었다. 간혹 드물게 그 암초 지대를 통과했다는 영웅담을 들은 적이 있었다.

"범요선에 대해서 들어본 적은 있나요?"

"범요선…… 들어는 봤습니다. 삼각돛을 사용해서 방향 전환에 능하다고…….."

"그 배가 화군영의 주력함입니다. 게다가 돛이 달렸으니 전함치고는 흘수도 얕고요. 결정적으로 동화족을 항해사로 고용하고 있습니다. 북빙양의 동화족들은 암초 항해의 전문가들이라고 하지요."

"역시 암초 지대로?"

"예, 달리 말해 화군영의 함대는 암초 항해에 특화되었다고나 할까요? 문제는 식량 운반선의 통과인데… 호송선이 앞에서 잘 안내한다면 항해를 못할 것도 없지요. 충분히 가능성이 있는 일입니다."

백천두는 비로소 수수께끼가 풀렸음을 깨달았다. 양양이 다시 아픈 곳을 찔러왔다.

"일휘국의 해군이 북동쪽 항로를 이미 포기한 건 아니겠지요?"

백천두의 얼굴에 낭패감이 점차 서리기 시작했다.

"새말 항에서 식량 운반선의 모습을 포착한 게 벌써 이틀 전입니다."

"이미 늦었다는 건가요?"

"예, 장진항에 정박한 것이 어제 낮 무렵이었습니다. 그 후로 일휘국·해군에서 다른 통고는 없었습니다."

"지금 수색을 재차 요청한다고 해도 역시 늦은 거군요."

"예, 이미……."

"흠, 간단치가 않군요."

양양이 심각한 얼굴로 팔짱을 꼈다. 엄밀하게 따지자면 삼국 협조 체제—무령도, 신한성, 일휘국 이렇게 삼국이라면—는 시작부터 조금 엉성하기는 했다.

시작은 무령도 단독 작전에서 일휘국의 협조 작전으로 전개돼서 결국 신한성이 합세하며 도중에 연합 지휘권까지 변경하였다. 애초부터 무리가 있었다. 양양도, 백천두도 해상봉쇄 작전에 대한 희미한 실패의 그림자를 느끼고 있었다.

"그럼 북쪽 항로의 길목을 계속 지키는 건가요?"

"아닙니다. 그쪽은 모두 동쪽 항로로 돌렸습니다. 우리도 암초 지대를 뚫고 오리라고는 생각도 못했으니까요."

백천두가 순순하게 자신의 실책을 인정했다. 그러나 지휘관으로서 양양은 그런 실책에 대해서는 아랑곳 않고 계속 회의를 진행해 나갔다.

"신속하게 동쪽 항로에서 북동쪽 항로로 봉쇄를 이동한다면 어떨까요?"

"그건 동쪽 항로의 봉쇄를 포기하자는 이야기인데… 그렇게 되면 해상봉쇄는 무의미해지는 건데요?"

그래도 참모랍시고 백천두가 의논을 했다. 이쯤 되면 선단단주와 부단주의 회의로서 손색이 없었다. 원래는 바다의 문외한인 양양과 바다의 귀신 백천두와의 의논이었다면 이렇게까지 될 수는 없었다. 그런데 어느새 선단장으로서의 위엄을 갖춘 양양이 정상적인 의논 형태로 이야기를 이끌어 나가고 있었다.

"어쨌든 지금 당장 북쪽으로 이동해도 늦지는 않았지요?"

"예, 해감도에서 이틀 전이면 설사 암초를 무시하고 정상 속도로 항진했더라도 지금 서두른다면 늦지는 않을 겁니다."

"그럼 신속하게 북쪽 길목으로 배치시키세요."

"알겠습니다."

일단 대답을 했지만 백천두는 의문이 들어서 다시 질문했다.

"한데 그렇게 되면 조화로부터의 남쪽 항로의 봉쇄는 불가능하게 되는데 그럼 해상봉쇄망은 저절로 깨지게 됩니다. 그래도 괜찮겠습니까?"

백천두가 그 점을 다시 확인해 왔다. 지금으로서는 그것이 가장 큰 문제였다. 일휘국 해군의 이탈로 삼 개 항로를 모두 봉쇄할 수는 없었다. 일곱 척의 용각선을 더 보강했다고는 하나 애초부터 두 개의 항로를 봉쇄하기에는 수적으로 부족한 함대였다.

"남쪽을 풀기는 어렵겠지요?"

"그건 안 될 말씀으로 사료됩니다. 기존의 식량 공급선이 오래전부터 활성화 되어 있는 항로인데다가 거리도 지척입니다. 지금부터 다시 식량을 수배한다고 해도 다시 식량 공급이 가능할 정도입니다. 이래서는 정말 해상봉쇄는 의미가 없습니다."

오랜만의 백천두의 강력한 주장이었다.

"결국 북쪽과 동쪽 중에서 하나를 택할 수밖에 없게 되나요?"

"그렇습니다. 현재로서는 일휘국 해군의 도움을 기대할 수 없으니까요."

백천두는 은근슬쩍 일휘국의 무능함을 탓했다. 북동쪽을 무난하게 막아주리라고 굳게 믿었던 일휘국이 완전히 떨어져 나간 것이다. 덕분에 예정에도 없던 북동쪽 항로까지 책임을 떠맡게 되었다.

어쨌거나 무령도와 신한성은 한통속이었다. 아니, 처음부터는 아니었지만 이제는 그럴 수밖에 없었다. 적어도 백천두의 판단으로는 그랬다. 신한성과 무령도는 같은 배를 타고 있는 공동체였다.

"조언을 한다면 부단장님께서는 어느 쪽 항로를……?"

양양이 물어왔다. 백천두로는 정말 어려운 선택이었다.

"글쎄요. 호파수의 해룡의 심기가 보통 깊은 것이 아니라서 어느 쪽으로 나올지 짐작조차 못하겠군요."

"그러게 말입니다."

"그래도 단장님이 화군영의 성향을 가장 잘 알 거라고 하시지 않으셨습니까? 빨리 결정하셔야 합니다. 북쪽 항로로 다시 배치시키려면 시간이 별로 없습니다."

백천두의 재촉에 양양은 남몰래 한숨을 쉬었다. 양양은 우선 그것부터 인정했다. 화군영, 그는 그녀의 전 정혼자였다. 아주 어릴 때부터 같이 자라왔기에 그의 사고방식과 성향도 안다면 아는 친한 지인이었다.

그가 새말과 칠부의 전쟁으로 인한 도화선의 역할을 짊어지고 식량 운송선의 호송 선단을 맡게 될 때까지도 그저 그러려니 했다. 지금의 남편 지민의 눈치를 봐서라도 그저 먼발치에서 바라만 볼 뿐이었다. 그런데 양양으로서도 어쩔 수 없는 중대 사건이 발생했다.

불행히도 일휘국의 연락 체계는 신속했다. 물론 신한성의 입장에서는 다행인 일이었지만 이틀 전에 화군영의 식량 운반선이 해상봉쇄를 뚫고 유유히 빠져나갔다는 연락이 바로 어제 신한성으로 전달된 것이다.

"어떻게 빠져나갔지?"

신한성의 회의에서 모두가 궁금해하고 질문했을 때,

"그건 호파수의 해전 재탕에 불과해요."

라고 양양이 얼결에 대답한 것이 사건의 발단이었다.

이런저런 대책회의 끝에 양양은 중요 참고인으로 불려 나갔고, 급기야 갑론을박의 회의 끝에 양양의 서량포의 파견이 결정되었다.

"난 화군영에 대해서는 화군영으로. 그 외에는 다른 어떠한 생각도 없어."

그때 양양이 극구 사양했을 때, 지민이 양양의 불안을 털어버린다는 식으로 쓸데도 없는 말을 덧붙였다. 그것이 꺽달진 그녀의 오기, 어쩌면 질투심일지도 모를 마음을 불타오르게 했다.

"그래? 까짓거 나도 이젠 어엿한 용병단장인데 굳이 육전, 해전을 가려가며 사양할 명분도 없는 거지."

하며 그 복잡하고도 정치력과 외교력이 필요한, 거기다가 해군 병법까지 필요한 그 일을 양양이 자청하게 되었다. 그렇게 해서 작금의 이 양자택일을 자신이 결정해야 할 시점에 다다른 것이다.

"양자택일이라……."

양양은 백천두의 시선을 의식하지 않은 채 중얼거렸다.

'화 오라버니.'

물론 이런 생각까지 백천두에게 들리도록 하지는 않았다. 화군영에게는 어려서부터 사람들을 놀라게 하는, 사람들이 미처 생각지 못한 허점을 파고드는 기괴한 능력이 있었다. 상대의 심리를 읽는 데 천재적인 재능이 있었던 것이다.

'혹시 내가 서량포로 왔다고 예상할 수도 있을까?'

자문자답을 해보니 그럴 수도 있고 아닐 수도 있었다. 만약 화군영이 양양 자신을 상대방으로 가정하고 심리전을 벌인다면?

그것은 자신없었다. 필경 자신의 백전백패일 것이다. 그는 양양도 인정하는 심리전의 천재였다. 양양과 화군영의 인연은 오히려 양양에게 불리한 점이 되었다.

"부단장님."

오랫동안 고민에 빠져 있던 양양이 비로소 무엇인가 결정한 듯 말했다.

"말씀하십시오."

"우리 선단에게도 깃발이 있겠지요?"

"예, 있습니다."

"그건 우리 선단을 상징하는 것이겠지요?"

"그렇기는 합니다만 무슨 의도로 말씀하시는 건지 모르겠군요."

"주로 어떻게 함대를 상징하나요? 이를테면 그 선단의 단장을 상징하는 것으로 대신하는 경우도 있나요?"

"예, 오히려 그쪽이 더 많지요. 지금의 특별한 경우만 아니라면 오히려 그쪽이 자연스러운 것이고, 아마도 그렇게 되었을 겁니다."

백천두는 양양의 다음 말을 기다리며 그녀의 얼굴을 바라보았다. 그녀도 무엇인가 말할 것이 있는데 망설이는 듯싶었다.

"혹시 단주님께서?"

백천두가 대신 말해주었다.

"예, 만약 우리 선단의 깃발을 저를 상징하는 것으로 한다면 폐가 안 될까요?"

"하하, 그거라면 걱정할 것 없습니다. 이미 그런 깃발도 준비했는걸요. 승리를 위해서라면 그것이 무엇이든 상관없습니다. 준비해 놓은 그 깃발로 즉시 교체하도록 하지요."

백천두는 아무런 문제가 안 된다는 듯이 대답했다.

"적의 함장이 그 깃발이 저를 상징한다는 것을 쉽게 알아볼까요?"

"예, 아마도 단장님을 전부터 알고 있는 사람이라면. 깃발에 단장님의 이름이 적혀 있으니까요. 단장님의 이름만 알고 있다면… 아참! 화군영이 단장님을 새말 때부터 알고 계셨으니 물을 것도 없이 당연히 알아보겠지요."

둘 사이의 자세한 내막을 알 리가 없는 백천두는 아무 생각 없이 말했다.

"그럼 그 깃발로…… 그러면 결정은 했습니다."

양양은 결연한 표정으로 말했다.

"그러하시다면 어느 쪽으로 출항할까요?"

"북동쪽 항로."

"그쪽으로 화군영이 올 가능성이 높다고 생각하십니까?"

백천두의 질문에 양양의 대답은 뜻밖이었다.

"아니요."

"네?"

"저는 일부러 그가 안 올 것이라고 생각되는 곳이라 그쪽으

로 정했습니다. 저를 상징하는 깃발을 함대에 내걸었다는 전
제하에."

"허허, 오히려 가능성이 낮은 편을 선택하시겠다고요?"

"예, 상대의 대장이 화군영이니까요."

양양은 비장한 얼굴이 되었다.

'오세요, 화 오라버니.'

양양은 화군영과의 심리전을 자신의 패배로 가정하고 그렇
게 선택을 했다. 설혹 잘못된 선택이 되더라도 후회는 없었다.
화군영에게는 하늘을 우러러 이제는 아무런 감정이 들지 않는
다고 생각했다. 그만큼 자신에게 떳떳했기 때문이다.

四. 동청령 침공

"봉쇄는 성공했을까요?"

사근평이 말했다.

"글쎄, 아직은 알 수 없지."

천정벽이 대답했다. 사근평과 천정벽은 무거운 얼굴로 감시병이라도 된 듯 서쪽 언덕을 바라보고 있었다.

팔월이 막바지로 치닫고 있었다. 이제 가을이 다가올 것이다. 사근평의 질문이 느닷없는 이유는 화군영의 행방불명 이후 다시 해상봉쇄에 들어간 지 사흘이 지나서이기 때문이다. 화군영의 꼬리를 잡았는지 못 잡았는지는 아직 알 수 없었다.

"그래도 신한성의 마님은 대단한데요."

"이제는 마님이 아니지. 용병단의 단주님이시니까."

"장군님도 황산에서 보았겠죠?"

"아니. 그때는 새말에서 병참 지원에 주력하셨으니까 나도 직접 본 적은 없지."

지루하고도 지루했다. 극도의 긴장감으로 해상봉쇄의 소식만 기다린 지 벌써 사흘이 지나가고 있었다.

"놈들이 들어올까요?"

서쪽 언덕을 바라보는 사근평이 비장한 어조로 말했다.

"알 수 없지. 하지만 식량 봉쇄에 성공했다면 별수 없겠지."

천정벽도 같은 언덕 쪽을 바라보며 역시 비장하게 대답했다.

"예, 봉쇄가 성공했다면 이제는 굶어 죽는 일밖에 남아 있지 않으니까요."

그러나 마치 할 말이 남았다는 듯 천정벽을 계속 바라보는 사근평이었다. 그런 사근평을 평소에도 가볍게 보지 않았던 천정벽이 물었다.

"뭐? 더 물어볼 것이 있나?"

"만약에, 만약에 말입니다. 동해일가의 해상봉쇄에 실패한다면……?"

"난 또 무슨 말이라고."

천정벽은 피식 웃었다. 사근평답지 않은 싱거운 질문이라고 생각했다. 사근평은 천정벽보다 무려 이십 년이나 나이를 더 먹은 노병이었다. 일휘국왕 배웅이 특별히 신경을 써준 배려 깊은 인선이라고 할 수 있었다.

천정벽은 지위에 비해서 지나치게 젊은 고위급 장수였다. 그런 탓에 사령부와의 협력에 어려움이 있었다. 그런 천정벽의 주위 여건을 보좌하기 위해서 심지가 굳고 사령부와 사이가 좋은 사근평을 일부러 천정벽에게 붙인 것이다.

"역시 어렵게 되겠죠?"

"신한성의 입장만 본다면 어렵겠지."

천정벽은 아무 생각 없이 사근평의 말에 수긍하였다. 만약 봉쇄에 실패한다면 그들에게는 가장 시급한 식량 문제가 해결된다. 그리고 시간도 벌게 된다. 천지회의 돈과 오성방의 용병, 그리고 칠부의 철광과 그 철광의 안정적인 판매 시장인 아뇌가 있었다. 그 시간이 길어질수록 칠부로부터의 신한성에 대한 압박이 거세질 것이다. 어쩌면 이번 해상봉쇄의 성패가 곧바로 신한성의 사활로 이어지는 가장 큰 분수령이 될 것으로 천정벽은 판단했다.

"역시 대단한 마님!"

천정벽이 딴생각에 골몰해 있는 동안 사근평이 낮은 목소리로 감탄성을 토해냈다.

"성공이로군요."

"그렇군. 신한성의 마님이 화군영에게 이겼군."

"용병단주라면서요?"

과묵한 사근평은 어울리지 않게 농담으로써 자신의 기쁨을 대신했다.

사근평과 천정벽은 여전히 서쪽 언덕을 바라보고 있었다.

동청령의 서쪽 구릉은 동청령과 능선으로 이어져 동청령과 짝을 이뤄서 서황마루라고 불렸다. 동청령은 푸른 산림이 우거졌고, 서황령은 풀 한 포기도 변변한 황무지였다. 그래서 서로 마주보고 있는 그 언덕과 구릉을 일컬어 그렇게들 불렀다.

해상봉쇄가 성공한다면 그들은 반드시 서황마루를 거쳐야 했다. 머지않아 식량이 떨어지고 그 식량을 구하기 위해서는 반드시 이쪽 동청령을 통과해야 했기 때문이다. 아직 바다 쪽에서는 연락이 없었다. 어쨌든 시간이 조금 걸리는 거리와 지형이었다. 그러나 연락이 없어도 알 수는 있었다. 그들이 서황마루로 와야 하기 때문이었다.

천정벽은 그래서 서황마루 쪽에 초병들을 깔아놓았다. 그 염탐병에게서 깃발이 펄럭이고 있었다. 적의 침공이었다. 이것은 해상봉쇄가 성공했음을 간접적으로 말해주고 있었다.

얼마 지나지 않아서 초병이 도착했고, 깃발 대신 직접 육성으로 전해왔다.

"장군님, 급보입니다!"

"보고하라."

"적들의 침공입니다. 지금 요새에서 삼십 리가량 떨어진 곳에서 진격하고 있습니다."

천정벽이 궁금한 것은 무엇보다도 적의 규모였다.

"병력은?"

"대략 일만 명은 넘고 이만 명에는 미치지 않는 병력으로 추산됩니다."

"뭐라고?"

기껏해야 칠부의 총병력 일만 이천 명이 넘지 않는 것으로 예상하고 있었다. 그렇다면 천정벽의 예상을 훨씬 넘어가는 수치였다.

"확실합니다. 일만 명은 확실히 넘고 오히려 이만 명에 가깝다고 생각합니다."

'이겼구나!'

천정벽은 비로소 자신들이 성공했음을, 아니, 정확하게는 해상봉쇄 작전이 성공했음을, 즉 양양이 화군영에게 승리했음을 깨달았다. 만약 해상봉쇄가 실패했다면 신한성은 더욱 어려워졌을 것이다.

"조공진은 조심스러운 사내입니다. 게다가 신중하고 침착합니다. 결정적으로 권모술수에는 하양반도 둘째가는 인물입니다. 그러니까 바꿔 말해서, 조공진에게 지금 가장 두려운 무기는 바로 시간입니다."

평철이 그렇게 말했었다. 조공진은 척패부가 가장 믿고 있는 모사였다. 해상봉쇄의 실패는 곧 조공진에게 시간을 벌어주는 것을 의미했다. 식량을 공급하면 할수록 그의 시간은 무한정으로 증가한다. 해상봉쇄 성공의 필요성을 역설하며 그가 말했었다.

"인양 공, 저기가 바로 서황마루입니다."

방영항이 마차 위의 한 사내에게 말했다. 그러자 마차 문을 열고 고갯마루를 내다보는 한 사내가 있었다. 엄청나게 비대한 육십대의 사내였다. 그가 바로 칠부광산의 이인자 조공진이었다.

"그렇구나. 저 너머엔 동청령이 있겠지?"

강퍅한 인상과는 달리 의외로 인자하게 말했다. 세간의 평가는 그다지 인자한 성격은 아니라고 전해졌다. 그러므로 지금 대화를 주고받는 방영항은 조공진에게 상당히 귀중한 사람임을 말해주고 있었다.

"네, 인양 공."

방영항이 대답했다. 조공진에게 존칭으로 공경할 '공' 자를 호칭 다음에 사용했다. 그의 주군 척패부마저 조공진에게는 반드시 '공'이라는 존칭을 썼다. 하양반도에서는 거의 유일한 '공'이 바로 인양 공 조공진이었다. 굳이 호칭의 끝에 공을 붙인다면 상관장용이 어울렸다. 그러나 조공진도 그에 못지않았다. 그는 남강 유역의 패자 남진세 다음으로 꼽히는 풍운아 조공진이었다.

"덥군."

조공진은 그 와중에도 비 오듯 흐르는 땀을 훔쳐 내었다. 팔월 중순이 이 지역에서는 가장 더운 시기였다. 조공진은 그의 비대함에 걸맞게 더위가 싫었다. 그럼에도 불구하고 이 시기를 기다리지 않고 총공세에 나서게 된 것이다. 정말 빌어먹을 화군영에 빌어먹을 양양이었다. 그에게는 피서를 즐길 만한 시간적 여유도 없었다.

"공."

"왜 그러는가?"

"이쯤해서 제장들을 부를까요?"

"여기가 좋겠지!"

"예. 마루 정상에 오르기에 앞서 이곳에서 말을 맞춰보는 게 적당할 듯도 싶습니다. 이참에 병사들한테 점심도 먹일 겸……."

"그러세. 그러잖아도 삼장들은 꽤나 오래간만의 출전인데."

조공진은 서두름 없이 한가롭게 대답했다.

방영항은 나머지 칠부의 삼장을 부르러 갔다. 칠부의 삼장이라 함은 중장 방영항, 우장 석영산, 그리고 좌장 두평강을 말했다. 칠부에서는 조공진만큼이나 유명한 장수들이었다. 지난 이십여 년 동안 반도를 횡횡하며 강대국 일휘국의 배웅마저 어쩌지 못한 불패의 척패부로 존재하게 한 세 명의 맹장을 뜻했다.

"뭐야? 왜 멈추는 거야?"

털북숭이사내가 쩌렁쩌렁한 목소리로 선두 쪽의 행렬을 쳐다보며 고함쳤다.

"멍청하기는, 뻔한 일이지."

대조적으로 가느다란 목소리의 사내가 대답했다. 목소리뿐만이 아니라 털 하나 없이 매끄러운 얼굴의 사내였다.

"왜 또 시비냐? 정상을 코앞에 두고서."

털보가 싸움이라도 벌일 듯 으르렁거렸다. 그러나 매끈한 사내도 지지 않았다.

"지가 먼저 자문자답을 하고 자빠졌네?"

"자문자답?"

"저기가 고갯마루잖아."

"누가 아니래!"

"그니깐."

"응?"

그래도 털보가 이해하지 못했다. 그때 어리둥절해 있는 털보에게 방영항이 다가섰다.

"뭐가 응이냐, 멍청아. 영산이가 고갯마루라잖아. 정상에 오르기 전에 애들 밥도 먹이고 쉬어가는 게 정석이잖아. 전에도 그랬잖아."

"아하! 근데 영항이 넌 또 왜 여기 왔냐?"

털보가 바로 삼장 중 좌장에 속하는 두평강이었고, 그 반대가 우장 석영산이었다.

"자식은 정말… 코앞이 적진인데 여기서 작전회의라도 한번 해주고 마루를 넘어가야 하잖아. 왜? 작전회의도 하지 말까?"

"자식은… 누가 하지 말자고 했냐?"

"그래, 그래. 회의하자. 여기 앉아라."

석영산이 근처의 바위 턱에 앉아서 두 사람을 불러 앉혔다.

"쉬지 않고 곧바로 공격 명령인가?"

석영산이 물었다.

"어딜! 공께서 그러실 리가 없잖아."

방영황은 택도 없다는 듯 대답했다.

"하긴!"

성질 급한 두평강마저 팔짱을 끼고 앉으며 방영황의 의견에 동의했다. 조공진은 침착함의 대명사였다.

'숫자가 승부의 모든 것이다', 이것이 조공진의 첫째 병법 원리였다. 전쟁의 승패는 오로지 병력 수의 대소에 의해서 결정된다는 게 그의 평소 지론이었다. 다른 병법가들과는 다르게 신념에 가까운 지론이었다. 오로지 병사의 숫자만으로 유, 불리를 가리는 극단적인 방법이었지만 조공진의 자신감을 엿볼 수 있는 병법 이론이었다.

조공진은 극단적인 신중론자였다. 권모술수가 난무하는 전투 중에도 어떠한 속임수나 술수에도 넘어가지 않았다. 전진을 함에도 주변 환경에 현혹됨이 없이 결코 서두르지 않고 돌다리도 두들기는 신중함을 택했다. 그는 높은 전술적 안목에도 불구하고 가능하다면 안전한 길을 택했다.

그것이 바로 그의 승리에 대한 열쇠였다. 즉, 어떠한 술수도 그에게는 필요없었다. 오로지 병력의 숫자만이 전투를 결정짓는 요소였다. 조금이라도 병력상의 열세 속에서는 움직이지 않는다. 그리고 기다린다. 자신의 병력이 우세할 때까지.

그런 그의 병법 신념이 결과로 입증되었다. 그는 우세가 있을 때만 싸웠고, 그래서 이겼다. 이제까지 그에게 패배는 없었다. 조공진의 신중함, 그것이 바로 불패의 비결이었다.

칠부의 삼장들은 그들의 가운데에 커다란 두루마리를 펼쳤다. 그것이 간편하고도 편리한 그들만의 작전회의였다. 오랜 전쟁터에서 몸에 밴 습관이었다. 그들은 하나같이 백전노장들이었다.

"이번에도 자네가 가운데?"

석영산이 방영항에게 말했다. 방영항은 말없이 끄덕였다.

"그렇다면 내가 여기를 맡는 거고, 평강이가 왼쪽. 불만없겠지?"

석영산이 오른쪽이고 두평강이 왼쪽이었다. 그래서 중장 방영항, 우장 석영산, 좌장 두평강이라 불리는 것이었다. 칠부군에서는 언제나 그랬다. 물론 변화가 없으니 상대편 측에서는 예측 가능한 전술이었다.

적에게 쉽게 노출되는 것이 약점이고, 언제나 같은 전술을 반복한다는 것이 장점이 되었다. 적은 칠부군의 전술에 대응하기 쉬웠지만, 반대로 칠부군은 반복된 전술의 노련함과 익숙함이 그들을 임기응변의 대가로 만들었다. 그 덕분에 숙련된 임기응변은 적들이 미리 대비해 온 대책으로는 이 언제나 똑같은 전술을 파훼하는 것을 허락하지 않았다.

"그렇다면 이번에도 역시 밀집방진인 건가?"

두평강이 말했다.

"글쎄, 밀집방진으로는 어렵지 않겠어? 그래도 명색이 멸랑대는 전원 기마대라는데. 공께서는 아무 말씀도 없으셨어?"

셋 중에서는 병법에 가장 정통하다는 석영산이 의견을 내었다.

"아니, 이번에도 역시 밀집방진인가 봐. 그러니까 이번에는 진의 나머지를 탁종개에게 맡기겠다는 뜻이 있으신 게지."

방영항이 머리를 갸웃거리며 그렇게 말했다.

"어! 탁종개?"

두평강이 깜짝 놀라서 반문했다. 침착한 석영산도 적지 않게 동요를 보였다. 탁종개는 이번에 새로 보강된 신참 장수였다. 신참이기는 해도 칠부의 삼장보다 경력이 많았다. 그도 그럴 것이, 이번에 오성방에게 딸려온 고참 용병대장이었다.

그러니 저러니 해도 새말 쪽에서 흘러들어 온 새말 용병들을 부대별로 나눈다면 칠부 삼장보다 병력 수에서는 월등했다. 병력 수에 대한 선호도가 조공진의 선택에 영향을 주었음은 틀림없었다. '새말에서 온 용병들의 부대는 새로운 새말 용병대장에게' 라는 것이 아마도 조공진의 인력 편성이었고, 그러다 보면 오성방의 눈치를 보지 않을 수 없었다.

거기까지는 칠부의 삼장도 이해를 했다. 그러나 이번 인선에 대한 탁종개의 발탁은 확실히 뜻밖이었다.

"확실해?"

석영산은 잘못 들은 게 아닌지 두영항에게 다시 확인했다. 방영항도 그다지 만족스럽지는 않은 듯 어두운 표정으로 고개를 끄덕이는 것으로 대답을 대신했다.

칠부의 밀집방진이라고 해서 특별할 것은 없었다. 조공진의 진법대로라면 방진은 그냥 평범한 방진이었다. 사각형으로 대형을 갖춘 전형적인 수비 진형이었다.

네 개의 구분을 가진 사각형의 진법이었으니 당연히 네 개의 부대가 필요했다. 그동안 칠부 삼장이 각각 그 한 부대씩 맡아왔던 것이다. 외부의 인사가 그 부대를 지휘하게 된 것은 이번이 처음이었다. 그동안 나머지 부대를 주로 도맡아온 장수는 오태동이었다.

오태동은 칠부의 삼장에 비해서는 격이 한 단계 떨어지지만 전투의 현장 책임자가 아닐 뿐, 실제로는 삼장과 동급이었다. 삼장은 전투, 오태동은 첩보 분야로 각각 활동 분야가 달랐다. 이번 출전에도 오태동은 중요한 첩보 임무로 빠져 있기는 하지만 어쨌거나 중요한 전투에서는 그 한자리를 맡아오고 있었던 터다.

그런 만큼 평범한 진법이기는 해도 그동안 오랫동안 손발을 맞춰온 노련함과 익숙함이 겉으로는 보이지 않는 그 진법의 숨은 장점이었다. 탁종개가 능력있는 장수라 해도 서로간의 호흡이 달랐다. 그들만으로 구성된 밀집방진과는 차원이 달랐다. 그만큼 외부 인사 탁종개의 발탁은 파격이었고, 빈틈없는 협조 체계를 기본 바탕으로 해왔기에 이것은 그야말로 굳이 안정감을 버리는 위험하기까지 한 도박이었다.

"어쩌실 셈이지?"

"하지만 공께서는 이렇게 말할걸!"

"어떻게?"

"서두르지 말고 천천히, 천천히."

"그래, 천천히, 천천히."

세 명의 장수들은 어렵게 납득이 간 모양이었다. 조공진의 장점은 신중함이었다. 조금도 방심하지 않고 절대로 실수나 빈틈을 용납하지 않는 우직한 전술. 결국 상대방이 압력을 버티지 못하고 제풀에 무너져 버리는 백전백승의 전략.

이것이 전투 승패의 관건은 병력 수라고 말하는 그 극도의 거만함에 있었다. 전략에서는 그 누구에게도 뒤지지 않는다는 자신감. 조공진은 실제로 그렇게 실천해 왔고, 이제까지 적의 속임수에 결코 넘어가지 않았으며, 그 압도적인 신중함으로 상대방을 질식시켰다.

칠부의 삼장들은 그런 조공진을 신앙처럼 믿고 있었다. 그러나 이번 인선만큼은 정말 납득이 가지 않았다. 어둡고 침통한 분위기가 세 명의 장수에게 미래의 불길함을 예감하는 듯했다. 이런 분위기라면 출발부터 좋지 않았다.

"아무리 인양 공의 결정이라도 이건 아닌 것 같아."

세 명 중에서 침착하기로는 가장 인정받는 석영산마저 의심의 그림자를 지우지 못했다.

"그렇지?"

두평강의 가라앉았던 의심이 다시 이는 듯했다.

"그러면 한번 여쭤볼까?"

조공진의 의도를 도무지 알 수 없었다.

"그래, 가보자."

방영항이 벌떡 일어났다. 행동이 무겁기로는 방영항이었고, 아무래도 세 명 중에서는 은연중에 우두머리로 인정받고 있었다. 세 명의 장수가 조공진에게 몰려가려는데 뜻밖의 사내가 그들의 갈 길을 가로막았다.

"여기들 모여 있었구나. 근데 어디들 가는 거야?"

그들을 가로막은 자는 오태동이었다.

"오! 태동이. 언제 왔어?"

"응, 방금."

"갔던 일은?"

"잘 안 됐어. 근데 셋이서 어디들 가는 거야. 무섭게스리."

정말 일이 잘 안 되었는지 오태동의 얼굴이 어두워졌다.

"응, 공께 가는 길이야. 이번 진법에서 탁종개를 쓰신다는 거야, 글쎄. 이게 말이 돼? 마침 잘 돌아왔네. 태동이가 다시 맡아주면 되겠네."

"오, 그러네? 잘됐다. 태동이 네가 이번에도 좀 맡아라. 그 탁종개라는 친구가 영 미덥지가 않았거든."

두평강이 석영산의 말을 듣고 반색을 하며 말했다.

"이거 미안해서 어쩌지."

오태동의 반응은 삼장들과는 전혀 달랐다.

"왜?"

"나 다시 나가봐야 돼."

"뭐 땜에? 공께는 보고드린 거야?"

"안 그래도 그것 땜에 다시 칠부로 다시 돌아가야 해. 그리고 자네들이 굳이 찾아뵐 필요는 없는 것 같아."

"갔던 일이 잘 안 됐다더니 어떻게 된 거야?"

"화군영이 깨졌어."

오태동의 표정은 아직도 실감이 되지 않는 듯 참담했다.

"뭐야? 아무리… 그 새말의 해룡이 설마 그 한주먹거리도
안 되는 계집애한테……."

세 명의 장수도 하나같이 믿어지지 않는다는 표정이었다.

"시간이 없어, 시간이. 자네들도 그까짓 탁종개 때문에 굳이
찾아뵐 필요까지는 없을 것 같은데……."

"그러게."

"공께는 시간마저 없어졌으니 우리 시간이라도 아껴야지.
갈 필요도 없겠네."

석영산이 혼잣말처럼 중얼거렸다.

"천천히, 천천히."

"그렇지. 천천히, 천천히."

침통한 방영항이 말했고, 그 말을 역시 침통해진 두평강이
받았다. 식량 공급선이 끊어졌으니 시간이 촉박해졌다. 이럴
때일수록 서두르지 않고 천천히 돌아간다는 것이 조공진의 평
소 지론이었다. 칠부의 삼장도 그것을 잘 알고 있었다.

五. 학익진의 파훼법

"어지간하군요."

팔월의 무더위가 점점 기승을 부리고 있었다. 오늘도 서황 마루를 바라보며 사근평이 이마에 줄줄 흐르는 땀을 닦으며 말했다.

"덥군."

아무 생각 없이 천정벽이 습관처럼 대꾸를 했다. 언제나 대접은 해줘야 할 사근평이었다. 그냥 대꾸 정도는 항상 잊지 않고 있었다.

"허허, 제가 어지간하다는 건 날씨가 아닙니다."

사근평이 쑥스러운 듯 자신이 했던 말의 뜻을 정정하였다.

"그러면?"

"저쪽 그 비곗덩어리 말입니다. 하긴 이 무더위에 어지간한 끈기 가지고는……. 게다가 상당히 초조할 텐데요. 식량 공급도 당분간 기대할 수 없고요."

"허허, 난 또 뭐라고. 그래도 그렇지 비곗덩어리라니……."

잠시 긴장했던 천정벽이 맥이 풀린 듯 쓴웃음을 지었다. 소문으로는 칠부의 조공진은 굉장한 뚱보라고 들었다. 사근평이나 천정벽이나 쓸데없이 점잖고 엄숙한 편이라 '비곗덩어리' 같은 비속어는 피차 익숙지 않았다.

"제법 비축했던 모양인데요."

"그렇지도 않다더군. 애초에 이번 해상봉쇄령이 공교롭게도 마침 그때를 맞춰 칠부의 식량이 바닥나 버려 거래를 독촉했던 모양이야. 그런데 우리 양양 용병단주께서 이번에 크게 공을 세우신 거지."

사근평이 말없이 고개를 끄덕거렸다. 칠부군이 사황마루에 모습을 드러낸 지 벌써 사흘이 지나고 있었다.

"역시 목책일까요?"

조공진의 전략에 대한 대책으로 약간의 토론이 있었다. 신한성의 평철까지 동청령으로 직접 방문해서 이런저런 의견이 오고 갔다. 조공진의 성향상 가장 먼저 거론되는 공성전술의 예상은 역시 목책이었다. 그러나 적당한 지점으로 예측된 서황마루까지 점령했는데도 여전히 목책을 쌓을 기미를 보이지 않고 있었다.

"도대체 무슨 속셈일까요?"

오히려 사근평이 안달을 했다. 적의 의도를 예측할 수 없게 되면 느긋해야 할 입장인 아군도 조급해지게 마련이다.

"한 사나흘은 피서도 할 겸 느긋하게 쉬세요, 사 장군."

천정벽은 안달이 난 사근평을 달랬다.

"네?"

"평 군사님이 그렇게 하라고 했잖아요."

"아참! 그랬었지."

깜빡 잊었다는 듯이 사근평이 과장스럽게 이마를 탁 쳤다.

대책회의 때 이런 상황을 예상하고 평철이 말했었다.

"그쪽에서 사흘이 지나도 움직이지 않으면 느긋하게 기다려야 할 겁니다. 엎어진 김에 쉬어간다고, 모르긴 해도 최소한 엿새는 기다려야 할 겁니다."

사흘이 지났으니 엿새를 기다려야 한다는 말이었다. 그리고 또 말했다. 사황마루의 후방을 철저히 감시하라고. 고지식한 천정벽은 평철의 당부를 철저하게 지켰다. 그리고 칠 일 후가 되자 마침내 기별이 왔다.

"장군님, 보고드립니다."

마침내 사황마루 후방에 풀어놓았던 염탐꾼이다.

"말해보게."

"말씀하신 대로 칠부군의 마차 이동이 있었습니다."

"수량은?"

"모두 삼십 대였습니다."

"마차의 내용물은?"

"감시가 하도 삼엄해서 거기까지는 확인하지 못했습니다만 아무래도 군량미 마차로 보였습니다."

삼십 대의 마차라면 전투 초기의 병참 운송으로는 상식을 넘는 대규모였다. 전쟁이 시작된 지 얼마 되지 않았으니 가져온 식량이 벌써 동났을 리는 없다. 역시 평철의 예상대로의 전개였다. 이쯤 되면 천정벽은 각오를 단단히 해야 했다. 평철의 말대로라면 적어도 엿새까지는 반드시 각오를 다시 다잡아야만 했다.

추정되는 적의 병력은 넉넉잡아서 일만 육천 명. 다시 호송되어 온 삼십 대의 군량미 마차의 수를 추산해 본다면 이미 소유하고 있는 군량미와 합쳐서─호송된 마차가 모두 식량만으로 구성된다면─적어도 한 달 정도는 먹고 재울 분량이 되었다. 조공진에게 식량은 곧 시간을 의미했다.

"이거 어려워지는데요. 조공진의 특기가 지구전이 아닙니까?"

사근평이 기가 질린 듯 영탐꾼의 보고를 듣고 난 후 말했다.

사근평의 말을 듣고 있자니 천정벽에게도 갑자기 숨이 막힐 듯한 압박이 밀려왔다. 다시 말해서 조공진의 배수진이었다. 놈은 한 걸음 한 걸음 동청령을 압박해 올 것이다. 실수도 서두름도 없을 것이다. 그저 병사의 숫자적 우세를 바탕으로 숨길 것도 없이 당당하게 전진해 올 것이다.

서황마루에 도착하고 나서 숨죽인 듯 잠자코 노려보고 있던 칠부군이 아흐레가 됐을 때 마침내 일만 육천 명이라는 그 웅장한 모습을 드러냈다.

"오고 있습니다, 장군님."

마침 감시 초소에서 물러나와 쉬고 있던 천정벽에게 사근평이 헐레벌떡 달려와서 적들의 전진을 알려왔다.

천정벽은 성벽으로 달려나갔다. 과연 오고 있었다. 그런데 병력이 조금 이상했다.

"병력은?"

사근평도 그 이상함을 눈치챘는지 알아듣고 답했다.

"예, 몇 번 다시 세어보았지만 기껏해야 오천 명을 넘을 것 같지 않았습니다."

적의 병력은 일만 육천이라고 관측했었다. 그렇다면 총공세는 아니었다. 처음부터 천정벽의 예측이 빗나가고 있었다.

"역시 연환진인가."

조공진의 특성에 맞게 애초부터 연환진을 예상했었다. 많은 병력을 두셋으로 나누어 낮밤없이 삼 교대로 공격하는 전술이었다. 즉, 자신들의 병력의 우세를 살리는 전술로써 방어하는 쪽은 시간이 갈수록 지칠 수밖에 없었다.

게다가 쌍방의 숫자적 우세도 적당하였다. 공격 측은 일만 육천 명, 수비 측은 사천 명이었다. 그것은 시간이 넉넉함을 전제 조건으로 하여 공격 측이 사용할 만한 전술이었다. 첩보대로라면 이제 식량까지 보충되었으니 충분히 시도할 만한 전술이었다.

"그건 아닌 것 같은데요."

사근평은 천정벽의 예상을 곧바로 부정했다. 그러나 언뜻 보기에도 사근평의 주장을 뒷받침할 어떠한 근거도 발견할 수 없었다.

"연환진이 아니라고 어떻게 확신하지?"

천정벽이 물었다. 평소의 공손한 사근평이라면 그렇게 확신한 근거가 반드시 있을 것이라고 천정벽은 생각하고 있었다.

"깃발들을 보세요, 장군님."

사근평은 자신있는 어조로 손가락으로 천천히 전진하고 있는 적진의 깃발들을 가리켰다. 그제야 사근평의 자신감에 동의했다.

"어허! 이렇게 되면 칠부의 삼장이 총출동한 셈인가?"

"네, 그렇습니다."

틀림없는 밀집방진이었다. 그 유명한 칠부군의 밀집방진. 사각형으로 정연하게 대오를 정렬하고 있었다. 그 사각형의 각 면에 깃발이 있고, 깃발은 각 부대의 장수를 의미했다.

그 깃발은 정면의 방영항부터 시작해서 우측의 석영산, 좌측이 두평강을 상징하고 있었다. 사각형이었으므로 네 개의 부대로 편성되어 있었다. 칠부 삼장은 이미 유명해서 알고 있었지만 나머지 부대의 깃발은 알 수 없었다.

"흠, 조공진의 속셈이 궁금하군. 사 장군은 어떻게 생각하시오?"

"칠부 삼장의 삼 부대에 나머지 한 부대는 오태동이 역시 맡아야 정상인데 이마저도 오태동은 아닌 걸로 봐서는 그쪽 사정도 꽤 빡빡한 것 같은데요. 역시 교대로 연환진을 편성하기에는 장수 수급 면에서 무리가 있겠죠."

사근평의 분석은 천정벽이 듣기에도 역시 신빙성이 있었다. 칠부 삼장에 나머지 한 부대의 깃발은 '탁'이라고 쓰여 있었다.

"오태동은 그렇다 치고… 저건 '탁'자라고 쓰여 있지? 뭐, 자네도 아는 인물인가?"

"네. 탁 씨라면 역시 탁종개가 있죠. 이번 새말 용병 사태로 흘러들어 온 놈인데… 뭐, 그렇기보다는 딸려왔다는 게 맞겠죠. 탁종개 저놈은 꽤나 전투에 정통한 놈이죠. 역시나 관리가 철저한 오성방 밑에서 일해왔으니까요."

역시 연환전술은 아니었다. 전통적으로 칠부는 보수적이었고 유능한 장수도 많지 않았다. 고작해야 칠부 삼장 정도였다. 삼 교대로 나누어서 연환진으로 교대로 치고받으려면 아무래도 칠부 삼장을 교대로 각 조의 대장을 맡는 것이 연환진의 운용이 안정적으로 될 수 있었다. 조공진의 취향이라면 역시 고려하지 못할 인사 편성이었다.

"칠부 삼장의 총출동이라……. 역시 총공세인가."

천정벽은 망설였다.

"그래도 일만 육천에서 겨우 오천 병력인데요. 역시 탐색전이 아닐까요?"

이번에도 천정벽에게는 백전노장 사근평의 조언이 그럴듯하게 들렸다.

"어때? 자네가 한번 응수타진해 볼 텐가?"

"존명!"

언제라도 준비가 되어 있다는 양 사근평은 주저없이 대답했다.

"이천오백을 주겠네. 너무 무리하지 말고 가볍게 한번 건드려 보게."

"알겠습니다."

조심스러운 천정벽은 만일의 연환전술에 대비하여 사천 명의 멸랑대에서 절반 정도를 예비 병력으로 남겨두고 사근평에게 출전 명령을 내렸다.

상식적으로는 칠부군의 사각형 밀집방진은 기마대를 상대하기에는 불리한 진법이었다. 특히 평지에서 보병부대를 상대하는 데 장점이 있는 사각방진은 기동성에서는 취약했다. 사근평의 멸랑대는 당연하게도 그 기동력에 장점이 있었다. 지금의 상태라면 서로 상극이 되는 대형이었다.

"성문을 열어라."

오랫동안 굳게 닫혀 있던 동청령의 요새 대문이 활짝 열렸다. 사근평은 군마 이천오백 기를 데리고 성문을 치고 나갔다.

원래대로의 작전이라면 타후도 전법이 되었다. 타후도 전법이란 '칠 타'에 '도망칠 도'를 말하는 것으로써 그 중간에 '뒤 후' 자가 섞여 있으니, 즉 치고 달리기 전법을 말했다.

작전의 묘용은 시간 끌기에 있었다. 해상봉쇄에 성공했다면 식량 부족을 버티지 못한 칠부군이 치고 나올 것이고, 그 점을 노려서 넉넉치 않은 식량의 탕진을 노리는 전략이었다.

적이 숫자의 우세를 믿는 연환전법이면 연환전법대로, 총공세면 총공세대로 일단은 치고 빠지기였다. 성문 근처에서 치고 받으며 날이 저물 때까지 버티다 다시 요새로 돌아가는 방식이었다. 기동력을 전제로 하는 전술이었다. 멸랑대는 전원이 기마대로 무장했으니 당연히 선택권이 있는 기동력의 전법이었다.

천정벽은 망루까지 올라가 전황을 살펴보고자 했다.

성문을 나서자마자 사근평은 병사들을 재촉하여 전속 질주로 적의 진형으로 접근하였다. 대적하는 칠부군의 약 절반에 해당하는 소규모 병력이었으니 기마전술의 교과서대로라면 역시 선택과 집중이었다. 적의 허술한 빈틈을 틈타 병력을 집중해서 강타를 날리는 전술이었다.

물론 이 상황에서 밀집방진은 수비력에서 힘을 발휘하는 중보병으로 편성되어 있는데다가 빈틈도 잘 나오지 않았고, 강타에 대한 버티는 힘도 좋았다. 그러나 적은 기동력 면에서 여전히 잼병이었다. 탐색을 하듯이 툭 찔러보고 여의치 않으면 쏙 빠져 버리면 그만이었다. 적의 입장에서는 그야말로 닭 쫓던 개 지붕 쳐다보는, 일방적으로 얻어맞는 신세였다.

이제 막 사근평의 선두 부대가 칠부군의 좌측으로 몰려가고 있었다. 천정벽은 망루 위에서 저 멀리 서황마루의 임시 목책 어딘가를 바라보았다. 그곳 어딘가에 조공진이 있을 것이다. 이 작전대로라면 적은 속수무책이었다.

'어쩔 것이냐, 조공진?'

천정벽은 허공에 조공진이 대답이라도 해줄 듯 물었다.

천정벽이 물어오고 있는 임시 목책의 어딘가에 조공진이 있었다.

조공진도 천정벽처럼 임시 목책의 망루에서 형세 판단을 하는 데 여념이 없었다. 지금 막 좌측의 두평강의 부대가 강타를 당하고 있었다.

"센데요, 인양 공."

오태동이 조공진의 옆에서 심각한 어조로 말했다.

"당연히 강하겠지. 천하의 멸랑대가 아닌가. 얼마나 버티는지 조금 두고 보자고."

오태동의 걱정과 다르게 조공진의 안색에는 전혀 변화를 찾아볼 수가 없었다. 그러나 강력한 적의 공세에 두평강은 위태위태해 보였다.

식량 공급 작전을 무사히 완수한 오태동이 조공진을 보좌하고 있었다. 오태동은 전투 현장보다는 작전이나 첩보에 능했기에 다른 칠부 삼장과는 다르게 곧잘 조공진과 의논을 하고는 했다. 이틀 전에 방영항이 조공진에게 대들 때도 그랬었다.

"황인의 학익진이라면 어찌시게요?"

그때 작전 지시를 내리자 조공진에게 방영항이 말했다. 그것은 극히 드문 경우였다. 비교적 대가 센 방영항이었다. 특히 아랫사람을 잘 건사하는 데 정평이 나 있었다. 아랫사람들을 위험에 내모는 데는 조공진이고 척패부고 없었다. 그 분야에서만큼은 언제나 예외없이 강력하게 항의를 했었다.

"그게 후방으로 탁종개를 빼돌린 이유라네."

"네?"

"여기 오태동 장수만 해도 무리를 했다면 이번 편성에 참가시킬 수도 있었네."

언제나 자상하게, 그리고 인내심을 가지고 수하들을 설득해나가는 조공진이었다. 오태동은 조공진이 그렇게 말했을 때 단박에 알아들었다. 그리고 방영항의 무례함을 겁내서 재빠르게 중재에 나섰다.

"그렇군요. 역시 탁월하신 선택입니다."

"무슨 소리야, 태동이? 자네 부하들 참가 안 하다고 남의 집 불구경이야? 놈들은 선택과 집중, 그리고 치고 빠지기가 불 보듯 뻔한데 공께서는 이런 판에 항상 하던 그 작전만 평범하게 고집하시는 게 보이지도 않는가?"

방영항은 버럭 역정을 부렸다.

"이봐, 방영항이."

"왜?"

방영항은 마치 잡아먹을 듯이 오태동에게 대들었다.

"탁종개는 후방이고 지원 부대잖아."

"그래서?"

금방이라도 싸움이 터질 듯 험악해졌으나 오태동은 믿는 구석이라도 있는지 그런 방영항의 위협에도 불구하고 태연자약하기만 했다.

"만약 멸랑대가 선택 집중을 택한다면 칠부 삼장 어디든 계속해서 혼자 버티기는 역시 힘들겠지?"

"지금 그걸 이야기하고 있잖아."

"잘 생각해 봐. 세 부대 중 하나가 버티지 못한다면 그 뒤를
받쳐 줄 후방이자 지원 부대가 어디라고 생각해?"

오태동의 설명에 방영항이 얼음처럼 굳어졌다. 이제야 오태
동의 말을 알아들은 모양이다. 방영항은 우둔한 장수가 아니었
다. 그도 조공진이 신중하고 조심스러운 전략가라는 것은 익히
알고 있었다. 그렇기에 그가 예상 가능한 적들의 전술에 대한
대비책을 미리 생각해 놓지 않았을 리가 없다는 것을 깨달았다.

비장의 한 수는 있었다. 방영항이 깜빡했을 정도로 예전에
숙지했던 일급 비밀이었다.

방영항은 지금 그것을 생각했다.

비장의 한 수.

'와라! 이놈들!'

방영항은 달려드는 적의 기마들을 눈을 부릅뜨고 노려보았
다. 찌는 듯한 무더위였다. 갑옷을 입고 단단히 무장한 칠부군
은 말이 무장이지 철광석이 흔한 관계로 중무장으로 유명했
다. 무더위는 더욱 그들을 괴롭히고 있었다.

일휘군의 멸랑대가 점점 속력을 더해갔다.

"오, 저것이 멸랑대!"

방영항은 저절로 감탄사를 내뱉었다. 모두가 하나같이 당당
한 군마에 깃발까지 형형색색으로 화려한 복색이었다. 그들은
폭풍처럼 달려들고 있었다. 방영항은 전투 현장에서 잔뼈가

굳은 백전노장이었다. 그런 그에게 전원이 승마하고 있는 이천여 기를 넘는 대규모의 기마대가 전속 질주하는 모습은, 그것도 자신을 향해서 질풍처럼 다가오고 있는 광경을 본 것은 이번이 처음이었다. 장관이었다.

찌는 듯한 무더위 속에서 한줄기의 시원한 바람이 불어오는 듯한 착각마저 들 정도로 방영항은 감탄했다.

"장군님."

방영항의 곁으로 다가온 부관 반혁기였다. 적의 노도와 같은 질주에 자못 걱정스러운 표정이었다. 그러나 방영항은 침착했다.

"아직은……."

"굉장한 속력입니다. 이제 곧 들이닥칠 겁니다."

반혁기의 표정은 걱정을 넘어서 공포에 가까워가고 있었다.

"그래도 아직이다. 기다려라."

그래도 조금도 동요하지 않고 기다리기는 방영항이었다.

방영항에게는 거의 최고의 기세가 실린 전속 질주일 것이라고 예상되었다. 마치 말들이 급격하게 확대해 오는 착각마저 들었다. 방영항은 그대로 숨을 멈춘 듯 긴장했다. 그리고 그의 오른팔이 어깨 위로 살짝 들려졌다. 그리고 그 팔마저 멈추었다.

"준비."

방영항의 입에서 그리 크지 않은 목소리로 명령이 떨어지자 옆에 대기하고 있던 신호병의 깃발이 펄럭였다.

전열한 창병들이 일제히 장창을 꼬나 쥐었다. 숨이 멈춘 듯 정지해 있던 방영항의 눈빛이 반짝였다. 그리고 어깨 위에 멈춰 있던 그의 오른팔이 번쩍 허공으로 올라갔고, 그가 힘껏 외쳤다.

"창 준비!"

방영항 부대의 장창병들은 마치 하나가 된 듯 벽력과도 같이 크게 복창했다.

"준비!"

장창병들은 각자의 장창을 밑바닥으로 힘껏 내리 찔렀고, 창들은 비스듬한 대각선으로 그 창끝을 달려오는 기마대 쪽으로 향했다. 어찌 보면 꽤나 평범한 광경이었으나 방영항의 창 부대의 모습은 달랐다. 대오 하나 어질어지지 않은 채 조금도 동요함 없이 너무도 일사불란하게 움직이고 있었다.

그런 와중에도 일휘국의 멸랑대는 일진광풍이 되어서 한 무리의 먼지폭풍을 일으키며 방영항의 부대 전면으로 쇄도했다.

"와아―!"

일제히 멸랑대의 우렁찬 고함 소리가 터져 나왔다. 뿌얀 먼지바람과 함께 말발굽이 방영항의 선두 대열에 뛰어들었다.

두두두―

말발굽 소리와 함께 피가 튀고 군데군데에서 병사들이 쓰러졌다. 그리고 몇몇 군마들이 바닥에 굳건하게 박힌 장창의 힘으로 말 근육을 관통했다.

드디어 오랫동안 서로를 노려보기만 하던 칠부군과 신한성의 첫 격돌이었다.

六. 공방전

　망루의 천정벽은 꼼짝도 않고 벌판의 치열한 전투를 물끄러미 지켜보고 있었다. 어느새 날이 저물고 있었다. 전투 개시는 점심 식사 무렵이었으니 꼬박 반나절을 지속하고 있는 셈이었다.

　과연 참 정예 부대였다. 굳이 참 정예라는 촌스러운 명칭의 부대가 된 유래가 재미있다. 걸핏하면 '하양의 정예' 라는 군사력의 막강함을 자랑하는 일휘국의 외교적 자랑에 맞서서 '너희가 정예라면 우리는 참 정예' 라는 약간은 유치한 말이 군대 명칭의 유래다.

　그러나 풍부한 철광석을 바탕으로 하는 칠부의 중보병 부대는 과연 참 정예라고 자찬을 해도 과연 부끄러울 것이 하나도 없을 정도였다. 일휘국의 실질적인 최정예 부대라고 자랑하는 멸랑대에 맞서서도 결코 밀리지 않았다.

기동력의 기마대와 기동력이 없는 중보병의 대결은 처음부터 중보병 부대가 기마대의 밥이라면 밥일 정도로 상극이었다. 그러나 의외로 칠부군은 잘 버티고 있었다.

전속 질주의 기세를 탄 강습의 충격으로 우직한 중보병의 대오가 흐트러지고, 어찌어찌 버티다 보면 어느새 대오가 다시 정렬이 되면서 질주의 추진력의 힘이 다해갈 무렵, 간신히 한숨을 돌린 칠부의 보병이 이제부터 반격이라도 해볼라 치면 썰물처럼 뒤로 빠져서 달아나는 멸랑대였다.

다시 대오를 정비한 칠부군은 서두름이 없이 천천히 전진해 나갔다. 그렇게 동청령 요새로 접근해 나가면 다시 멸랑대의 강타가 몰아쳤다. 칠부군은 뒤뚱뒤뚱하며 다시 뒤로 물러섰다. 그렇게 치열한 일진일퇴의 공방전 양상이 되었다.

서서히 보병의 버티는 힘에도 한계가 드러나기 시작했다. 파도처럼 한 번, 두 번의 썰물과 밀물처럼 반복되다 보면 수비력에 바닥이 드러났다.

"그렇군."

그런 양상은 천정벽으로 하여금 절로 고개를 끄덕이게 했다. 서너 번의 강타가 이어지고, 적들이 회복되지 못한 채 지친 낌새를 보이면 노련한 사근평은 그 틈을 놓치지 않고 마침내 결정타로 회심의 일격을 준비했다.

그때 사각형의 밀집방진이 스르르 회전하는 것이다. 세 번의 강타를 힘겹게 몸으로 받아낸 방영항의 부대가 좌측으로 물러나면 우측을 방비하던 석영산의 부대가 전면의 멸랑대 공격을 대신 받아주는 것이다. 이를테면 임기응변의 연환진법이었다.

이제껏 쉬고 있던 새로운 석영산의 부대가 힘이 다 빠진 방영항의 부대를 대신해서 오히려 힘이 빠져가는 멸랑대의 공격을 받아주고 있었다. 이렇게 사근평의 야심찬 공격도 이쯤 되면 물거품이 되고 마는 것이다.

어느새 날이 저물고 천정벽은 퇴각 명령을 내렸다. 멸랑대의 퇴각을 지붕 쳐다보는 격으로 바라보던 닭의 군대 칠부군도 퇴각하고 말았다. 밤의 공성전은 예상대로 조공진의 생리에 맞지 않았다. 전투 개시의 첫날이 그렇게 지나갔다.

"수고했네."

"이거 곤란하게 됐는데요. 이렇게 되면 연환진이랑 다름없잖아요. 역시 조공진은 명불허전인데요. 아주 교묘한 놈이에요."

요새로 돌아온 사근평이 투덜대었다.

"그러게나 말일세. 이거 곤란하게 됐는데……."

사근평의 말마따나 천정벽은 곤란한 입장에 빠졌다. 지루한 소모전 양상이었다. 겉보기에는 일휘국과 칠부군의 전투였다. 그러나 기실은 칠부군과 신한성의 싸움에 공연히 일휘국이 휘말리게 된 상황이었다. 멸랑대는 일휘국에서도 최정예의 귀중한 부대였다. 이런 불필요한 병력 낭비는 가능하면 피하는 것이 좋았다.

"어쩌면 좋지?"

"그러게요. 뾰쪽한 방법이 없는데요."

천정벽과 사근평은 서로 눈을 쳐다보며 눈치를 살폈다. 망설이며 서로 떠넘기다가 말을 꺼낸 것은 역시 아랫사람인 사근평이었다.

"밀집방진에는 역시 황인의 학익전술이 제격인데요."

사근평이 쓴 입맛을 다셨다.

"당장에 그 전술을 쓸 수만 있다면 나도 반대는 아니네만……."

천정벽도 역시 쓴 입맛을 다셨다. 붉은 이리족의 명장 황인이 개발한 필승의 전술이었다. 황인의 전술을 견학한 하양반도의 기마대 대장으로서는 전가의 보도처럼 사용되는 전술이었다. 그러나 이제는 알려질 대로 알려진 유명한 전술이었다. 아직 붉은 이리족과의 싸움을 경험하지 못한 조공진이라고 해서 모를 리가 없었다. 그는 열심히 병법을 연구하는 부지런한 전략가였다.

"평 군사께서 말씀하신 걸 자네도 듣지 않았나?"

"그러게 말입니다. 답답한 노릇이로군요."

"힘들겠지만 일단 가능하다면 전술의 변경 없이 그대로 그 전술로 밀어붙이게."

"알겠습니다."

다음날도, 그 다음날도 양상은 변함이 없었다. 칠부군은 정말 다부져서 사근평의 안간힘에도 끄떡없었다. 칠부 삼장의 부대들은 맹장 밑에 약졸이 없다더니 정말 하양의 참 정예로서 부끄럽지 않았다.

마침내 사근평이 지친 기색을 보이기 시작하며 천정벽에게 하소연을 해댔다.

"어쩌면 좋죠?"

"그러게 말일세."

"정말 이대로는 힘들겠어. 무슨 수를 내봐야겠네."

원래대로라면 이 작전은 대성공이었다. 시간 끌기 작전이라면 말이다. 애초에는 식량 사정의 약점을 물고 늘어져 이렇게 시간만 보내고 있으면 만사형통이라고 생각했었다. 그런데 뜻밖에도 조공진이 이런 식으로 과감하게 나올 줄을 몰랐다.

해상봉쇄가 실패하자마자 더 이상 미련을 두지 않고 본부에 요청해서 식량을 보충한 것이다. 모르긴 해도 칠부의 나머지 식량을 닥닥 긁어모았을 것이다. 즉, 조공진으로서는 결사항전이었고 배수진인 셈이었다. 이렇게까지 강하게 나오자 오히려 천정벽이 난감해졌다.

"벌써 나흘째입니다. 병사들이 힘들어합니다. 병마는 인간이 아니지를 않습니까. 말보고 사정을 봐달라고 부탁할 수는 없는 노릇이지요. 원래 기동력 면에서는 월등하지만 지구력 면에서는 아무래도 보병 부대와는 비교가 안 되지요."

사근평이 궁색한 이유를 들며 불안감을 표하였다. 칠부군은 어느새 그들의 약점인 기동력으로 맞서지 않고 오히려 그들의 장점인 지구력의 싸움으로 멸랑대를 끌어들인 것이다.

"장군, 결단을 내려주십시오. 이러다가는 필살기를 사용할 기회조차 잃게 됩니다."

사근평이 말하고 있는 필살기는 궁지에 몰리면 쓰게 되는 전가의 보도, 황인의 학익진의 전술을 사용하자고 건의하는 말이었다.

평철이 말했었다.

"그 전술을 쓰는 데는 상당히 신중함을 요합니다. 조공진도 반드시 학익진에 대한 그 대비책만은 준비해 왔을 겁니다. 경우에 따라서는 학익진에 대한 반격의 전기로 기회를 노리고 있을지도 모릅니다. 그러니 어쩔 수 없는 위기에 몰리면 사용하기는 하되… 만약 실패했을 시에는……."

"실패했을 때는요?"

"십중팔구 반전의 기회로 이용될 것입니다."

"반전의 기회로요?"

"아니면 우리의 숨통을 죄는 반격의 대공세 기회가 될 것입니다."

천정벽은 망설일 수밖에 없었다. 평철이 그 전술을 사용하는 데는 신중에 신중을 기해야 한다고 강조했었다. 천정벽도 무시할 수는 없었다. 평철이 학익진법을 개발하고 전파한 그 장본인이기 때문이었다. 별다른 뾰족한 수가 없어서 말없이 천정벽은 고민에 빠졌는데 사근평이 조심스러운 목소리로 말해왔다.

"장군님, 이렇게 하면 어떻겠습니까?"

뭔가 계책이 있는 것 같은 얼굴이었다.

"뭔데 그러나? 기탄없이 말해보게."

"벌써 나흘째입니다."

"그렇지."

"날마다 출전하는 병력이 일정치 않습니다. 아무래도 병력을 교대로 돌리는 것 같은 낌새입니다."

"그랬지. 첫날 육천 명, 둘째 날 사천 명. 총병력이 일만 육천 명이니까 이제 얼추 한 순번이 다 돌았겠군."

"네, 그렇습니다. 오늘은 부딪쳐 보니 저항력이 그다지 완강하지 않고 어째 설렁설렁한 것이, 그리고 여느 때와는 달리 연환진의 분배에서 탁종개 부대를 주로 사용한 것을 보니 아무래도 이번에 새로 들어온 새말의 용병들로 주 편성을 한 것 같습니다. 탁종개 부대 쪽이 어쩐지 호흡도 다른 때와는 달리 잘 맞아 보였습니다."

"자네 말 듣고 보니 그런 것도 같군."

"오늘과 같은 편성의 탁종개 부대를 기다리는 겁니다."

"흠, 무슨 말인지 알겠군. 그들의 약점의 틈새를 노리자는 이야기겠지?"

"네, 그렇습니다. 소장이 겪어본 바로는 그래도 탁종개가 제일 수월했습니다. 계산대로라면 이제 사흘 후면 오늘과 같은 병력 배치가 될 것으로 예상됩니다."

천정벽이 듣고 보니 그럴듯했다. 아니, 이런 피 말리는 소강 상태는 극력으로 벗어나고 싶은 상황이었다. 무엇이 되었든 해볼 만한 방도가 있는 것은 모두 시도를 해봐야 할 상황이었다.

"음."

그래도 천정벽은 망설였다. 그러나 의례적으로 사근평은 단호하고 강력했다.

"장군, 우물쭈물하다가 기회를 놓치면 또다시 사나흘을 기다려야 합니다. 그 순간에도 소중한 멸랑대원들은 하나둘씩 죽어갈 것입니다."

소중한 멸랑대원이 죽어간다는 말에 천정벽은 가슴이 쓰리고 아팠다. 얼결에 천정벽은 고개를 끄덕이고 말았다.

"조공진은 아마도 그것을 기회로 삼고 있을지도 모릅니다. 최후의 최후까지 미루다가 정 견디기 어렵다면 그때 가서 생각해도 늦지 않습니다."

신한성의 평철은 그렇게 말했었다. 이런 상황에 이르러서는 평철에게 언질을 주어야 한다고 생각했다. 비록 연합군이라서 멸랑대는 독립적인 작전 수행권을 가지고 있었지만 서로간의 협조 체계는 반드시 필요했다. 그리고 명목상으로도 실질적으로도 전체적인 작전 수행권은 평철에게 있는 것이라고 천정벽도 생각했다.

"일단 평철 군사님께 연락을 보내서 의사를 들어봤으면 하는데……"

천정벽은 조금은 우유부단하게 보일까 봐 걱정스러웠다. 그러나 사근평은 역시 노련한 백전노장이었다. 천정벽의 걱정에는 아랑곳도 않고 올바른 충언을 했다.

"지당하신 말씀입니다. 현명한 평철 군사님께 조언을 구하는 것도 좋은 방법입니다. 절대로 그릇된 판단을 하실 분은 아니니까요. 하지만 빠르면 빠를수록 좋겠지요. 어서 연락을 보내심이 좋겠습니다."

"알겠네. 당장 연락병을 보내보도록 하지."

더 이상 고집 부리는 것도 모양새가 안 좋아서 천정벽은 사근평의 조언을 받아들였다. 때마침 평철을 위시한 신한성의 지원군도 도착해 있었다. 삼천의 지민군이—신한성도 이곳을 최대 승부처로 여기는지 거의 총병력에 해당하는 대병력을 보내주었다—동청령 서쪽의 산기슭에 주둔하고 있었다.

그러는 와중에도 칠부군은 끈질기게 공격을 해왔다. 천정벽에게는 보통 신경 쓰이는 일이 아니었다. 평철에게 보낸 연락병은 반나절 만에 돌아왔다.

"장군님께 보고드립니다."

"평 군사님은 만나보았느냐?"

"네."

"뭐라고 하시더냐?"

"네 멸랑대의 고유 권한이니 잘못하면 월권행위라서 아무래도 예의에 벗어나는 일이라며 장군님께 양해를 먼저 구한다고 말씀하셨습니다."

"그래서? 찬성이시냐, 반대라고 말씀하시더냐?"

"어쩔 수 없다면 찬성이라고 하십니다. 하지만……."

"하지만?"

"만약 학익진의 전술이 실패한다면, 전에 말씀하신 졸장부의 차선책을……."

"허허."

천정벽은 연락병의 보고에 쓴웃음을 지었다. 졸장부의 차선책은 고위 간부들의 비밀 암호명이었다. 암호명이 볼썽사나운 이유는 천정벽이 질색을 하는 작전이었기 때문이다. 뭐니 뭐니 해도 일휘국 최고의 대장부로 추앙받고 있던 천정벽으로서는 정말 졸장부에게도 주저할 만한 비겁한 전략이었다. 오죽하면 졸장부마저 망설여야 할 차선책이 아니겠는가.

겉보기에는 시원한 허락 같았지만 자세히 들여다보면 은근슬쩍 강요에 가까운 허락이었다. 천정벽은 곤란한 표정으로 사근평을 쳐다보았다. 사근평도 천정벽 못지않게 곤란해하는 표정이었다.

"과연 신한성의 두뇌라는 평철 군사님이시로군요."

"이것 참."

천정벽은 말도 못하고 곤란해했고, 사근평도 꿀 먹은 벙어리가 되었다. 이렇게 학익전법의 실행을 고민하던 중에 마침내 사흘째가 되었다.

"예상대로군요. 기대했던 그 병력 배치로군요."

오늘도 꾸역꾸역 기어나오는 칠부군의 진형이나 배치를 살펴보고 있자니 학익전법을 결행하기에는 더할 나위가 없는 상황이 되었다. 일부러 짜놓는다고 해도 이렇게 알맞을 수가 없었다. 마치 천정벽에게 학익전술의 채택을 유혹하는 듯하다는 생각이 들 정도였다.

"잘 봐줘야 사천은 넘지 않겠군."

"예, 게다가 후군이 장비가 허술하군요."

천정벽이 노리고 있는 탁종개의 후군은 공교롭게도 장비가 허술했다. 물론 병참 보급 사정상 장비가 골고루 잘 보급될 수도 있고 때로는 여의치 않을 때도 있었다. 오늘 탁종개 부대에게만은 보급이 여의치 않은 모양이었다.

황인의 학익진법에 있어서는 쌍방의 병력 숫자 비교와 편성이 관건이었다. 칠부군은 중보병의 편성이고 멸랑대는 전원 기마대였다. 이것이 학익전법의 전제 조건으로는 가장 좋은 쌍방의 병력 구성이었다. 게다가 사천 명의 병력이라면 그동안의 열흘의 전투 중에서 가장 적들의 병력 숫자가 적었다. 학익진법은 일종의 포위섬멸전이었다. 아군의 병력 차이가 많이 벌어져서는 아무래도 무리가 있는 전술이었다. 오늘의 전투라면 쌍방이 거의 동등한 병력으로 싸움에 나설 수 있다고 보아도 무방했다.

"정말 다시 안 올 절호의 기회입니다, 장군님."

말은 그렇게 했지만 사근평의 눈빛은 천정벽의 결단을 강력하게 재촉하고 있었다.

"사천 명 전부를 주겠네."

"알겠습니다."

사근평의 눈빛이 돌연 빛을 발했다.

"멸랑대 총병력이라네. 자네가 물러서면 더 이상 뒤는 없다네."

"알고 있습니다. 뒤는 없다는 것, 잠시라도 잊지 않도록 명심하겠습니다."

"출전하게. 가서 한번 여한없이 힘껏 싸워보게."

"존명."

이렇게 해서 지루한 소강상태의 탐색전이 끝이 났고, 드디어 반드시 어느 한쪽의 승패가 나야 하는 치열한 결전이 시작되었다.

'더워. 너무 더워.'

방영항이 어깨 부근에서 자꾸만 거치적거리는 갑옷을 매만지고 있는데 그 어깨를 툭 치며 지나가는 목소리가 더욱 방영항을 짜증나게 했다. 가뜩이나 가일층 불쾌지수가 높아서 시비를 걸어오는 놈이라면 어떤 식으로든 화풀이 감으로 생각될 지경이었다. 금년 들어서 오늘이 가장 더운 것 같았다. 비교적 살집이 비대한 방영항은 유독 더위에 맥을 못 췄다.

"오늘도 잘해보자고!"

어깨를 툭 치고 지나간 이는 다름 아닌 탁종개였다.

이건 참는 데도 한도가 있었다. 그러나 폭발하려던 짜증을 애써 억누르고 싶은 내색을 숨기며 기분 좋게 대꾸해 주었다.

"어, 그래. 오늘도 부탁하네."

"아무렴!"

탁종개는 제법 노련한 현장 장수처럼 노련한 미소를 짓고는 자신의 부대가 대기해 있는 방향으로 보무도 당당하게 방영항의 곁을 지나갔다.

"덥다, 더워. 영항아."

그다음으로 말을 걸어온 사람은 석영산이었다.

"말도 마라. 나도 죽겠다."

탁종개와는 다르게 진정으로 반갑게 석영산을 맞아주었다.

"뭐래?"

석영산은 은근하게 목소리를 낮추고는 탁종개의 뒷모습을 턱짓으로 슬쩍 가리키며 속삭였다.

"나보고 오늘도 잘해보잔다."

방영항도 못할 말이라도 하는 양 석영산의 귓가에 속삭이며 정말 같잖은 듯이 노골적으로 낄낄대었다.

"허허, 잘해보자고? 그 꼴에 또 무슨 짓을 벌이려고?"

석영산은 어이없어했다. 그는 과묵하고 점잖은 친구였다. 여간해서는 뒷전에서 동료들을 험담하는 짓은 하지 않았다. 그러나 방영항도 석영산을 탓할 마음은 조금도 없었다. 탁종개가 오죽하면 그러겠는가.

"맷집은 좋잖아."

"누가?"

뻔히 알면서도 석영산은 시치미를 뗐다.

"저 친구."

방영항은 탁종개 쪽으로 눈짓을 했다.

"저 친구가?"

"그래. 평강이의 주먹에도 용케 버티는 걸 자네도 봤잖아?"

"허허허."

석영산은 할 말을 잃고 그저 허탈한 너털웃음만 짓고 있었다. 전투 쪽에는 안중에도 없고 그저 요령만 피우고 있는 탁종개였다. 하루 이틀도 아니었으니 성질 급한 두평강이 결국은 폭발한 것이었다. 물론 가벼운 주먹다짐이었다. 일방적으로 한 대 맞았으나 좋게 좋게 탁종개가 참아내는 선에서 물러섰다. 방영항이 말하는 '맷집'은 그 맷집이었다. 방영항은 지금의 상황에서 칠부군에게 가장 중요한 전투력은 맷집임을 빗대어 한 말이었다.

전투의 양상은 무더위만큼이나 지루하게 전개되고 있었다. 그야말로 질식할 듯한 소강상태였다. 게다가 날씨마저 요 며칠 동안 무더위가 기승을 부렸다.

칠부군 측에서는 그야말로 죽을 맛이었다. 한마디로 맷집과 강타의 대결이었다. 방영항에게는 전투가 아니라 맷집의 대결이라고 생각되었다. 답답한 맷집은 칠부군의 인내력을 시험했고, 불행하게도 시원한 강타는 멸랑대의 몫으로 돌아갔다.

칠부군에게는 지옥 같은 인내심을 요구했다. 멸랑대는 심심하면 달려들어서 툭 쳤고, 칠부군은 밀집방진으로 힘껏 버티었다. 그렇게 적의 강습을 용케도 버티어내고 적의 기세도 다해서 이제 반격을 할라 치면 얄밉게도 빠른 기동력의 기마병들은 유유히 퇴각해 갔다. 겉으로 봐서도 속으로 봐서도 주도권은 멸랑대에게 있었다. 벌써 열흘이 다 되어오고 있었다. 언제까지고 이렇게 버티기만 하고 있을 수는 없었다.

"준비는 다 됐나?"

방영항의 장난스러웠던 표정이 어느새 진지해졌다.

"응, 나는 대충 출동 준비 완료. 오다가 돌아보니 평강이도 준비 완료."

"그렇다면 저 친구 부대도 완료."

석영산은 두평강의 좌군을, 방영항은 후군의 탁종개의 상황까지 두루두루 살펴보며 주거니 받거니 했다.

"그럼 출동해 볼까?"

방영항은 줄줄 흐르는 땀을 애써 외면하고 일부러 힘을 내서 밝게 말했다.

"좋아! 출발!"

석영산도 시원하게 방영항의 말을 받았다.

칠부군은 대오를 정렬하며 천천히 서황마루를 나섰다. 오늘이라고 별다를 것은 없었다. 어제도, 그저께도 같은 전술에 같은 진형이었다. 무더위가 연일 계속되어 병력의 효율성을 위해서 출동 병력만 조금 축소하였다.

마루를 내려서서 천천히 진군하자 멀리 언덕에서 뽀얗게 먼지가 일었다.

'오는구나!'

방영항은 천천히 고개를 들어서 바라보았다. 대낮의 강한 햇살을 받아서 장엄하게 반짝거리는 당당한 군세였다.

'조금 많은가?'

방영항은 버릇처럼 적의 군세 규모를 가늠해 보았다. 얼핏 보기에도 멸랑대의 군세는 평소보다 많았다. 보통은 많아도 삼천을 넘지 않았는데 이번엔 사천 명은 쉽게 넘을 것 같았다. 멸랑대의 병력이 전투 개시 이후 가장 많은 것 같았다. 반면에 칠부군은 가장 적은 병력을 끌고 나왔다. 문득 불길한 예감이 들었다.

'쳇, 병력의 대소가 문제인가?'

상관 조공진의 성향과는 다르게 조금도 의기가 죽지 않는 용장 방영항이었다. 칠부 삼장이면 모두가 그랬다.

'오너라!'

찌는 듯한 더위였다. 그러나 기다리는 동안 더위는 온데간데없어졌다. 전심전력으로 전투에 몰두한 까닭이다. 한줄기 시원한 바람마저 느껴졌다. 짜증도 사라졌고, 시원함이 가슴을 관통했다. 이것이 방영항이 전투를 즐기고 현장을 사랑하는 이유였다. 멸랑대의 전속 질주하는 모습이 크게 확대되어 왔다.

다시 한 번 엄청난 충격이 밀려왔다. 멸랑대의 첫 공격이었다. 방영항의 부대도 평소 하던 대로 힘껏 버텨냈다.

"장여운이 버텨! 거기서 밀려나면 아예 죽어라! 살아 있더라도 내가 후일 죽음으로 엄벌할 테니 한 발짝도 물러서지 말고 아예 거기서 죽어라!"

방영항은 눈이 좋았다. 좌측으로 멀리 떨어진, 힘에 부친 부하까지 독려하였다. 게다가 방영항은 기억력도 좋았다. 그 힘에 부치는 부하의 이름까지 알고 있었다. 죽음으로 위협하면서까지 그를 독려하였다.

"곽새옥 뭐 해? 장여운이한테 가서 도와줘야지! 네놈도 살아서 돌아오기 싫으냐?"

물론 장여운만이 아니었다. 그의 부하들이라면 대개의 이름 정도는 기억하고 있었다. 오늘도 그렇게 부하들을 격려하며 힘이 남아도는, 그래서 가장 강력하다는 멸랑대의 첫 공세를 막아내고 있었다.

물론 말단 병사 장여운과 곽새옥의 밑바닥까지 미치는 독려가 효과가 있었는지 그날의 첫 공세도 무난히 방어해 냈다.

방영항은 온몸으로 밀려드는 압력을 가늠했다. 병력의 숫자가 늘어난 대로라면 크게 달라진 것은 없었다. 완강한 저항으로 전력 질주의 기세가 멈춰지자 기세도 한풀 꺾었고, 비로소 한껏 숨죽이고 있던 칠부군은 비로소 한숨을 내뱉었다. 여기까지였다. 이것이 자연스럽게 터득한 방영항의 정확한 박자였다. 이런 호흡이라면 바로 지금이 내뱉어야 할 호흡이었다.

"교대!"

야심만만한 방영항의 명령 소리와 동시에 앞쪽에서도 들어왔다.

"후퇴!"

이미 낮이 익어버린 목소리. 멸랑대장 사근평의 목소리였다. 또 한 번 아쉬움의 한숨을 되새겨야 했다. 지붕 위로 날아가는 닭을 바라보는 칠부군의 중보병 부대를 대신한 개의 시선이었다. 그렇게 하염없이 바라보는 사이, 어느새 지붕 위로 물러간 닭들이 다시 대오를 정비하고 있었다.

"교대!"

맥이 풀린 방영항의 명령이었다. 밀집 사각형이 질서정연하게 회전해서 우측의 석영산이 전면에 배치되고, 방영항의 부대는 좌측으로 밀려나서 배치되었다. 또 하나의 교대가 물거품처럼 사라졌다. 지붕 위로 빠진 만큼 적들은 어차피 다시 전속 질주의 추진력을 다시 살린 터였으니 교대를 하나마나 마찬가지였다. 지루하게 되풀이되는 순서였다.

계속되는 되풀이는 방영항에게만 해당되는 것이 아니었다. 그 같은 교대는 칠부 삼장 모두에게 반복되고 있었다. 석영산의 차례가 오자 다시 한 번 멸랑대의 공세를 훌륭하게 막아냈고, 또 한 번의 교대가 이루어졌다.

밀집방진은 다시 회전하였고, 사각형의 한 면이 전면으로 나섰다. 두평강의 부대였다. 석영산이 좌측으로 빠지고 두평강의 차례가 된 것이다. 두평강의 무력도 석영산에게 뒤처지는 것은 아니라서 역시 훌륭하게 방어해 냈다. 그리고 칠부 삼장은 다시 조마조마한 심정이 되었다. 드디어 가장 믿음이 안

가는 탁종개의 부대 차례가 되었다.

진형의 위치로는 탁종개가 전면에 위치하고, 석영산이 좌측으로 빠졌으며, 사각형은 거의 한 바퀴 돌아서 방영항이 우측으로 돌아왔다. 한 번만 더 교대를 하면 방영항이 다시 전면의 차례가 되돌아와서 완전한 일 회전을 이루게 되었다. 그러나 언제나 탁종개의 차례가 위태위태하였다.

이제까지는 이리저리 잘 버티어냈지만 이번에는 멸랑대의 병력이 가장 많았고, 탁종개의 병력이 가장 적었다. 칠부 삼장들은 과연 그 작은 병력으로 멸랑대의 거센 공세를 버티어낼지 마른침이 꼴딱 넘어갈 정도로 걱정되었다.

멀찌감치 물러나 있던 멸랑대는 다시 대오를 갖추고 힘을 비축해서 서서히 탁종개에게 밀어 들어왔다. 점차 속력이 더해지더니 마침내 최고조에 이르러 탁종개 부대의 선두 대열의 장창과 멸랑대의 기마장창이 맞부딪쳤다.

"버텨! 버텨!"

평소와는 다르게 탁종개가 고래고래 악을 썼다. 평소의 그 느긋함이 아니었다. 멸랑대의 공격도 평소의 그 멸랑대의 공격이 아니었기 때문이다. 멸랑대의 공격에는 무언가 결판을 내고자 하는 의지와 치열함이 담겨 있었다. 서서히 전열의 장창부대가 무너지고 있었다. 멸랑대와의 대적에서 칠부군의 군세가 무너진 것은 이번이 처음이었다.

"위험해."

옆의 탁종개 부대를 바라보던 방영항은 중얼거렸다.

"어이, 반혁기."

"네."

옆에 서 있던 반혁기는 방영항의 선임 부관이었다.

"아무래도 심상치가 않아. 조금이라도 위험하게 느껴지면 자네 혼자만이라도 지체없이 지원할 수 있도록 지금부터 각오를 단단히 해두게."

"네, 알겠습니다."

반혁기도 바보는 아니었다. 돌아가는 상황이 거의 확실하게 그렇게 돌아갈 듯 보였다. 같은 시각 우측의 석영산도 똑같이 준비를 했고, 후면의 두평강은 벌써 전면 부대를 뒤받치기 위해서 조금씩 전진하여 방진의 길이를 좁히고 있었다. 점차 방영항과 석영산마저 지원을 위해서 움직이게 되니 사각형의 방진은 폭마저 좁혀지게 되었다.

도저히 못 견디겠는지 탁종개가 슬쩍 구원의 눈길을 방영항에게 보냈다.

'이때다!'

방영항은 가슴이 두근거렸다. 엇박자의 교대 기회가 드디어 찾아왔다. 크게 숨을 들이쉬고 좌측의 석영산부터 찾아보았다. 때마침 석영산도 찾아보고 있었는지 방영항과 눈이 마주쳤다. 석영산도 눈치챘는지 고개를 끄덕였다. 교대를 하는 문제라면 후면의 두평강에게는 문제가 없었다. 이미 전면의 탁종개 부대와 충분하게 접근해 있었다.

석영산이 고개를 끄덕이자마자 주저없이 명령을 내렸다. 어

쩌면 이번 전투 중에서 가장 중요한 순간이 될 수도 있다고 방
영항은 생각했다.

"교대!"

석영산, 탁종개와의 긴밀한 눈빛을 주고받으며 방영항이 기
회를 포착하고 명령을 내렸다. 밀집방진은 일사불란하게 움직
였다.

"뭐가 이렇게 말랑말랑해."

정명태는 질주하던 멸랑대의 말 대열을 슬쩍 비껴가면서 사
근평에게 접근해 왔다. 질주하는 기마대 사이를 직선이 아닌
대각선으로 경로를 바꾸는 것은 대단한 마상 기술을 요했다.
정명태에게는 사근평에게 그런 기술을 과시하려는 의도가 엿
보였다.

"그러게. 아예 물컹물컹하네."

사근평은 신경을 온통 집중하며 말을 달렸다. 기마술에 관
해서라면 정명태와는 상대가 되지 않았다. 멸랑대 창설 시부
터 줄곧 천정벽을 보필하던 정명태였다.

"부대장!"

직급으로는 확실하게 상관이었으나 정명태는 '부' 자에 유
독 힘을 주어서 사근평을 불렀다. 사근평도 지지 않았다. 게다
가 나이로 치자면 강산이 하나 지나갈 만큼 어렸다.

"왜 그래, 부관?"

사근평도 정명태의 호칭에서 부관의 '부' 자에만 유독 힘을

주었다. 그거나 이거나 같은 '부' 자니까 피장파장이라고 사근평은 그렇게 믿고 있었다.

"조금 더 밀어붙여도 괜찮겠는데?"

그래도 엄연히 사근평이 지휘관이었고, 정명태는 서열상으로는 부관에 지나지 않았다. 자신의 독단만으로 부대를 움직이는 권한은 없었다.

"흠, 그럴까?"

사근평은 일부러 망설이는 기색을 보였다.

은근히 탁종개의 부대를 노리면서도 겉으로는 딴청만 피우던 사근평이다. 예상대로 탁종개의 부대가 네 개의 부대 중에서 수비력은 가장 약했다. 그러나 그동안 내색은 안 하고 그저 슬쩍슬쩍 탁종개의 부대를 가볍게 상대했다. 그러나 이번에는 아니었다. 진짜 승부였다. 그런 형식만의 전투가 아닌, 피와 살이 튀는 치열한 진짜 승부에 맞부딪치자 탁종개의 부대에 당장 문제가 발생했다.

七. 동청령 함락

탁종개도 원래부터 그저 설렁설렁한 용병만은 아니었다. 그
는 새말 유수의 용병단 오성방에서도 알아주는 용병대장이었
다. 오성방주 화서명에게 그 능력을 인정받아 특별히 선발되
었다. 오성방의 정예로 선발돼서 칠부까지 같이 이동했던 터
다. 그러나 칠부의 삼장은 그 유명세만큼 그 전투력도 뛰어났
다. 탁종개와는 사정이 달랐다.

멸랑대의 공격력도 어지간히 강해서 탁종개는 안간힘을 다
해 간신히 그날그날을 넘기고 있었다. 그런데 멸랑대의 공격
이 오늘은 달랐다. 그 어느 때보다 치열했고, 정말 죽기 살기로
달려들고 있었다.

말랑말랑한 오성방 직할 용병대는 급기야 무너지고 있었다.

사근평이 진짜로 힘을 쓰자마자 맥없이 무너진 것이다. 어쩌면 당연한 일이었다. 어쨌거나 막강 기마대와 말 한 마리도 없는 생짜의 평범한 보병 부대였던 것이다.

체면불구하고 방영항에게 구원 신호를 보냈다. 몇 번이나 방영항이 반복해서 탁종개에게 말했었다. 유별나게 몇 번을 반복한 부탁이었다. 이상하다고 생각하면서도 그냥 고개를 끄덕였었다.

"위험해지면 무리하지 말고 곧바로 구원 요청을 하시오. 절대 부끄러워하거나 주저해서는 안 되오. 이건 중요한 일이오. 꼭 명심하시오."

수지타산에서만큼은 냉정한 오성방 출신다웠다. 명석한 판단력과 감정에 휘둘리지 않는 냉정함을 소유하고 있는 탁종개였다. 버티기가 힘들어지자 체면불구하고 방영항에게 구원 신호를 보낸 것이다. 마치 기다리고 있었던 것처럼 방영항의 명령이 떨어졌다.

"교대!"

탁종개 부대의 선두 대열이 막 붕괴되고 있었다. 선두가 붕괴된다면 승부의 추는 이제 기울었다고 사근평은 생각했다. 더 이상 볼 것도 없었다.

"제삼령 기를 올려라."

사근평은 열의 깃발병에게 명령했다. 마침내 이제까지 한 번도 올리지 않았던 제삼령의 명령 떨어졌다. 제삼령은 전력 질주의 기세가 모두 소진되어도 부대 전원에게 끝까지 공세를

늦추지 말고 추격하라는 명령이었다. 최후 공격과 같은 것이
다.

그때 탁종개의 부대가 물속에 스며들 듯 뒤로 밀렸고, 탁종
개 부대가 스며든 것 같은 그곳에서 또 다른 기류가 나타났다.
그것은 양쪽에서 밀려드는 두 개의 물줄기로 일사불란하게 진
법을 전개한 방영항과 석영산의 부대 이동이었다.

'이건 또 뭐지?'

사근평에게 승부의 코앞에서 다 된 밥에 코 빠뜨리듯 이상
한 위화감이 들었다.

"밀어붙여라!"

이미 줄 떠나간 화살이었다. 사근평은 부하들을 독려했다.

기세가 한층 오르던 멸랑대의 함성과 새로 부딪쳐 온 칠부
군의 새 함성이 충돌했다. 그들의 창과 검도 맞부딪쳤다.

사근평의 위화감은 불길한 예감으로 변해서 단단한 저항에
부딪쳤다. 어쩐지 칠부군 멸랑대의 제삼령을 기다리기라도 한
듯 일사불란했다. 마치 미리 잘 준비해 놓은 것처럼 진의 변화
가 너무나 일사불란했다. 전면의 탁종개 부대는 물이 스며들
듯 후군 두평강과 합쳐져서 사근평의 강타를 빗나가게 만들었
다. 그 헛방이 맥 빠진 채로 양옆의 방영항과 석영산 부대는
약속이라도 한 것처럼 하나로 뭉쳐진 강력한 저항을 만났다.
그러나 이미 내친걸음, 여기서 멈출 수는 없었다.

"어떡하지?"

예상이 빗나가자 슬그머니 다가선 정명태가 물어왔다.

"뭘 어떡해. 이미 엎질러진 물이잖아. 계속해서 밀어붙여."

사근평은 단호했다. 상대가 탁종개건 방영항이건 다를 것은 없었다. 검을 뽑았으면 호박이라도 베어야 할 것이 아닌가.

"이미 추진력의 기세가 다한 거 아냐? 안전하게 뒤로 물러가도 괜찮지 않을까?"

웬일로 항상 설치기만 하던 정명태가 조심스러운 의견을 내었다.

"이건 안 돼. 모처럼 만에 적의 전열을 흐트러뜨렸는데 조금만 더 해보자. 약간 위험해도 승리가 눈앞이야. 아낌없이 쏟아부어야 해."

"역시 그렇지? 그러면 한번 전심전력으로 밀어붙여 볼까."

백전노장 사근평은 이런 공세의 기회를 다시는 만나기 어렵다는 것을 경험에서 우러나온 직감으로 알고 있었다.

그러나 위태롭던 칠부군의 저항은 완강했다. 예상외로 칠부군은 죽기 살기로 버티고 있었다. 피가 튀고 비명 소리가 터져 나오고 사상자가 발생하기 시작했다. 밀어붙이려는 멸랑대와 밀리지 않으려는 칠부군의 고집이 충돌한 결과 의외의 백병전이 벌어졌다.

'조금만 더!'

방영항은 멸랑대의 필사적인 공격 속에서 기나긴 인내의 막바지에 다다랐음을 직감적으로 느꼈다. 칠부군은 그동안 일방적으로 얻어터지고만 있었다.

아끼던 수하들이 하나둘씩 쓰러져 갔다.

"조금만 더 버텨라! 절대 밀려서는 안 돼!"

방영항은 고래고래 악을 썼다. 비대한 몸집의 방영항은 느긋한 성격이었다. 그러나 지금 그런 느긋함은 전혀 찾아볼 수 없었다. 그야말로 처절한 악다구니였다.

방영항의 부대는 오랫동안 철저한 훈련으로 잘 다져진 정예군이었다. 비교적 인원 이동도 없었고 서로서로 단결이 잘되는 부대였다. 방영항의 엄격한 지도력에 의해서 충성도도 뛰어났다. 드물게 나타나는 그들의 장수 방영항의 처절함은 저절로 자신들의 장수를 잘 아는 그의 부하들에게 독기를 내뿜게 해주었다.

시간이 갈수록 흐트러져 있던 칠부군의 전열이 가다듬어졌고, 멸랑대의 달려오던 기세도 빠져나가서 공방전은 그대로 교착상태에 빠졌다. 이제는 상황이 조금씩 변하고 있었다. 중보병의 장점은 인내력이고, 기마대의 단점은 지구력이었다.

평소 같으면 슬슬 물러가야 할 때를 잘 타고 있던 멸랑대가 그 틈을 놓치고 있었다. 탁종개와 방영항의 교대가 평소와는 다른 비상 교대인데다가 때를 잘 알고 있는 주의 깊은 사근평마저 이날따라 조금은 고집스럽게 밀어붙이기만 하고 있었다. 마침내 멸랑대의 공세가 힘에 부친 기색이 역력해졌다.

마침내 절치부심하던 칠부군의 대반격이 시작되었다. 기세가 역전되자 그동안 참고 참았던 칠부군의 울분이 폭발했다.

멸랑대의 마지막 발악과도 같은 총공세는 무너질 듯 무너질 듯 버티던 칠부군의 끈질김이 공세의 압박이 덜어지자 한숨을 돌리는 여유가 생기면서 그 여유의 힘으로 그대로 수세를 공세로 바꾸었다. 이상한 것은 사근평의 고집이었다. 이제라도 재빠르게 달아난다면 적이 다시 닭 쫓던 개의 신세로 전락할 것이 뻔했다. 그런데 힘에 부쳐서 밀리고 있는 그 지경이 되어서도 사근평이 고집을 부리고 있었다.

"조금만 더 버텨라! 조금만 더!"

이번에는 공포로 새파랗게 질려 버린 정명태가 다시 다가왔다.

"어떻게 된 거야? 어쩔 셈이지?"

곧 죽어도 절대로 기세에서만큼은 사근평에게 지지 않던 정명태가 사정을 하듯 물어왔다. 패배의 공포로 새카맣게 죽어 버린 정명태가 가여워서 사근평은 할 수 없이 작전의 비밀을 털어놨다.

"걱정 마라. 다 생각이 있어서 밀어붙이는 거다."

그 말에 뭔가 낌새를 채고 정명태가 달려들었다. 속으로는 백전노장 사근평의 노련함에 한 수 접어주고 있던, 천정벽의 둘도 없는 심복 정명태였다.

"뭐야? 뭔가 비밀 작전이 걸린 거지? 이런 상황을 예상한 대비책. 그렇지? 속 시원하게 털어놔."

"원 자네도. 대비책이 뭐가 있어. 뻔하잖아. 우리의 필살기."

사근평은 태연하게 능청을 떨었고, 그다지 눈치가 없는 정명태조차도 알아들었다.

"학익진. 내 말이 맞지? 학익진."

금방 사색으로 새카맣게 죽어가던 정명태의 낯빛이 희희낙락 밝게 빛났다.

"그래."

전방의 추이를 날카롭게 쏘아보며 사근평이 대답했다.

그들의 전방에는 눈치가 어두운 축에 속하는 정명태에 비해서 눈치가 빠르기로는 정명태와 비교가 안 되는 방영항이 버티고 있었다.

'드디어… 드디어 올 것이 오는 건가?'

방영항은 가슴이 뛰었다. 그것도 대장부의 심장이 망치질처럼 쿵닥거렸다. 요 며칠 동안 치욕과 울분을 밥처럼 씹어 먹으며 멸랑대에게 마치 연습 방패처럼 일방적으로 두들겨 맞기만 했다. 물론 어쩔 수 없었다. 기마대는 빠르고 중보병은 느렸다. 하지만 장수 씩이나 된다면 무슨 대책이라도 내놓아야 할 것이 아닌가. 하다못해 후퇴라도 해야 될 것이 아닌가. 수하들의 원성이 나날이 높아만 가고 있었다.

칠부군은 미련퉁이처럼 얻어맞고만 있었고, 방영항은 인내심을 가지고 기다리고 있었다. 드디어 그 기다리던 것이 왔다. 영원히 오지 않을 것만 같던 그때가 드디어 왔다.

'천천히, 천천히.'

방영항은 가슴을 졸이며 그의 대장 조공진의 상징처럼 되어버린 구호를 마음속으로 기도하는 심정으로 읊조렸다. 미리 선두 대열에 노련한 부관 반혁기를 박아두었다. 이제는 장수급이라고 해도 인정받을 정도의 능력을 갖춘 고참 부관이었다. 속도 조절은 자신있게 실수없이 해낼 인재였다.

방영항은 주변을 다시 한 번 검토해 보았다. 적의 멸랑대의 병력은 잘 잡아주어도 사천을 넘지는 않을 것 같았다. 반면에 칠부군의 병력은 삼천육백 명이었다.

"단출하네. 이 정도면 놈들이 아예 쌈 싸먹으려고 덤벼들겠는데?"

정말 두평강이 우스갯소리처럼 자조적으로 말했었다. 화력이 우수한 기마대를 상대하는 소규모의 보병 부대, 이 정도의 병력 규모라면 정말 쌈 싸먹힐 수도 있었다. 두평강도 방영항도 알고 있었다. 붉은 이리족의 황인의 필살기인 포위섬멸전, 그것이 바로 보병들을 쌈 싸먹는 포위섬멸전이었다.

멸랑대도 눈치채지 못할 정도로 천천히 뒤로 물러가고 있었다. 칠부군은 멸랑대의 속도에는 아랑곳도 않고 천천히 전진하고 있었다. 물론 성큼성큼 능력껏 빨리 전진한다고 해서 잡혀줄 멸랑대도 아니었다. 전진하면서 칠부군도 진형를 갖추었다.

사각형의 밀집방진으로 대형을 정비한 상태에서 전면은 방영항의 지휘하에 있었고, 천천히 전진하는 동안 우측으로는 석영산의 부대가 빠져나갔고, 좌측으로는 두평강이 올라왔다. 후위는 세 개의 부대와 보조를 맞추며 탁종개의 부대가 머물고 있었다.

어느새 멸랑대는 수비진을 엷게 퍼뜨려서 길게 횡대로 펼치고 있었다. 방영항의 눈에도 전형적인 학익진의 준비 형태로 보였다. 반혁기가 공격하고 있는 부분의 부대만 밀리는 대로 후퇴하고 있을 뿐 나머지 양쪽의 날개는 은밀하게 전진하고 있었다.

사근평은 잘되어가고 있다고 생각했다. 웬일인지 방영항의 부대는 마침내 도래한 반격의 기회를 어렵게 잡아내고서도 그다지 기세를 올리지 않았다. 역시나 조공진의 부하들답게 서두르지 않고 마냥 '천천히 천천히'였다.

하지만 칠부군의 그런 차분한 공세가 사근평으로서는 오히려 좋았다. 자칫하면 적의 반격에 대한 역반격의 기회를 잡기 어려웠다. 칠부군의 선두 부대를 전진 못하게 잡아두어야만 포위망이 성립하는 것이었다. 이를테면 포대의 입구를 붙잡아 묶는 단계였다.

전개되는 사태의 추이를 보니 좌, 우측의 부대들이 적에게 눈치채지 않도록 조심스럽게 전진하고 있었다. 얼추 적의 후군인 탁종개 부대와 나란히 위치하도록 전진해 있었다.

모든 것이 순조로웠다. 이제 비로소 작전 개시였다. 오랜 인내심이 열매를 맺게 되는 순간이 다가왔다.

"전 부대 정지!"

사근평은 힘차게 외쳤다. 뒷걸음을 치던 기마들이 기수들의 통제로 멈추어 섰다. 그리고 다시 양군의 장검이 맞부딪쳤다. 잠시간의 소강상태에서 다시 전투는 치열한 백병전 양상으로 변모하였다.

"물러서지 마라! 그동안 아껴두었던 힘을 몽땅 쏟아 부어라!"

어쩌면 뻔하고 상투적인 외침이었다. 그러나 사근평 이하 사천 멸랑대원들은 사근평의 외침의 숨은 뜻을 알고 있었다. 드디어 학익진의 전개가 시작된 것이다.

칠부군의 사각형 밀집방진은 전형적인 수비 진법이었다. 멸랑대는 천천히 전진하던 전면의 방영항 부대를 멈춰 세웠고, 횡대로 넓게 펼친 부대의 양 날개는 적의 저항 없이 성큼성큼 앞으로 나아갔다. 그리고 칠부군의 후위 지점에 도달하자 좌우로 폭을 좁히며 자연스럽게 칠부군을 포위해 나갔다.

칠부군의 사각형·밀집방진은 전형적인 수비진이었다. 사각형의 진형은 당연하게도 포위 공격을 방어하는 데도 강점이 있었다. 그 후위에 해당하는 탁종개 부대가 방향만 뒤로 돌리면 그대로 방어가 되었다. 사근평은 그런 적의 단단함을 예상하고 굳이 그 약점을 찾아내서 파훼법으로 삼았다. 그 약점은 바로 탁종개 부대를 말하는 것이었다.

멸랑대의 돌연한 반격에 칠부군이 잠시 주춤거리는 사이, 좌우익의 날개 부대들은 칠부군의 후위를 타고 돌아서 그 후위의 탁종개 부대의 뒷면으로 쇄도하였다. 마치 잘 짜인 약속처럼 호흡이 척척 맞아 돌아갔다.

"막아라!"

탁종개는 미처 예상을 못한 듯 당황해서 허둥거렸다. 밀집방진의 장점답게 진의 뒷면은 곧바로 전면으로 변화하였다. 그런다고 해서 후위 부대의 대장이 탁종개에서 방영항으로 바뀔 수는 없었다. 결국 후위 부대의 지휘관은 탁종개 그대로였다.

이것이 칠부군의 숨은 약점이었다. 수비력의 화신이라는 칠부군의 밀집방진의 자랑 속에 새로운 외부인 탁종개가 숨어 있었던 것이다. 탁종개는 오성방 출신이었고, 그 뒤를 따라서 당연하게도 새말에서 새로 편성된 용병들을 주병력으로 부대를 편성했다.

엄밀하게 말해서 그들은 칠부군이 아니라 그저 새로 편성된 외부의 신참 부대에 지나지 않았다. 즉, 다른 때와는 조금도 다르지 않은 새말의 용병 부대였다. 그 새말의 전통도 어디 가지 않았다. 단결도 잘 되지 않았고, 충성도와 의무감에서도 많이 부족했다.

기세가 오른 멸랑대의 쇄도를 쉽게 방어할 수는 없었다. 병력 구성면에서도 순수한 전투력에서조차 절대 열세에 처해 있었다.

예상대로 탁종개의 후위 부대는 급격하게 무너지고 있었다. 사각형의 단단한 밀집방진은 그 진형의 뿌리부터 붕괴하고 있었다. 전투를 잘 모르는 이가 봐도 이미 붕괴되기 시작한 진을 다시 회복시킨다는 것은 불가능해 보였다.

탁종개가 충돌할 때부터 모두가 예상한 약점이었다. 그러나 하양반도 최고의 전략가 조공진이 모두가 예상했던 그 약점을 모르고 있을 리는 없었고, 그의 충직한 심복 칠부 삼장도 그 틈새의 위험성을 모를 리가 없었다.

"왔구나!"

방영항은 기나긴 인내의 열매를 맺을 시기가 왔음을 깨달았다. 얼마나 길고긴 고난이었으며 치욕이었던가. 이제 그 복수를 할 시간이었다.

"혁기!"

당당한 목소리로 부관 반혁기를 불렀다.

"네."

"자네도 지금의 상황을 알고 있겠지?"

"예, 적들은 황인의 학익진으로 방금 아군를 포위했습니다."

고지식한 반혁기는 성품대로 딱딱하게 보고했다.

"그에 대한 대비책은?"

"네, 이런 상황을 예상하시고 인양 공께서 따로 지시를 내려 주셨습니다."

조공진은 이미 몇 년 전부터 멸랑대의 학익진의 대비에 대해서 고심을 했었고, 이미 그 대비책을 수립했다. 그에 따라서 칠부 삼장은 예행 연습을 몇 번이고 반복 훈련했다. 사근평의 학익진 전술이 필살기라면 칠부의 삼장에게는 그 학익진의 대비책이 바로 멸랑대에 대한 유혹의 노림수를 의미했다.

"삼각진을 발동하라!"

방영항은 멸랑대에 대한 함정을 지시했다.

"네, 알겠습니다."

그리고 그 함정이 서서히 발동하기 시작했다.

한편, 동청령 요새의 망루에서 천정벽은 전투 상황을 지켜
보고 있었다. 바야흐로 황인의 학익진 포위 전술이 발동하고
있었다. 그런데 칠부군의 후위 부대에서 새로운 변화가 일어
났다. 쉽게, 너무도 수월하게 포위망이 형성되며 적의 후위가
붕괴되었다. 너무나 순조롭고 착착 진행되는 작전이었다.

천정벽의 예상으로는 전혀 뜻밖의 전투 전개였다. 왜냐하면
작금의 전투 진행은 적의 움직임만 보아서는 다름 아닌 하양
반도 최고 전략가 조공진의 부대라고 생각할 수 없는 전투 진
행이었다. 이것은 칠부군의 참모습이라고 할 수 없었다. 군사
평철의 예상대로라면 뭔가 다른 것이 숨겨져 있어야만 했다.

너무 일이 수월하게 진행되고 있다고 천정벽은 생각했다.
그의 경험상으로는 세상만사가 이렇게 뜻대로 이루어지는 것
이 아니었다. 숨죽여 가며 전황을 예의주시하는데 역시나 세
상사는 천정벽의 뜻대로만 되는 것이 아님을 다시 한 번 실감
할 수 있었다.

천정벽의 옆에는 작전참모 격으로 보좌하고 있는 석진태가
서 있었다. 천정벽은 믿어지지 않는다는 표정으로 석진태에게
물었다.

"칠부군의 진형이 삼각형으로 변하고 있는 거 아냐?"

석진태도 깜짝 놀란 듯 입을 턱 벌리고 지켜보다가 천정벽

의 질문에 허둥대며 대답했다,

"그, 그렇군요. 삼각형입니다. 틀림없는 삼각형 모양의 진이로군요."

"저 진의 변화가 도대체 무슨 의도로 짐작되는가?"

석진태는 완전히 혼란에 빠져 있었다. 이쯤 되면 석진태에 의한 작전참모의 역할은 아무런 기대를 구할 수도 없었다. 천정벽은 한숨을 내쉬며 전황만 뚫어져라 바라보았다. 천정벽의 눈에는 석진태의 역할처럼 탁종개의 역할도 사라져 버렸다.

천정벽이 애써 조련한 멸랑대 정예의 강타는, 칠부군의 후위 부대를 강타해 들어가던 그 회심의 일타는 목적을 잃어버리고 방황하고 있었다. 그들이 과녁으로 삼았던 탁종개의 부대가 온데간데없이 사라져 버린 것이다.

안개처럼 희미하게 움직이던 칠부군의 윤곽이 확실하게 드러났다. 칠부군의 진법은 명백한 삼각형의 진법이었다. 이런 진법이라면 천정벽도 병법으로 익힌 바가 있었다. 삼각형은 세 개의 부대로 분리되고 각각 칠부 삼장이 맡게 될 것이다. 칠부의 삼장이었기에 가능한 전술이며, 진법의 변환이었다.

몇 번의 반복 훈련으로 충분히 숙지했을 터이다. 생각하면 할수록 절묘한 대비책이었다. 충분한 예행연습이 부족한 탁종개는 각각의 세 부대에 지원 부대의 역할로 그냥 보좌만 하면 되었다. 문제는 세 부대의 긴밀하고 정확한 협조 체계였는데, 그 각 부대의 수장이 한 몸처럼 지내온 칠부 삼장이라면 문제도 안 되는 터였다.

학익전술을 위한 멸랑대의 횡대 대형은 한 개의 통일 부대였지만 기실은 세 개 부분으로 나누어진다. 진의 성격상 적의 전면을 받아내는 주력과 적의 압력을 받지 않은 두 개의 날개로 나누어질 수밖에 없었다. 각각의 상황이 너무나 달랐기에 그 효율을 위해서 역할에 맞게 특화시켜야 했다. 단일 부대지만 세 개의 연합 부대인 셈이었다.

반면에 칠부군은 사각형의 밀집방진으로 네 개의 연합 부대 형태였지만 역할이 사라진 탁종개의 부대가 각 부대의 연결을 이어놓았다. 그러므로 네 개의 연합 부대가 하나의 단일 부대로 변화한 결과를 낳았다.

칠부군의 삼각진법은 사각형의 밀집방진과는 다르게 공격에 장점이 있었다. 삼각형의 꼭짓점에 힘을 집중하는 운용의 묘가 있었다. 그 세 개의 꼭짓점에 힘을 집중하여 멸랑대의 각각의 부대의 연결점을 찌르고 들어갔다. 약점이 없어진 칠부군이 거꾸로 약점을 노출하게 된 멸랑대를 공격하고 있었다.

각 꼭짓점으로부터 집중 공격를 받자 멸랑대는 견디지 못하고 긴 횡대 대형의 학익진은 다섯 갈래, 여섯 갈래로 연결점이 끊어지며 분리되고 말았다. 전장을 지켜보던 천정벽은 더 볼 것도 없다고 생각했다.

"사 대장에게 전하게."

"어떤 전갈을?"

석진태는 명색이 작전참모로서 멸랑대가 위기에 처했다는 정도쯤은 스스로의 판단으로도 알 수 있었다. 그의 판단은 드

디어 일휘국의 명장 천정벽에게 위기 탈출의 묘책을 전갈로
내리시려는구나 하고 생각했다. 그러나 천정벽의 한마디는 뜻
밖이었다.

"퇴각 명령을 내리게."

"네?"

"뭐 하고 있는가. 신속하게 철수 깃발을 올리게."

천정벽의 표정은 심각했다. 그는 분명히 사근평에게 퇴각
명령을 재촉하고 있었다. 이 상황에서의 퇴각이라면 명백했
다. 패배를 인정해야 했다. 패배의 결과뿐만 아니라 필연적으
로 퇴각으로 인한 심각한 피해까지 감수해야만 했다.

동청령 요새에서 철수 깃발이 올라가는 것은 전투 현장에서
도 잘 보였다. 다른 병사들도 그 깃발이 퇴각 명령 깃발이라는
것쯤은 잘 알고 있었다. 사근평은 천정벽의 빠른 결단에 비로
소 안도하였다. 미리미리 깃발을 올리는 것은 병사들이 다음
명령에 대한 마음의 준비를 하는 데 도움이 되었다.

만약 사근평이 갑작스럽게 지금의 전장에서 퇴각 명령을 내
린다면 어쩔 수 없이 상당한 피해를 감수해야만 했다. 물론 사
근평이 조금만 불리해져도 퇴각부터 생각하는 겁 많은 장수는
아니었다. 그러나 승패의 추는 이미 기울어졌다.

높은 곳에서 살펴보는 것이 아니라서 일목요연하게 상황을
판단할 수는 없었지만 모르긴 해도 아마 다섯, 여섯 조각으로
아군이 동강났을 것이다. 즉, 이런 급작스러운 전투 상황의 반

전은 필연적으로 상당한 피해를 모면하기 어려웠다. 그런 전차로 사근평은 천정벽에게 고마워하고 있었다.

미리 깃발을 올려서 병사들에게 마음의 준비를 다짐하도록 했다. 이렇게 됨으로써 사근평의 퇴각 명령도 그 신속한 퇴각 깃발 덕분에 그 피해의 정도를 줄일 수 있었다.

사근평은 망설이지 않고 즉각 퇴각 명령을 내렸다. 조공진에게 이미 학익진의 파훼법이 있을지도 모른다는 예측하에 다음 행동에 대한 지침을 미리 받아놓은 터였다. 그래서 사근평은 승리에 대한 미련에도 크게 연연하지 않았다.

"깃발이 올라가는데요?"

사근평의 직속 사관이 달려와서 사근평에게 확인을 청하였다.

"알고 있네."

"하오시면 퇴각을……?"

"그래. 동요하지 말고 차분하게 퇴각을 지시하도록."

"알겠습니다."

사관도 미리 예상이라도 한 듯 차분하게 명을 따랐다. 미리 예상을 했었는지 다행히도 지시를 내리는 사관도, 지시를 받는 병사들도 크게 동요를 하지는 않았으며, 일패도지하는 부대답지 않게 그 분위기도 비교적 차분했다.

"어! 벌써 퇴각인가?"

한창 기분을 내던 방영항이 말했다. 못내 섭섭하다는 투였다.

"그런가 본데요."

부관 반혁기 역시 정말 섭섭하다는 투의 대꾸였다. 방영항
도 반혁기도 당연히 섭섭할 수밖에 없었다. 열흘이 다 가도록
일방적으로 얻어터지고 시달려 가며 그 기회만을 기다리다가
겨우 찾아낸 모처럼 만의 반격 기회였다.

"계속 추적할까요?"

칠부의 조공진 부대답게 결코 서두름이 없었다. 슬금슬금
물러가는 적들의 뒤꽁무니를 쫓을 생각도 않고 다음 명령을
기다리며 방영항의 부대는 정지해 있었다.

"그래도 명색이 기마대인데 이제 와서 추격한다고 따라잡
을 수 있을까?"

방영항은 물러가는 적들을 보며 여전히 느긋했다.

"지금이라도 우군이 저쪽으로 질러가서 좌군만 저지시킨다
면 일망타진은 아니지만 그래도 꽤 건질 수 있겠는데요."

그동안의 시달림이 어지간히 속이 상했는지 반혁기도 악착
같았다. 어느새 행동이 빠른 두평강의 좌군이 저만치 최전방
으로 나가 있었다. 우군 석영산의 부대가 조금 서두른다면 앞
서 간 멸랑대의 양쪽 날개에 해당하는 부대를 고스란히 포위
해서 그동안의 얻어터짐을 복수할 수 있다는 반혁기의 속셈이
었다. 그러나 방영항은 반혁기의 간언이 그다지 내키지 않았
다.

"글쎄, 쥐도 궁지에 몰리면 고양이까지 문다고 했는데."

"예, 무리할 필요는 없겠죠. 그렇지만 인양 공의 이번 지시
만은 잊지 말고 기억해 주시기를 바랍니다, 방 대장님."

반혁기가 씩 웃었다. 물론 반혁기도 자신의 간언에 대한 자신의 아쉬움 같은 것은 있는 것 같지 않았다. 바로 인양 공의 별도 지시가 있었기 때문이다. 방영항도 그 별도 지시는 잊지 않고 있었다. 그것은 그들에게는 구속과도 같은 것이었다. 그 인질과도 같고 멍에와도 같은 구속에서 풀려나는 해방감 같은 것이었다. 그랬다. 바로 그 해방감.

그 굳게 닫혀져 있던 구속이 이제 풀려나려 하고 있었다.

"물론이지. 잊지 않았지. 그러면 본때를 보여주기 위해서라도 저놈들을 풀어 주자고."

"네, 부디 하명을……."

방영항도 반혁기도 밝게 웃었다.

이런 이유로 칠부군은 퇴각하는 멸랑대를 심하게 다그치지는 않았다. 계속 몰아붙인다면 적지 않게 적들에게서 사상자를 뽑아낼 수도 있었다. 그러나 칠부군도 서로간의 많은 사상자를 원하지는 않았다. 그러나 멸랑대가 순순히 물러나도록 길을 터준 만큼, 그 대신에 칠부군은 거의 아무런 저항 없이 동청령의 요새 문 앞까지 성큼 다가간 것이다.

"어떡할까요?"

다급하게 퇴각하는 멸랑대를 바라보며 석진태가 천정벽의 얼굴을 근심스러운 표정을 하고 말했다. 그 의미는 뻔했다.

"뭘 어떡해. 병사들이 퇴각할 수 있도록 어서 요새 문을 열어줘야지."

말인즉슨 천정벽의 말이 백번 옳았다.

"하, 하지만……."

평소의 칠부군과는 달리 신속하고 과감한 전진이었다. 기마병과 중보병이 기동력에서는 상대가 되지 않았지만 그래도 퇴각 철수 진형이었기에 멸랑대의 꼬리를 물고 칠부군의 선두 대열이 맞물려 있었다. 석진태는 퇴각하는 병사들을 위해서 성문을 개방한다면 쫓아오는 칠부군에게 아무런 대가도 없이 요새 문을 개방해 주는 꼴이 되는 것을 염려하고 있었다. 그러나 천정벽은 개의치 않았다. 이미 어느 정도의 불이익은 각오하고 있는 듯싶었다.

"친위대는 남고 나머지는 모두 내성으로 퇴각하도록."

천정벽이 단호한 어조로 말했다. 그러나 사령관 천정벽의 명령은 작전참모 석진태에 의해서 즉각적인 항의를 받았다.

"안 됩니다, 대장님. 그건……."

아무리 무능한 작전참모라고 해도 천정벽의 명령 의도는 석진태도 이해했다. 친위대가 남는다는 것은 적들이 들이닥친 멸랑대의 꼬리를 잘라내겠다는 의도였고, 내성으로의 전원 이동은 자신이 직접 친위대를 지휘하여 추격하는 적들을 저지해서 조금이라도 시간을 벌어보겠다는 의도였다.

석진태도 이 사태에 이르러서 천정벽의 중요성을 분명히 알고 있었다. 천정벽은 하나밖에 없는 동청령 수비대의 사령관이었다.

"명령이다. 즉시 시행하라."

천정벽의 눈에서 불똥이 튀었다. 이례적으로 단호하고 엄격한 명령이었다.

"하지만……."

"이 멍청이! 내가 이 상황도 예측 못하고 아무런 대비도 하지 않았다고 생각하나? 너는 머리 굴리지 말고 행동만 하라! 머리는 내가 사용한다!"

정말 천정벽답지 않은 거친 말투였다. 석진태는 그 서슬에 주눅이 들어 천정벽의 명령에 따를 수밖에 없었다.

"하오시면 내성에서의 향후 지시는?"

"퇴각하라."

"예?"

"빨리 못 물러가겠느냐?"

천정벽의 눈썹이 다시 한 번 꿈틀되었다. 다시 한 번 꾸물대다가는 장검으로 내려칠 기세였다. 눈물을 머금고 석진태는 내성 쪽으로 물러가야 했다.

八. 졸장부의 차선책

　물론 빠른 속력의 기마대를 느려터진 중보병으로는 따라잡
을 수 없다. 게다가 멸랑대는 '천천히, 천천히'를 구호처럼 부
르짖던 칠부군의 느긋함에 조금 방심하고 있었다. 그들의 운
명은 항상 닭 쫓던 개 지붕 쳐다보는 신세일 거라고 자신했었
다. 그러나 오늘만은 지금까지의 칠부군과는 전혀 달랐다, 어
느새 성큼성큼 퇴각하는 멸랑대의 꼬리를 붙잡았다. 사천 명
이 넘는 대규모의 병력이 일시에 들어가기에는 요새의 문이
너무도 좁은 탓이었다.

　"이거 따라잡히겠는데?"

　정명태가 수심이 가득한 얼굴로 사근평에게 대책을 물어왔
다.

"제길!"

"어물어물하다가는 희생이 적지 않을걸. 빨리 대책이 필요해."

마치 남의 일을 이야기하는 태평한 얼굴이었지만 태평하다기보다는 혼란과 당황 속에서 평정을 잃어버린 모습이었다.

"자네가 직접 똘똘한 놈들을 추려내."

"응?"

"일단 내가 조금이라도 막아볼게."

"부대장 혼자서? 안 돼, 그건."

정명태는 태평한 표정과는 전혀 안 어울리게 아주 단호한 표정으로 말했다.

"할 수 없잖아. 이건 명령이야. 빨리 행동해 줘."

"제길!"

정명태는 명령이 떨어지자 즉시 사근평에게서 등을 돌리고 행동에 들어갔다. 사근평의 '제길'로 시작하고 정명태의 '제길'로 마무리하는 짧은 문답이었다.

정명태는 인사 관리에 있어서 강점이 있는 장수였다. 항상 자신의 아랫사람을 잘 보살폈고, 유능한 부하를 아꼈다. 오래지 않아서 삼사백 명의 특공대를 구성해 주었다. 정명태는 특공대를 선발해서 대형을 정해놓고는 사근평에게 달려와서 말했다.

"미안해. 어차피 놈들에게 뒤통수 맞지 않으려면 이 정도 병력밖에는……."

게다가 정명태는 사태 파악도 잘하는 장수였다. 특공대로서는 조금 더 많은 병력이 좋겠지만 그것은 주객전도였다. 역시나 특공대를 단출하게, 퇴각하는 부대가 다다익선이 정확한 사태 파악이었다.

　"됐어, 이 정도면. 자네에게는 남은 부대 인솔을 부탁해."

　"응, 그건 걱정 마. 부탁해."

　사근평에게는 이미 죽음을 각오한 엄숙함이 묻어 나왔다. 이쯤 되면 사사로운 인사나 생색은 불필요했다. 정명태는 말 없이 돌아서서 나머지 부대를 동청령 안으로 이끌었다.

　사근평이 돌아보니 뜻밖에 성벽 위의 천정벽이 보였다. 역시나 고지식한 장수였다. 이럴 때는 굳이 위험까지 떠맡지 않는 것이 순리였다. 사근평은 손나팔을 만들어 큰 소리로 천정벽을 향해서 외쳤다.

　"장군님은 역시 남아 계셨군요!"

　"사 대장, 자네도 역시 남았군!"

　"복수를 부탁합니다!"

　"그래!"

　피차 말수가 적은 장수와 부관이었다.

　"그럼 지금 당장 요새 문을 닫아주십시오!"

　사근평이 말했다.

　"역시 지금인가?"

　"장군님도 잘 알고 계시질 않습니까. 아쉬워하면 할수록, 망설이면 망설일수록 애꿎은 병사들만 더 죽어가게 됩니다."

"알겠네."

사근평은 정명태가 선발한 사백 특공대를 이끌고 퇴각하는 멸랑대와는 정반대 방향으로 추격하는 칠부군을 향해 돌진하였다. 칠부군도 기마대가 전혀 없는 것은 아니라서 멸랑대의 뒤를 바싹 추격한 칠부군의 기마대도 있었다. 그러나 병력 수는 그다지 많지 않아서 사근평의 특공대와 얼추 비슷했다.

칠부군의 선두 기마병들의 쫓아오던 기세가 주춤해졌다. 멸랑대와 칠부의 기마대는 같은 기마대라도 그 격이 달랐다. 역시 겁을 먹은 칠부군의 기마대는 자신들의 주력 부대가 도착하기를 기다렸다. 그 시간 동안에도 멸랑대는 속속 요새로 퇴각하고 있었다.

이윽고 칠부군의 주력 부대가 선두 기마대와 합류하였고, 다시 잠깐 동안 멈춰 있던 적의 추격이 재개되었다. 특공대가 용감하게 칠부군의 주력 부대에게 돌격해 나갔으나 역시 중과부적이었다.

그 덕분에 특공대를 제외한 멸랑대는 무사히 요새로 퇴각할 수 있었고, 결국 동청령의 요새 문은 굳게 닫히고 말았다. 그리고 닫힌 동청령 요새 문 밖에는 퇴로를 잃은 사백 명의 특공대가 남아 있었다. 그리고 사천 명의 칠부군 중보병도 있었다.

천정벽은 굳이 특공대와 칠부군의 전투를 지켜보지 않고, 더 이상 지켜볼 필요도 없다는 듯 내성 쪽으로 등을 돌리며 말했다.

"이제부터 동청령을 버리고 전원 퇴각한다. 목표는 평청원."

그 시간 동안 사근평 이하 사백 특공대는 하나둘씩 죽어갔다. 그들이 전멸하는 데는 그다지 오래 걸리지 않았다. 그러나 그 짧은 시간도 퇴각하는 멸랑대에게는 너무도 소중한 시간이 되었다.

"서둘러라!"

석진태가 악을 썼고, 내성 쪽은 이미 아수라장이 되어버렸다.

멸랑대의 작전참모 석진태는 먼저 내성에서 되는대로 임시 본부를 설치하고 동청령의 전체 철수 작전을 준비했다. 비록 대장 천정벽의 별도 지시는 없었지만 그래도 동청령을 버리는 것이 올바른 판단이었다. 아마 사근평은 죽었을 것이다. 우물쭈물할 시간은 없었다. 사근평의 목숨이 헛되지 않도록 해야 했다.

"어찌 되어가는가?"

외성 쪽에서 버틸 시간은 많지 않을 것이라고 예상한 대로 그리 오래지 않아 천정벽이 바로 내성에서 합류하였다.

"대장님, 명도 없이 제 독단적으로 철수 준비를 하고 있습니다."

"잘했네."

심각한 천정벽의 얼굴 표정은 급박한 상황을 대변하고 있었다. 멸랑대는 일휘국 소속이었고 그나마 파견된 지도 얼마 지나지 않았다.

멸랑대 병사들은 미리 예행연습이라도 한 듯 긴급한 후퇴 상황 속에서도 일사불란했다. 물론 예행연습이 없었던 것도 아니거니와 미리 퇴각 명령에 대한 언질이 있었던 탓도 무시할 수 없었다.

멸랑대는 기본적으로 붉은 이리족의 기마 전술을 답습했다. 붉은 이리족 유목민들은 농경 정착 민족하고는 달랐다. 동청령은 요새 주둔지였지만 그래도 멸랑대는 유목민의 사고방식을 따랐다. 유목민들은 철수를 하기 위한 짐 꾸리기조차 없었다. 각각의 짐을 각각의 병마에 운반하면 그것으로 끝이었다. 그래서 요새로부터의 철수가 다른 보병 부대들과는 형식부터 달랐다. 그야말로 철수 명령이 떨어지면 그대로 철수 준비가 되는 것이었다.

탁월한 전략가인 조공진조차 예상 못한 사안이었다. 조공진은 멸랑대의 학익전술의 기점을 대대적인 반격 전술의 분기점으로 삼았다. 애초의 전략보다는 꽤나 급박해졌다. 물론 전략가로서의 그의 상대 평철을 가볍게 보고 있지 않았다. 평철 정도면 조공진의 대략적인 전략적 노림수도 꿰뚫어 보고 있을 것이다.

그런 전제하에 그는 한번 전략을 비비 꼬았다. 처음에는 칠부의 사정상 **빡빡한** 군량미를 준비했었다. 고작 보름을 버티면 군량미는 바닥이 났다. 그런 와중에서 초조하게 멸랑대가 학익전술을 펼치기만을 기다려야 했다. 그런데 조공진은 오히려 척패부에게 다시 군량미의 추가를 요청하였다.

조공진을 굳게 믿고 있는 척패부로서는 칠부의 남은 비축미를 모두 긁어서 조공진에게 넘겨줄 수밖에 없었다. 이것은 곧 칠부군의 승부수가 되었다.

급하면 급할수록 돌아가라는 조공진의 신조에 따라 칠부군은 식량의 부족에 연연하지 않았다. 오히려 자꾸만 앞서 가려는 말의 마부처럼 그 고삐를 단단하게 움켜쥐었다. 그리고 마침내 때가 찾아왔다. 오히려 초조해진 멸랑대가 학익전술을 펼쳤고, 그것을 준비한 칠부군의 파훼법이 크게 성공하였다.

기다리고 기다리던 조공진은 칠부군의 고삐를 모두 풀어놓았다. 여전히 칠부군에게는 시간이 많지 않았다. 열흘 동안의 동청령에서의 지체가 그들의 식량 비축량을 아슬아슬하게 만들었다.

이제는 더 이상 기다릴 수 없었다. 이제 서슴없이 신한성까지 밀어붙이는 속전속결만이 남아 있었다. 그러나 탁월한 전략가인 조공진에게도 한 가지 간과한 사실이 있었다.

때마침 칠부군의 속전속결에 발맞추어 주저없이 던져 버린 멸랑대의 동청령에 대한 과감한 철수였다. 이것은 어쩐지 성거웠다.

'이건 좀 께름칙한데……. 평철이가 대체 무엇을 노리는 건가?'

찝찝함에 고개를 갸웃거렸지만 이미 날아간 화살이었다. 칠부군은 내쳐 달려서 추격을 계속해 왔다. 그 추적은 평청원까지였다.

평청원에서는 평철이 기다리고 있었다. 평청원은 동청령의 산기슭에 위치한 벌판이었다. 면적만 보면 상당히 넓은 벌판이었다. 평청원은 그 토지도 비옥하여 경작에 이로운 편이었으나 아직은 평야로 개발되지는 않고 있었다.

칠부와 경계를 이루는 위험 지대인데다가 신한성 측의 토지 개혁도 이제 시작 초기인지라 아직은 개혁의 여파가 평청원까지 미치지 못했다. 평청원 자체가 황무지라서 경작지를 보려면 빠른 기마병으로도 족히 이틀은 더 가야 했다. 이 이틀의 거리가 조공진과 평철의 사활이 걸린 둘 사이의 중요한 전략적 시간을 의미했다.

식량 사정으로 따지자면 칠부군에게는 일주일 분의 군량미를 보유하고 있었고, 평철의 계산 속에서는 사흘 정도의 시간이 필요했다. 그러므로 이틀은 칠부군의 일주일 분의 식량으로는 충분했고, 평철에게는 하루 정도의 시간 연장을 위한 결사항전이 필요했다.

결사항전의 전장으로 평청원이 채택되었다. 평철은 신한성의 주력 부대를 경작지 경계 부근에 대기시켰고, 자신은 팔백의 기마대를 대동하고 평청원으로 전진해서 천정벽의 후퇴를 기다렸다. 그곳에서 신한성의 팔백 기마대를 멸랑대에게 추가로 편성할 예정이었다. 그 결사항전의 주인공으로 내정된 천정벽이 평청원에 도착했다.

"군사님."

"천 장군님."

황산 결전 이후 처음 만나는 평철과 천정벽이었다. 그들은 자신도 모르게 두 손을 맞잡고 반가워했다. 내성적이고 예의 바른 성향이 비슷해서인지 황산 시절 그 둘은 어느 누구보다 친했었다.

"면목없습니다. 제가 패배했습니다."

"그건 천 장군님 탓만은 아닙니다. 장군님께서도 조공진이 학익전술의 대비책을 반드시 얻어올 것이라고 예상은 하지 않았습니까. 이번 패배는 어디로 보나 지휘관이 아닌 작전참모로서의 대비책을 내지 못한 제 잘못이 큽니다."

"아닙니다. 전투 현장에도 없었던 군사님이 아니라 실제로 현장에서 잘못 지휘한 저의 불찰이라면 불찰입니다."

말만 들으면 피차 머리를 숙이고 양보하는 체면치레였지만 내심으로는 그들은 진심으로 그렇게 생각했다.

"약속대로 제가 졸장부의 그것을⋯⋯."

천정벽은 진심으로 사과하며 말했다.

"죄송합니다. 그런 수치스러운 전략을 강권해서⋯⋯."

"아닙니다. 군사님의 전략은 나무랄 데가 없습니다. 이번에는 그 전술을 쓰게 허락해 주십시오."

천정벽이 고개를 숙이며 허락을 요청했다.

"그렇게 생각해 주신다면 굳이 졸장부의 차선책이라고 생각하시지 마시고 졸장부의 배수진쯤으로 생각해 주시길 바랍니다."

이번에는 평철이 고개를 숙이며 허락했다.

"예, 알겠습니다."

"그리고 팔백의 기마대를 급하게 만들어왔습니다. 부족한 대로 부디 마음껏 사용해 주시길 바랍니다."

"감사합니다."

이렇게 사천의 멸랑대에다가 신한성의 기마대가 급 편성되어서 오천에 달하는 멸랑대로 규모가 증가하였고, 진격해 오는 칠부군을 기다리며 졸장부의 차선책으로 진법을 펼쳤다.

졸장부 차선책은 하양반도의 대장부 천정벽에게 안 어울리게 자신의 명예에 먹칠하는 진짜로 졸장부다운 부끄러운 전술이었다. 이윽고 칠부군이 도착했고, 드디어 그 예의 전술이 실제로 가동되었다.

평철에게도 조공진에게도 병성 벌판을 경계의 배수진으로 삼은 데는 그만한 이유가 있었다. 우선 평청원의 황무지가 끝나는 경작지라는 점에 있었다.

"백성들에게 피해가 가는 것을 극력으로 피하게."

지민이 그렇게 평철에게 부탁했었다. 명목상으로는 그것이 그 이유였다. 엄밀하게 따지자면 아직은 팔월도 끝나지 않은 한여름이었다. 아직 곡식이 영글지도 않았다. 병성벌판의 기후 상으로는 가을이 되어서야 수확물을 추수할 수 있었다. 무리를 한다 해도 적어도 구월 초순은 되어야 한다는 것이 일반적인 농경 상황이었다.

한편, 조공진에게도 시간적인 한계는 명확했다. 일주일 분의 식량 여유가 그것이었다. 여유라고는 해도 일단 수확을 할 지역을 일단 확보만 한다면 어찌어찌 될 수는 있었다. 게다가 병성벌판은 당항포의 소금 운반을 가로막는 요충지였다. 추수 시기가 아니라도 이런저런 교역으로 식량의 확보 방법에 있어서 그 경우의 수가 비약적으로 증가했다.

'식량만 확보된다면 그곳이 곧 교두보이다.'

느긋함의 화신 조공진이었다면 정말 그렇게 생각해도 될 만한 상황이었다. 식량만 확보한다면 일 년이고 이 년이고 그곳을 점령하고 눌러앉을 가능성도 있었다.

느긋하고 한가한 작전이었지만 평철의 생각에서는 칠부군이 교두보만 확보한다면, 그래서 칠부군에게 영구적인 식량의 확보가 달성된다면, 그것으로 해상봉쇄령을 위시한 신한성의 기본 전략이 무너진다면 곧바로 신한성의 위기로 연결되리라고 생각했다. 이것이 평청원에서 평철이 결사항전을 불사하고 나선 배경이었다.

성실한 천정벽의 지휘로 졸장부의 차선책이 작동되었다.

"엇! 도망간다."

칠부군의 선봉부대장 방영항으로서는 너무도 뜻밖이었다.

방영항도 자신의 칠부군에게 넉넉한 시간적 여유가 없다는 것은 잘 알고 있었다. 하지만 초조해진 나머지 서두르다가 실수를 하는 것이 보다 칠부군답지 않은 자세라고 자신을 달래었다.

이것은 명예에 관한 일이었다. 그런데 하양반도의 유명한 대장부, 아니, 영웅이라고 해도 괜찮을 천정벽이 계집애처럼 치사한 짓거리로 자신의 명예를 더럽히고 있다고 생각했다.

서둘러서 추격해 온 칠부군의 진격은 평정원에 이르러서 다시 멸랑대와 마주쳤다. 더 이상 망설일 필요는 없었다. 방영항에게는 조공진이 매어놓은 고삐가 풀어져 있었다. 서슴지 않고 자신들을 가로막은 멸랑대에게 달려들었다.

"한 발짝도 물러서지 마라."

방영항의 전투 개시 후 첫 마디였다. 오로지 전진뿐이라고 생각했다. 최종 목적지는 병성벌판이었다. 병성벌판의 확보는 중요했다. 적들도 그쯤은 미리 알고 순순히 물러나지는 않을 것이라고 단단히 각오했다. 그런데 그것이 아니었다.

치열한 백병전을 예상한 중보병 부대의 우직한 전진에 멸랑대는 너무도 순순하게 선기를 내주었다. 게다가 개전 시작부터 변변한 충돌도 없이 후퇴하기 시작했다. 아예 등을 돌리고 달아나고 있었다.

너무도 손쉽게 적들에게 등을 내보이는 수모를 내주었다. 이것은 치욕이었다. 지금 상대하고 있는 작자들은 틀림없는 멸랑대였다. 적어도 방영항이 알고 있는 멸랑대라면 절대로 이렇게 순순히 물러날 상황은 아니었다.

"추격해라."

방영항의 명령에는 조금도 망설임이 없었다. 동청령과는 전혀 딴판인 상황이었다. 적어도 지금 상황에서 멸랑대가 달아날 지붕 따위는 없었다. 칠부군이 지붕 쳐다보는 개의 신세는 절대로 아니었다. 적이 지붕으로 달아나거나 말거나 뚜벅뚜벅 걸어서 전진하여 병성벌판만 점령하면 그만이었다. 병성벌판은 그들을 못 쫓아갈 지붕이 아니었다.

전속 질주로 등을 보이며 달아나는 멸랑대와 쫓아가는 중보병 칠부군의 느린 걸음으로는 당연히 거리가 벌어질 수밖에 없었다. 그러거나 말거나 제 갈 길을 가라고 뚜벅뚜벅 전진할 뿐이었다.

이제까지의 칠부군과 멸랑대의 전투 양상은 비슷했다. 그것은 전통적인 중보병과 기마대의 병법 양식을 답습하고 있었다. 즉, 공격의 기마병과 수비의 중보병을 기본으로 하는 전술이었다.

기마대의 공격의 추진력이 약해지고 중보병의 수비가 공격의 추진력이 다할 때까지 버티는 것, 그래서 중보병이 반격을 할 여지가 생기면 거기서부터 기마대가 후퇴, 그리고 거리가 다시 적당한 간격으로 벌어지면 그 간격을 이용해서 전속 질주로 다시 공격해 가면서 다시 한 번 추진력을 얻는다. 이것이 멸랑대와 칠부군의 기본 전술이었다.

어찌 보면 칠부군에게 마냥 불리한 전술이었지만 평청원 전장에 이르러서는 그 상황이 달라졌다. 기마대의 기동력과 추진력이 모두 필요없는 병성벌판의 식량이 기다리고 있던 것이다. 방영항은 그것만은 철석같이 믿고 있었다. 평야의 곡식이 달아나지 않는 한 별다른 뾰족한 수는 없다고 확신했다.

그렇게 차분하게 한 걸음 한 걸음 전진만 하면 만사는 모두 해결되는 것이라고 생각했다. 그런데 그렇게 우직한 칠부군의 중보병 부대가 우직한 한 걸음을 내디뎠을 때, 멸랑대의 태도는 이제까지와는 전혀 판이한 양상으로 변화했다. 그것은 방영항으로서는 상상도 못해본 기마 전술, 아니, 기마 전략이었다.

그 광경을 보고 있던 부관 반혁기도 전혀 상상조차 못해본 것처럼 어쩔 줄 모르고 허둥대며 방영항에게 구원의 손길이라도 잡는 것처럼 당황해했다.

"화살, 화살입니다."

"그렇군, 화살."

"게다가 놈들은 등을 보이면서 화살을 쏘아대고 있어요."

"그렇군."

"어떡하죠."

"나도 어떻게 해야 할지는 모르겠는데."

방영항도 반혁기의 혼란을 보며 불길한 예감이 들었다. 방영항도 반혁기에게 구원의 손길을 내주지는 않았다.

이제까지의 멸랑대는 간혹 후퇴를 하더라도 결코 등을 보이지는 않았다. 방영항도 대장부 천정벽의 멸랑대가 전투에 앞서서 자신들에게 싸우기도 전에 꽁지부터 내리고 등을 보이는 졸장부라고는 생각지 않았다. 그런데 멸랑대는 등을 보이고 있었다. 한데 등을 보이고 도망치면서도 화살을 쏘아댔다. 환장할 노릇이었다. 즉, 등을 보이면서도 전투를 벌이고 있는 기상천외의 상황이었다.

"비겁한 놈들!"

"치사하다."

"졸장부 같은 놈."

방영항의 부하들도 발을 동동 구르며 욕을 해댔지만 수용없었다.

이것이 무슨 전술이고 전략이란 말인가. 전투에 임하면서도 전혀 염두에 두지 못했던 상황이다. 등을 보이며 도망치면서 싸우는 전술, 이것도 전술이라고 칭한다면 전술이라고 할 수밖에 없었다.

정확하게 말해서 멸랑대는 싸우지도 않았고, 전투도 하지 않았다. 칠부군이 우직하게 접근하면 등을 돌리고 달아나면서 화살을 쏘아댔고, 화살세례를 있는 대로 맞아가며 겨우겨우 접근하면 놈들은 도망쳤다. 그리고 도망치면서 다시 화살을 쏘았다.

칠부군이 맞대응이랍시고 화살을 준비할라 치면 저만큼 사정거리 밖으로 달아났다. 그래서 다시 궁병대를 창병대로 바꾸기 시작하면 다시 사정권 내로 달려와서 화살을 쏘아댔다. 미치고 팔딱 뛸 노릇이었다. 이것은 싸움도 아니었다. 비겁한, 실로 비겁한 도망이었다. 전투에 있어서 도망이라는 말밖에는 할 수 없는, 이렇다 할 싸움도 없는 그런 전투였다. 그런 와중에도 칠부군은 하나둘씩 낙엽처럼 쓰러져 갔다.

"전속력으로 추격하라! 추격해."

천지개벽 이후 이런 비겁한 전투가 있었다고 어디서 본 바도 없다. 들어본 바도 없었다. 그런데 작금 눈앞에서 그 전투가 벌어지고 있었다.

방영항은 머리끝까지 분노가 치밀었다. 처음에는 어쨌거나 병성벌판에만 도착하면 된다고 생각했다. 그래서 무수한 희생을 감수하며 전진에 전진을 거듭하였다. 그러나 모기처럼 틈만 나면 쏘아대는 멸랑대의 유격전 때문에 중보병 부대의 전진은 더딜 수밖에 없었다.

불과 이틀거리의 병성벌판이 천리만리 멀게만 보였다. 첫날 하루를 꼬박 싸우고서도 겨우 반나절 거리밖에 전진하지 못했다. 어찌 보면 자가당착의 상황에 빠졌다고 말할 수도 있었다.

평청원이 훤히 내려다보이는 언덕에서 조공진과 오태동이 전장의 상황을 바라보고 있었다. 그들의 표정도 개운치는 않았다.

"쯔쯔."

조공진이 혀를 찼다.

"허허, 천정벽이 지휘하고 있다고는 생각할 수도 없군요. 어떤 의도로 저렇게 치졸한 짓을 하고 있는지 궁금하군요."

오태동은 못 볼 것을 본 것인 양 마치 똥 씹은 표정이 되어 있었다.

"군량미 여유분은?"

조공진이 저런 상상도 못할 전술의 의도를 알아챈 듯한 표정으로 오태동에게 물었다. 몰라서 묻고 있는 것이 아니었다. 이 질문에 대해서는 조공진도, 오태동도 너무나 잘 알고 있는 사안이었다. 그 질문 의도는 몰랐지만 오태동은 얼결에 대답했다.

"내일이면 팔 일 하고 그 다음날 아침까지는 배불리 먹일 수 있습니다."

오태동은 그 수량에 대해서만큼은 그 분야의 전문가처럼 아주 정밀하게 대답했다.

"저런 식의 전투라면 병성벌판까지는 기껏해야 늦춘다 해도 하루 이틀밖에는 시간을 벌 수 없을 텐데?"

조공진이 고개를 갸웃했다. 그제야 조공진의 말에서 천정벽의 의도를 얼추 짐작할 수 있게 되었다.

"군대를 뒤로 물리게."

"하오시면 병성벌판까지의 시간만 더 지체될 텐데요?"

"지금의 전투 상황에 쓸데없는 병력 피해를 군이 감수할 필요가 있는가? 늦어져도 고작 하루 정도인데… 중보병을 방패 부대 위주로 재편성하도록."

노련한 조공진의 결단으로 이제까지와는 다른, 쉼없이 전격 진공 작전을 펼치던 칠부군도 전진을 멈추고 한숨 돌리게 되었다. 적들의 졸장부다운 전술에 대해서 그저 창을 방패로 대체하는 선에서 대폭 피해를 줄일 수 있었지만 전진 속도에서는 거의 손해가 없어서 평청원 전투의 이틀째의 날이 저물어서야 병성벌판까지 하루 남짓의 거리를 줄일 수 있었다.

이제 천천히 전진을 한다 해도 하룻길을 남겨놓은 그날 밤, 전곡항에서는 일단의 무리가 어둠으로 위장한 채 조심스럽게 상륙하고 있었다.

상륙정은 모두가 용각선이었다. 용각선은 원래가 동해일가의 고유 전함이라서 칠부에서는 보기 힘들었다. 더군다나 칠부의 두 개밖에 없는 항구 중에서 후방에 속하는 항구인 전곡항은 남쪽의 후곡항에 비해서는 더욱 용각선을 구경하기가 힘들었다.

칠흑 같은 전곡항의 어둠 속의 부두에는 열 척이 넘는 용각선이 조심스럽게 해안에 접안하고 있었다. 병력으로 치자면 대충 잡아도 천 명이 넘는 대병력이었다. 조공진에게 총동원된 칠부로서는 전곡항을 비롯한 후방 지역에는 결코 천 명이 넘지 않았다.

한밤의 상륙자들 중에는 하양반도에서는 보이지 않던 특이한 이력의 경력자들이 서너 명 있었다. 바로 후방 교란의 전문가들이었다. 그중에는 한때 그림자 비둘기로 불리던 전설의 도살자 지민이 포함되어 있었다. 그뿐이 아니었다. 현택돈, 형도영, 여태록 등 세 명의 흑초방의 전문 살수도 있었다. 이들이 상륙한 곳은 말할 것도 없이 칠부의 후방이었다.

대부분 무령도의 바다 사나이로 구성된 상륙 부대는 칠부의 수도에 해당하는 전곡항 동남쪽까지 밤을 지새우며 삼십 리를 주파했다. 그곳에 삼읍이 있었다. 삼읍은 전형적인 광산 도시였다. 번창하기는 했지만 군사적으로는 보잘것없는 토성이었다. 게다가 삼읍은 동청령으로 몽땅 차출된 관계로 무주공산이나 진배없었다. 일천 명의 상륙 부대에 대한 대비는 전무했다. 변변한 저항도 없이 쉽게 함락되었다.

상륙 부대의 목적은 겉보기에는 삼읍의 함락이었지만 숨은 진짜 목적은 다른 데 있었다. 전쟁을 끝장내기 위한 필살의 임무가 후방 교란 전문가들에게 할당되어 있었다.

첫 번째 임무는 먼저 지민에게 오성방주 화서명이 맡겨졌다. 다음으로 현택돈에게는 칠부대장 척패부가, 그리고 형도명에게는 천지회의 소병회, 마지막으로 여태록에게는 조세룡이 각각 배당되었다. 그날 밤 각각 할당된 목표물들은 깨끗하게 제거되었다. 그것은 하양반도의 중부지방 일대 패자의 종말을 뜻했다. 그 소식은 즉각 조공진에게 전해졌다.

"뭐라고?"

조공진은 그 전갈을 듣고도 믿을 수가 없었다. 그러나 핏기 하나 없이 새하얗게 질려 있는 연락병의 얼굴을 보며 비로소 사건의 진상이 그려지기 시작했다.

원래 조공진에게는 이틀이 필요했다. 그것이면 병성벌판까지 가기에 충분하다고 생각했기 때문이다. 물론 세심한 조공진이 동해일가의 상륙작전의 가능성을 염두에 두지 않고 있었던 것은 아니다. 그것은 치명적이고도 강력한 반격 작전이기 때문이었다.

동청령을 나서기 전에 상황을 판단해 봤을 때—동청령에서 삼읍까지는 불과 반나절 거리였다—상륙작전은 주력군의 일부 지원만으로 해결이 가능했다. 동해일가의 용각선 숫자 정도는 파악하고 있었던 것이다. 계산이 틀어진 것은 천정벽의 어이 없는 후퇴 전술이었다. 조공진에게는 이틀이 필요했고, 신중한 조공진을 속이기 위해서는 상륙작전의 성공 조건에서는 사흘이 필요했다. 그 하루의 차이를 천정벽이 벌어준 것이다.

"너무 빠른 진출이었나?"

조공진은 넋 나간 사람처럼 중얼거렸다. 병성벌판 확보의 최우선 효과는 무엇보다 먼저 해상봉쇄의 무력화에 있었다. 그러나 척패부도 없고, 칠부광산도 신한성의 수중에 떨어져 버렸다. 결정적으로 척패부의 피살 소식에서는 조공진마저 맥을 놓고 말았다.

"할 수 없지, 이게 운명이라면."

이렇게 말하고는 깨끗하게 항복을 결정했다는 후문이었다. 삼읍의 함락 이후 채 반나절도 걸리지 않은, 너무도 어이없는 항복이었다.

신한성은 칠부광산을 손에 넣음으로써 황산을 출발하기 전 정명이 계획했던 국가 건설 계획의 원대한 꿈을 실현시켰다. 그 불가능하게만 보였던 꿈이 현실로 실현된 것이다. 통유에 정착하고 나서 불과 반년이 지나지 않은 시점에서였다.

하야반도 북단의 무량산 남북 기슭의 작은 마을에

하나둘씩 밭을 짓는 연기가 오르고 하나둘씩 꺼져서 마침내 마지막 굴뚝에서 연기가 사라졌다.

이곳 황산 마을의 아침 식사가 다른 곳보다는 이르기도 하지만 오늘따라 더욱 이른 새벽이었다. 아직 동도 트기 전이었다.

一. 불화

용병이라는 단어가 사라졌다. 오히려 용병이라는 유래와 상
관없이 용병마라는 단어가 새로 생겨났다. 물론 용병들이 전
용으로 타고 다니는 군마를 말하는 것은 아니다.

"이 말이 문제의 용병마로군요?"

우락부락하게 생긴 지석이 말했다.

"그렇지."

지화는 지겹다는 듯 싱거운 어조로 대답했다.

"이름이 괴상하군요. 왜 하필이면 용병마라는 이름을 갖게
된 거죠? 그 옛날의 용병이라는 사람들이 타고 다녀서 그렇게
된 건가요?"

지화는 입맛이 썼다. 아니나 다를까, 지석의 우둔한 머리로

는 기껏해야 용병이라는 말밖에는 연결되지 않는 것이다.

"그 용병을 말하는 것이 아니야."

"그럼 어떤 용병이요?"

오늘따라 지석은 집요했다. 지석은 올해로 열두 살이 되었다. 그러고 보니 용병이라는 말이 세상에서 사라진 지도 어느새 십 년이 흘렀다. 지석도 아마 용병을 직접 보지는 못했을 것이라고 생각했다. 이제 와서 그 용병이라는 직업에 대해서 설명하기도 싫었지만 지석의 질문만 생각한다면 용병마와 용병은 별개의 문제였고, 굳이 용병을 들먹이지 않아도 설명하기는 쉬운 문제 같아서 지화는 별 저항 없이 설명해 주었다.

"원래 저 말은 북쪽 벌판 시절의 그 조상 때부터 붉은 이리족이 타고 다니던 용마라는 이름의 말이었다."

지화는 용케도 용병이라는 화제의 범위를 피해냈다. 지화로서는 용병이라는, 이제는 사라져 버린 직업군에 대해서 굳이 기억을 되살리기 싫은 부분이 있었다.

"원래부터 이름이 용마였군요."

지석은 고지식하게 말했다. 지석은 원래부터 하나를 설명하면 꼭 하나밖에는 이해하지 못하는, 둔한 쪽에 속하는 지화의 제자였다.

"그렇지. 붉은 이리족이 그렇게들 불렀지. 용마는 원래 붉은 이리족이 기르는, 북쪽 벌판에서 태어나서 자라나는 특산물과 같은 명마를 말하는 거야."

"과연 붉은 이리족의 말이라면 명마라고 부를 자격이 충분하지요."

지석도 붉은 이리족에 대해서는 들어본 바가 있었는지 그렇게 맞장구를 쳤다.

"용마가 우리 하양반도에 들어오게 된 것은 십여 년 전 전승전 밀수 사건에서 비롯되었다고 할 수 있지."

지화는 지석의 질문 때문에 하던 일을 멈추고 먼 하늘을 바라보았다. 자연스럽게 옛 추억에 빠져들었다.

"흥미로운데요."

지석은 예전부터 신한의 건국신화라고나 할까, 그런 건국 과정에 대해 흥미를 보였다. 물론 그 또래라면 누구나 그랬다. 그의 스승 지화의 여성성과는 다르게 누가 봐도 우락부락한, 오로지 사내라고 부를 만한 특징을 가진 제자였다.

그래서 지화는 지석을 제자로 선택했다.

"사부님."

'요사스러운 놈.'

이것이 지화를 특징짓는 신한성 사람들의 적대감을 상징한다고 생각했다. 곱상하고 계책을 좋아하는 간사한 녀석이라고 지화 자신도 자신을 특징지었다. 자신부터가 자기 자신을 좋아하지는 않았다. 하지만 지화는 그런 무한성 사람들을 좋아했다.

무엇이라고나 할까. 말하자면 짝사랑 같은 것이었다. 속임수가 없고 우직하며 진짜 사나이임을 자랑으로 생각하는 신한성의 토박이들. 무한의 성 사람들을 지화는 정말 좋아했다. 그래서 자신과는 정반대인 우직한 지석을 일부러 제자로 선택했는지도 모른다.

어쩐지 눈치가 둔하고 머리도 그다지 빨리 돌아가지 않아서 지화가 가르치기에는 힘이 드는 제자였다. 그것도 어쩔 수 없는 팔자라고 생각했다. 이제 와서 좋은 제자를 기른다 해도 자신의 신세가 특별하게 더 나아지는 것은 아니니까.

"왜 그러느냐?"

"그 용마가 어찌해서 용병마가 되었는지요."

한심스러웠다. 잘 생각해 보면 그리 어려운 추론도 아니었다.

"옛날에는 안 그랬지만 그래도 이제 와서는 용병마는 우리 신한국의 어엿한 주력 병마이니라. 원래부터 그 이름이 용마였다. 그래서 그 용마를 병마로 쓰기 위한 명칭이 되었으니 어떤 연유로 용마가 용병마로 변했는지 그 과정을 추론해 내기가 그리도 어렵더냐?"

지화는 못마땅한 어투로 지석의 둔한 머리를 탓했다. 그 질책마저 눈치를 채지 못한 지석은 여전히 자신의 생각에 골몰하며 중얼거렸다.

"처음에는 통유에서 잘 번식이 되지 않았다고 들었습니다."

그저 자포자기의 심정으로 그러거나 말거나 스승의 임무를 다하기 위해서 지화는 본연의 임무에 충실하였다.

"그랬지. 어쩐 일인지 이 통유하고는 물이 안 맞는지 자꾸만 용마들이 죽어나갔지. 그래서 일대 명마가 단종되지 않도록 정부에서는 애를 써서 용마의 번식을 장려하기는 했지만 어쩐

일인지 새끼들은 이곳 토양에서 잘 자라지 못하고 자꾸만 죽어나갔지."

"한데 이제는 어엿한 이곳 통유의 특산물이 되지 않았습니까?"

지석은 그것이 궁금했던 모양이다. 하긴 나라의 번창에 대해서는 그 누구보다 열성적이고 배우려고 노력하는, 성실한 품성 하나는 지화도 인정했다. 이번에도 어쩔 수 없이 설명해주어야겠다고 지화는 작심했다.

'하긴 용병마의 유래가 꼭 용병에 관한 유래와 직접적인 연결은 아니니까.'

일단 지화는 그렇게 예상했다.

"그때가 그러니까, 상관 승상님이 성하곡에서 신한성에 도착하고 나서 이태가 됐을 때, 이런 일이 있었지."

지석은 열성적으로 지화의 설명에 귀를 기울였다. 배우는 열중 하나는 확실했다. 문제는 지화의 머리 능력으로는 한 번만 들으면 세 개쯤을 알아들어야 하지만 지석의 경우엔 두 번, 세 번을 들려줘야 겨우 하나를 알아들었으니 그것이 문제라면 문제였고, 지화로서는 꽤나 성가시고 답답한 노릇이었다.

지화는 그때를 추억했다.

승상 상관장용이 통유로 와서 첫 번째 토지개혁을 완료했을 때 신한성은 비로소 한숨을 돌릴 수 있게 되었다. 대지의 아버지답게 식량 생산이 비약적으로 증가했기 때문이다.

상관장용의 토지개혁 덕분에 양양이 야심차게 밀어붙이고 있는 무명천 생산 장려 정책으로 목화밭이 비약적으로 늘어났고, 모두가 백의민족이라고 불릴 만큼 부족하지 않게 무명천으로 옷을 짜서 입었다.

먹을 것, 입을 것이 풍족해지자 신한국은 아뇌와 소금 판매 경쟁을 위해서 신한성을 중심으로 방방곡곡으로 교역로를 위한 길을 닦았다. 상관장용은 먹을 것에 신경을 쓰지 않아도 될 만큼의 상태에 도달하자 명재상답게 그것에 안주하지 않고 이제는 백성들의 건강까지도 염려하기에 이르렀다.

"백성들이 어찌 바다에서 나는 생선만 먹어서야 힘을 쓰겠나."

그쯤 해서 무령도의 염장 가공 능력도 본궤도에 이르렀고, 소금 교역으로 도로가 사방팔방으로 뻗어나가 그 덕분에 생선 장수들의 유통로까지 나라 구석구석에 미치게 되었다. 백성들에겐 곡식뿐만 아니라 생선 공급에도 혜택이 골고루 돌아갔다. 그런 백성들의 생활환경을 보살펴서 바닷고기뿐만 아니라 육지 고기도 같이 먹어야 하지 않겠느냐는 일면 상관장용의 호기 어린 발언이었다.

그 발언은 정치 상황의 이모저모를 염두에 둔 고단수의 정치적 책략이었다. 자신의 발언에 장단을 맞추어서 상관장용은 백성들의 육지 단백질원의 공급을 위한 가축 사육 장려책을 내놓고는 대대적인 목축 사업을 펼쳤다.

이 과정에서 지화가 깊숙이 관여한 바가 있었다. 당시 신한성의 행정부는 행정 편제 면에서는 아직 천유신도들의 포교 체계에 적지 않게 의존하고 있었다. 그런 관계로 어쩔 수 없이 지화가 승상부에 파견되어 가축 사육 장려책의 정책에 한손 거들게 되었다.

앞서 말했듯이 상관장용의 목축 장려책은 전반적인 나라 경제를 거시적으로 멀리 내다보는 야심찬 노림수였다. 그가 노리고 있는 목축 장려책에서 나오는 효과는 다분히 다목적성을 가진 경제 정책이었다.

첫 번째로 쉽게 생각할 수 있는 효과는 그의 발언대로 백성들의 건강이었다. 생선에만 의존해서는 백성들의 단백질 섭취 경로가 너무나 단순했다. 그런 의미에서 육지 고기의 공급에 의한 단백질 섭취의 다각화가 우선적인 목적이었다.

두 번째로는 역시나 토지개혁에 관한 안배에 주목하고 있음을 지화의 판단으로는 어렵지 않게 짐작할 수 있었다. 목축지의 확대였다. 통유 일대는 난세 기간 동안 오랫동안 방치되어 왔던 황무지나 다름없었다. 그런 황무지를 단기간에 비옥한 옥토로 변화시키는 데는 무리가 있었다. 목축 장려책이 실제로 노리고 있는 점은 말 그대로의 목축업 장려가 아니라 실상은 목축지의 점진적인 개간을 통한 토지의 면적 증대에 그 목적이 있었던 것이다.

상관장용은 소금 생산을 통한 잉여 수입의 대부분을 목축업자들에게 넘겨주었다. 물론 장차 목축지의 확대와 경작지의 확대로 연결되는 사업인만큼 장기적으로는 국가 재정에 반드시 손해만 있는 것은 아니었다.

그 두 가지 효과만이 아니었다. 그즈음 나라 경제의 근간인 소금 운송의 발달을 위한 부차적 효과가 또 하나 있었다. 바로 노새와 당나귀의 획기적인 숫자적 증가였다. 사방팔방으로 닦여진 신작로를 통해서 늘어난 교통량은 노새들에 의해서 대체되었다.

노새의 운송 마차들은 당항포의 소금과 무령도의 생선들을 운반하며 하양반도 곳곳으로 교역에 나섰다. 노새의 평균 수명은 팔 년에 불과했으니 노새는 장기적으로는 운송 수단의 소모품에 불과했다. 아무리 목축 장려를 한다 해도 노새 사육 정책은 통유 지역의 통제만으로도 그 수요와 공급을 자체적으로 충분히 조절할 수 있었다.

마지막으로 목축 장려의 숨은 효과 속에 바로 용병마가 얽혀 있었다.

"승상, 가축 사육이라면 용병마도 그 범위에 들어가는 것이 아닌가? 하는 김에 용마 장려책도 신경 좀 써주게."

주군 지민도 용병마에 대한 미련을 숨기지 않았다. 아닌 게 아니라, 지민도 용병마의 사육을 장려하기는 했지만 적어도 그때까지 용병마에 관해서만은 대실패였다.

"하지만 직접적인 민생의 문제는 아니라서……."

이것이 상관장용의 방식이다. 첫째도 민생의 안정, 둘째도 민생의 안정이었다. 그러나 주군 지민의 은근한 압력을 받고 보니 마냥 무시하고 넘기기에는 어쩐지 섭섭해서 상관장용도 용병마의 목장 실태에 대해서 직접 시찰을 나간 적이 있었다.

"하지만 용마에게는 무시 못할 값어치가 있다구요. 잘만 육성한다면 아마도 한 마리당 농지 십 마지기 이상의 값을 쳐주어도 결코 비싸지 않을 거예요. 성공만 하면 용병마의 육성도 민생 안정에 큰 도움이 된다구요. 이놈이 장담합니다."

그렇게 장두태가 열을 내서 용병마의 육성에 대해서 변명을 한 적도 있었다. 이런저런 사연으로 천유신도들이 주로 용병마의 목장 일을 맡고 있었으니 지화가 또다시 안내역을 맡게 되어서 같이 시찰을 나가게 되었다. 그런 관계로 용병마에 대한 사연의 전말에 대해서는 지화도 잘 알고 있었다.

알려진 대로 용병마의 육성 실적은 상당히 좋지 않았다. 딱히 이렇다 할 묘안이 보이지 않았다. 용병마는 북쪽 대륙의 토종마였다. 아무래도 남쪽 하양반도와는 풍토가 맞지 않았다. 처음의 삼백 필 정도로 시작한 것이 상관장용이 시찰에 나섰을 때 살아남은 통유의 용병마의 숫자는 거의 백 필도 되지 않았다. 처음에는 상관장용과 목장 책임자 사이의 대화는 지극히 상투적이었다.

"어째서 용병마의 숫자가 이렇게 줄어들었지?"

"번식이 용이하지를 않아요."

"번식이라면?"

"우선 새끼를 많이 낳지도 않을뿐더러 새끼들이 이곳에서 살아 나가기가 어려워요. 이미 다 자란 용병마들도 마찬가지에요. 이곳에 들어오고 나서 살아남은 것은 거의 일 세대의 늙은 말들뿐입니다. 겨우겨우 새끼를 낳는 데는 성공을 해도 어떤 이유에선지 신생마들이 거의 생존하지 못했어요."

"원인이 무엇이라고 생각하나?"

"모르겠어요. 땅이 맞지 않다는 것밖에는."

대개는 이런 식의 대화 내용이었다. 가는 곳마다 목장 사람들은 이렇게 변명했다. 황인장군의 기마대에 대적하기 위한 신한성주 지민의 야심찬 용병마 사업도 이렇게 처참한 실패로 끝나는 듯싶었다.

"하지만 용병마들이 통유에서 이렇게 번성했는데요?"

지화의 설명에 눈치없는 지석이 당장에 반박했다.

"그게 다 승상님의 혜안이 아니더냐."

지화는 어쩐지 씁쓸한 어조로 대답했다.

지석의 반박대로였다. 용병마 사업이 본궤도에 오르게 된 데는 상관장용의 인내력의 공로를 인정하지 않을 수 없었다. 그 당시 용병마의 사육에 관해서 시무룩하던 상관장용은 결코 이에 굴하지 않았다.

그 실패의 원인을 찾기 위해서 끈질기게 바쁜 시간을 쪼개서 틈이 날 때마다 조사를 나갔다. 지성이면 감천이라고, 해결의 실마리는 의외로 단순한 곳에 있었다.

"그때 나도 거기에 있었는데 남쪽 칠갑산 근처의 용병마 목장이었지. 아마도 천운이었지. 그 당시 승상께서도 눈코 뜰 새도 없이 바쁘신데다가 시일이 지나자 점차로 용병마에 대해서는 그다지 열의를 보이지 않으셨지. 그런 와중에 우연히 한가한 여가가 나신 게야. 때마침 칠갑산이 신한성의 지척이라서 우연히 그 목장을 방문하게 되었다. 그 여가를 이용해서 그쪽으로 행차하셨던 거야. 그래서 그 목장을 시찰하게 된 거지."

평소의 스승과 제자의 대화치고는 지화의 설명이 조금 길어지는가 싶더니 그새를 못 참고 중간에 지석이 끼어들었다.

"아아, 그 칠갑산의 용병마!"

지석도 이미 알고 있다는 듯 맞장구를 쳤다. 아닌 게 아니라, 이 사연에 대해서는 민간에도 꽤나 퍼져서 나중에는 전설처럼 유명해진 모양이었다.

"그래, 그때만 해도 장철영의 칠갑산 산적패들이 극성스러운데다가 늑대가 많이 출몰하기도 하는 험산이었지. 결정적으로 소금 장수들도 꺼려하는 곳이었고. 그래서 그 비결을 알게 되었지. 산적과 늑대, 그리고 암염. 공교롭게도 그 목장에 세 가지 모두가 있었지. 그것이 바로 용병마를 키우는 비결이었느니라."

지화가 다시 설명을 했다.

상관장용이 칠갑산의 목장을 방문했을 때 그곳 목장만이 유별나게 잘 운영되고 있었다. 그것은 의외였다. 시장논리로는 유일하게 경쟁에서 살아남게 된 목장은 칠갑산 목장이 유일했던 것이다. 칠갑산 목장 관리인은 시찰을 온 승상 앞에서 자랑스럽게 보고를 했다.

"원래는 스무 필이 배정받았습죠. 지금은 보시다시피 조금씩 마릿수를 늘려서 이제는 쉰여덟 마리가 되었습니다. 처음과 비교하자면 숫자적으로 두 배 정도는 증가했습지요."

"스무 마리에서 쉰여덟 마리?"

승상은 시큰둥하게 물었다. 원래부터가 승상은 용병마 목장 사업에 대해서 시큰둥하다는 것을 목장 관리인은 모르고 있었다. 이에 당황해서 목장 관리인은 필요도 없는 보충 설명까지 덧붙였던 것이다.

"하지만 밤마다 칠갑산 산적들이 용병마를 약탈했고요, 그 탓에 말들이 당최 잠을 못 잤다구요. 게다가 이곳 늑대들도 워낙 극성이라서요, 말들이 제대로 편하게 쉴 시간도 없었다니까요. 이런 악조건 속에서 말을 이 정도로 늘리는 데는 저도 여간 애를 먹지 않았습니다요. 아시다시피 산적들의 방어가 우선적인지라 말 키우는 데 신경 쓸 여가도 없었습니다. 그런 처지였는지라 살아 있기만 해도 다행입니다요."

목장 관리인은 이렇게 자신의 무능력과 용병마 관리의 소홀함에 대해서 극구 변명을 했다.

"먹이와 물은?"

"말씀드린 대로 산적과 늑대들 때문에 제대로 돌볼 수가 없었습니다. 그냥 풀밭에서 제멋대로 뜯어먹도록 내버려 두었습니다. 하지만 맹세코 한 마리도 굶겨 죽이지는 않았습니다요. 맹세합니다."

목장 관리인은 흉악한 죄인이라도 된 듯 자신의 죄를 실토하였다.

"당항포의 소금 장수들도 다녀가지 않았다던데?"

목장 주인의 변명에는 아랑곳도 않고 상관장용은 계속 물었다.

"예, 사료에 그 귀한 소금을 섞을 수는 없었습니다. 염분 보충이라면 지들끼리 알아서 핥아먹었습니다."

"뭐? 알아서 핥아 먹어?"

상관장용은 깜짝 놀라 고함치듯 말했고, 급기야 목장 책임자는 자신이 흉악무도한 죄를 지었음을 깨달았다.

이것이 상관장용의 용병마 육성 성공 과정에 대한 전말이다. 지화가 보기에는 다소 황당한 사연이지만 어쨌든 결과적으로는 용병마 사육 사업의 성공은 전적으로 상관장용의 혜안 때문이라고 생각했다.

"모든 용병마 목장 관리자에게 전하게. 긴장감과 운동 시간을 공급하라고."

상관장용이 목장 책임자들에게 이렇게 시행령을 하달했다.

"네?"

"늑대나 도적들을 이용하게. 용병마가 안심하지 않고 긴장을 해서 도망다니며 운동을 하도록 하란 말일세. 그리고 사료에 소금을 섞지 말도록."

"소금을 주지 않으면 말들은 죽습니다."

목장 책임자들은 항의했고 그 해결책에 대해서는 상관장용이 일러주었다.

"목장을 옮기게. 목장을 세우는 곳은 가능하면 늑대가 많이

사는 곳이 좋겠지. 단, 암염이 있는 장소로. 그 암염으로 소금
을 대체하란 말일세."

사료에 소금을 섞는 것이 아니라 목초지에서 스스로 암염을
찾아서 소금기를 보충하도록 하는 것이 바로 비결이었다. 그
후로 용병마들은 하양반도의 남쪽 벌판에서 한 마리도 죽지
않고 잘 자라게 되었다.

통유에서 생산되는 용마는 주로 병마로 사용되게 되었다.
힘이 좋고 달리는 속도는 물론 지구력까지 갖추고 있었다. 게
다가 기수의 말까지 잘 알아듣는 총명한 말이었다. 농사일이나
운송 수단으로 쓰기에는 너무도 아까웠다. 그래서 '용병' 의 그
용병이 아니라 그것과는 상관없이 '용마' 와 '병마' 가 합쳐진
용병마라는 이름을 가지게 되었다.

"아아, 그래서 통유의 삼보……."

눈치도 어지간히 없는 지석이 역시 눈치없게 그렇게 중얼거
렸다. 지화는 싫어도 어쩔 수 없이 기억을 떠올렸다. 통유의
삼보, 어쩌면 그때부터 시작되었는지도 모른다. 통유의 삼보
는 신한성의 건국 과정에서 이별전쟁이라고 부르는 아뇌와 신
한성 사이의 피할 수 없는 소금 독점권을 두고 벌였던 운명적
인 전쟁을 승리로 이끈 세 가지 보물을 말했다.

눈치없는 지석은 초롱초롱한 눈빛으로 지화에게 설명을 재
촉했다. 자신은 가르치는 스승, 지석은 배우는 제자였다. 역사
의 의미를 제대로 조명하기 위해서도 그것을 가르쳐야 하는

것이 스승의 의무였다.

가능하면 피하고 싶었지만 고지식한 지화는 그의 총명함과 영특함만으로는 피할 수 없는 의무였다. 지화는 남몰래 한숨을 내쉬고 내친김에 통유의 삼보에 대한 역사를 강의 삼아서 다시 설명을 시작했다.

"삼보는 열린 사람의 두 가지 무기와 용병마를 말한다."

열린 사람은 말할 것도 없이 무령도의 영웅 백천두를 지칭한다. 그것은 무령도의 폐쇄성에 빗대어 대조적으로 열린 사람이라는 존칭으로 불리게 되었다. 오히려 무령도의 전시대적인 정신에 더하여 백천두의 시대를 앞서가는 개방성을 더욱 빛내주었기 때문이다.

그는 과감하게도 '바다에서는 최고'라는 동해일가의 빛나는 자긍심을 헌신짝 버리듯 내버렸다. 바로 북빙해의 동화족 항해술과 범요선의 조선술에 대해서 자신들이 뒤처졌다고 인정하는 백천두의 자인이었다. 그러니까 오히려 자신들의 바다에 대한 기술력을 스스로 낮추는, 겸손이라면 겸손이었다.

백천두는 이미 십 년 전부터 아뇌의 해군을 가상의 적으로 삼아서 해전에 대한 준비를 갈고닦은 장본인이었다. 백천두는 아뇌를 비롯한 파고인들의 이별반도에 대해서는 십 년을 하루처럼 이를 갈았고, 그 복수를 꿈꾸고 있었다.

그것은 정도의 차이는 있었지만 백천두와 마찬가지로 동해일가의 모두에게 숙원과도 같은 꿈이었다. 그 가망없는 야망이 동해일가의 자포자기와 시대의 폐쇄성에 대한 주범이 되고 말았던 것이다. 즉, 아뇌 해군과의 소금 독점 전쟁은 백천두와 동해일가의 복수를 위한 해전이나 마찬가지였다.

아뇌의 해군이 파고해를 넘어서 동해를 침공하자 기다렸다는 듯이 아뇌 해군에 대한 해군사령관을 자청한 사람도 다름 아닌 백천두였다. 그것은 자신의 모든 것을 내건 숙원의 자청이었다. 지민과 평철도 그것을 알고 백천두를 해전사령관으로 임명하였다.

그는 칠부 결전 때부터 소금 독점권을 둘러싼 필연적인 전쟁을 예상하고 있었다. 그때 칠부의 해상봉쇄령과 관련해서 동화족의 항해술과 범요선의 독특함을 발견했다. 그리고 동해일가의 자부심까지 내팽개치며 그들을 영입하였다. 물론 동화족의 영입은 막대한 재화의 낭비를 감수해야 하는 도박에 가까운 일이었다. 그러나 백천두는 자신의 목숨처럼 일의 준비에 열성을 다하였다. 그 정성에 동화족까지 감읍하게 되었다.

백천두는 동해일가 사람들답게 소심한 사람이었다. 아니, 지화의 판단으로는 신중하고도 집요한 사람이었다. 십 년도 넘게 이루지 못한 계획을 끝내 포기하지 않았고 남몰래 계속해서 추진해 나갔으니 말이다. 그 결과가 타령해전의 승리였다.

타령해전은 타령해협에서의 아뇌 해군과 동해 해군의 건곤일척을 위한 대회전을 말했다. 타령해협은 해감도와 전곡항 사이의 좁은 해협을 말했다. 백천두는 아뇌의 대함대가 파고해를 항해해서 신한성을 공격하고 있다는 정보를 받고서도 타령해협 근처의 정박항에 주력 함대를 집합시켜 놓고는 꼼짝도 하지 않았다. 그곳에 그의 비책의 바탕이 되는 범요선이 정박해 있었기 때문이다.

백천두의 인내심은 자신이 원하는 장소인 타령해협으로 아뇌 해군을 유혹해 냈다. 그곳에 동화족과 범요선이 있었고, 이제는 죽어버린 오성방의 화군영의 전술이 있었다.

아뇌 해군들이 타령해협의 낯선 물길에 대해서 익숙할 리는 만무했다. 타령해협은 물살의 변덕이 심했고, 배가 지나다니지 못하는 위험한 암초 지대였다. 그곳에서 대함대의 거의 대부분이 타령해협의 날카로운 암초 때문에 좌초하였다.

타령해협의 암초 지대를 아슬아슬하게 통과하는 데 성공한 동화족과 범요선이 실제적으로는 신한성의 보물이라면 보물이었다. 그러나 그 대신에 그 폐쇄적인 동해일가의 전통에 비해서 동화족과 범요선을 받아들인 백천두의 개방성은 '열린 사람'으로 그의 별명을 칭송하였다.

"이것이 개방과 쇄국에 대한 역사의 의미이다. 열린 사람의 숨은 뜻은 바로 동화족과 범요선을 보물이라고 귀히 여긴 신한성의 개방성에도 있다. 알겠느냐?"

대충대충 무성의를 일관한 지화의 설명, 이를테면 약식의 역사 강의였다.

"그럼 나머지 삼보는요?"

지석은 평소의 느긋한 성격과 달리 집요하게 굴었다. 하긴 그것에 대한 설명을 마냥 피하고만 싶던 지화였으니 지석에게 굳이 가르친 적도 없었다. 그래서인지 지석의 호기심은 하늘을 찌를 듯했다.

언제까지고 피하고 있을 수만은 없는 일, 내친김에 이도 저도 포기하고 자포자기의 심정이 되었다. 지화는 그렇게 굳게 닫혔던, 잊고만 싶었던 용병마의 삼보에 관한 유래에 대해서 이야기를 시작했다.

지화가 판단하기에 아마도 그녀의 기사단과 신한성주 지민 사이의 불화는 그 사건에서부터 비롯되었다.

그것은 나라의 국유재산과 자신들을 고용한 용병 사이에서 발생하는 불가피한 문제였다. 물론 용병 세계에서 삶과 죽음이 별개의 문제가 아니라고 생각하지만, 국가는 삶보다 죽음에 가까운 용병들과는 조금 개념이 달랐다.

대개의 경우 국가의 수명은 인간이 살고 죽는 것보다는 훨씬 길었다. 즉, 죽음보다는 삶이 당연하게 더 많은 비중을 차지했다. 이를테면 배와 배꼽의 크기에 관한 너무도 뻔한 문제였다.

"하지만 용병마는 비싼 국가의 재산이야. 일례로 어지간한 용병 한두 명과 비교해서 용병마의 비용이 더 비싸다는 것은 틀림없어."

이런 식의 냉정한 평가가 그녀의 기사단과 매우 밀접한 사이의 장두태의 입에서 나올 정도로 심각했었다고 지화는 기억했다.

어떤 면에서는 용병의 가장 큰 덕목은 자유였다. 즉, 용병들에게 명예와도 같이 귀중한 것이었다. 물론 평범한 용병들에

게는 크게 관심이 가지 않을 정도로 사소한 것이었지만 조금
은 별스러운 용병 집단, 즉 그녀의 기사단에게는 전혀 다른 차
원의 문제가 되었다.

"그렇다면 우리는 필요없어. 그런 건 천정벽이한테 효율적이
잖아 걔들한테 보급해 줘. 그게 합리적이잖아. 내 말이 틀려?'

합리적인 남자로 자처하는 구명표까지 이렇게 대들었다.

"이건 자존심의 문제라구."

사람의 목숨 값보다 비싼 말은 없었다. 그녀의 기사단뿐만
아니라 세상 어느 누구에게 물어도 이런 그녀의 기사단의 볼
멘 투정은 정당해 보였다. 그러나 국가의 관리라는 측면에서
는 절대로 양보할 수 없는 부분도 있는, 비교적 민감한 부분이
있었다. 처음에는 정명이나 상관장용 같은 관리자들은 그녀의
기사단 단원 정도라면 당연히 양해해 주겠지 하고 안이하게
대처한 측면도 없지 않았다.

국가 재산의 관리에 관한 문제였다. 국가는 개개인이 아니
었다. 그런 면에서 국가적인 차원에서 개인적 차원에게 절대
양보할 수 없는, 거창하게 말하자면 '대를 위해서 소를 희생한
다' 는 관리자의 입장에서는 일견 당연해 보이는 절대적인 문
제였다. 그런 분위기하에서 쌍방의 견해 차이가 일파만파로
커져만 갔다.

일면으로는 일개 세력에서 국가로 발전하는 체제 변혁으로
발전하는 일종의 성장통과도 같은 것이었다. 이제는 신한성주
에서 일개 국왕이 될 처지에 빠져 있던 지민이 차분하게 그녀

의 기사단들과 대화를 했다. 그냥 마음만 툭 터놓고 몇 마디만
하면 전부 잘 해결될 것으로 지민을 비롯한 행정 관리자들은
낙관을 하고 있었던 모양이다.

"이봐, 좀 협조해 줘. 국가가 되면 단순한 문제도 조금 복잡
한 관계가 돼버려서 말이야. 이것저것 얽히는 게 많은가 봐.
그깟 용병마, 잘 관리하고 있다가 제때 제대로 반납만 해주면
다 끝나는 거라고. 승상이 원하는 건 그거 딱 한 가지라고."

지민의 관점에서는 백성과 그녀의 기사단은 똑같았다. 그러
나 거꾸로 관점을 본다면 용병과 백성은 엄연히 달랐다. 백성
은 그냥 태어나면 공짜로 나라의 병사가 되는 것이고, 용병은
날 때부터 이미 누군가의 백성이 아니었다. 지민에게는 나라
가 생겼지만 그녀의 기사단들은 지민의 백성이 아니라 여전히
용병이었다.

불화의 시작은 어이없는 단순한 행정상의 착오였고, 그 끝
은 영원히 돌아갈 수 없는 다리로 변해 있었다.

"이봐, 우리가 벌어들이고 있는 걸로 치자면 한 명씩만 해도
그까짓 용병마 한 필 정도씩은 충분히 벌어주고 있는 거 아냐?
이건 너무 쩨쩨한데?"

이렇게 항의가 나오는 것도 당연했다. 사실 성하곡에서 양
양이 용병단을 설립한 후 처음 이삼 년간은 고전을 면치 못한
것도 사실이다. 재정관 장두태가 말하는 소위 돈 새 나가는 원
흉도 양양의 용병단이었다. 그러나 타령해전 이후 주변에 신
한성을 위협하는 세력이 없어지자 양양의 용병단은 오히려 성

밖으로 용병단의 영업 범위를 옮겼다.

그동안의 손해를 보충하려는 심정이 분발이 되어서 일만 된다면 어느 일도 마다하지 않았다. 심지어 형나라와 팽나라의 다툼에서도 어느 쪽이건 가리지 않았다. 그 결과 견원지간이던 형나라와 팽나라도 이도저도 못하는 교착상태에 빠지고 말았다. 뜻하지 않게도 그러한 힘의 균형을 양양의 용병단의 저지력으로 유지하게 되는 망외의 효과까지 발생하게 되었다. 이것은 통유 지역의 평화에는 엄청난 영향력을 발휘했다.

양양의 용병단은 단순한 용병단의 차원을 넘어서고 있었다. 통유 주변만이 아니라 분쟁이 있는 곳에는 반드시 양양의 용병단이 있었다. 바꿔 말해서 양양의 용병단이 개입한다면 통유 일대의 난세는 더 이상 난세가 아니라 일시적인 평화 시대라고 봐도 무방했다. 난세의 하양반도는 양양의 용병단의 청부로 맡겨진 분쟁 지역들을 하나씩 하나씩 해결하게 되자 통유 일대에서 눈에 띄게 분쟁 지역이 감소하게 된 것이다.

그러는 와중에도 용병단이 벌어들이는 수입도 무시 못할 정도가 되었다. 그동안의 수입만 봐도 그 비싼 용병마를 용병 각개인에게 한두 마리씩은 넉넉하게 돌아갈 정도였다. 그런 손익적인 관계로 용병마의 비용에 대한 관리의 중요성도 용병단에게는 이렇다 할 명분도 되지 않는 형편이었다.

"그러면 동료가 죽어 나가는 그 마당에 그 빌어먹을 용병마만 잃어버리지 않게 신경을 쓰면 된다구? 이건 배보다 배꼽이 더 큰 거잖아. 안 그래?"

온건한 서정마저 불만을 토하게 된 사정도 사실은 별 명분이 없었다. 그것은 국가 관리 차원상 보급과 반납의 보편성에 관한 번잡한 형식상의 절차는 양양의 용병단원들에게는 억울한 일이었다. 용병마 정도의 문제가 아니라 자기가 맡은 일이라면 목숨도 안 가리는 양양의 용병단이었다.

그런 용병단에게 용병마의 귀중함을 내세워 동료의 안전보다 용병마의 분실에 치중하는 그런 병참에 있어서의 국가 지침은 정말 그들에게는 이해가 가지 않는 방침이었다.

"천정벽이는 잘만 하는데 왜 그렇게 불만이야?"

답답한 지민이 급기야 해서는 안 될 말을 하고야 말았다.

"그럼 정벽이한테 가서 하라 그래."

규정계마저 펄펄 뛰게 되어서 엉뚱하게 불이 붙은 사태의 진화는 손쓸 틈도 없이 불화의 불길이 거세져만 갔다. 문제의 근본 원인은 양양의 용병단이 신한성의 백성 관리, 즉 신한성의 정치에 속하느냐 아니냐에 있는, 다분히 형식적인 행정상의 문제였다.

당시 호파수 세계의 흐름은 용병제에서 모병제로의 전환이 대세였다. 그런 대세의 흐름에 따르는 과정 속에서 흐름을 거스르는 그녀의 기사단에게 지민은 야속했다. 그리고 국가 체계 면에서 어쩔 수 없는 편의성에 대한 그녀의 기사단의 지나차게 강경한 입장이, 그 흐름에 적지 않게 압박을 받고 있는 지민을 야속하게 했던 것이다.

결국 바다 쪽은 동해일가가 맡고, 육지 쪽에서는 천정벽의 멸랑대가 맡았다. 일휘국의 배웅이 해달라는 대로 다 해줄 정도로 호락호락하지는 않았지만 이번에도 배웅의 탐욕이 큰 역할을 했다. 그녀의 기사단의 불똥이 멸랑대 전원에게 용병마를 타게 해주는 쪽으로 튀었다. 그런 용병마의 전설을 익히 들어서 알고 있었기에 향후 전략적인 정보를 위해서 배웅이 선뜻 맡아주었다. 물론 그에 상응하는 대가가 뒤를 따라야 했다. 덕분에 그런 위급한 국가 위기 속에서도 손가락만 빨고 있게 된 그녀의 기사단이 어정쩡한 입장이 되어버렸다.

그것은 신한성의 건국 과정에서 그녀의 기사단이 백성으로 남느냐 아니면 그들의 정체성 때문에 백성이 아닌 자유민 용병으로 남느냐의 문제가 수면으로 떠오르는 분기점의 단초가 되고 말았다.

이번 용병마의 관리의 불화를 계기로 그녀의 기사단 측에서도, 지민 측에서도 반드시 어느 쪽으로든 결정을 해야 할 중요한 분기점이 되었다. 그 결과 용병마 관리 책임이라는 문제가 불거지며 그녀의 기사단은 다소 억지스럽게 백성이 아닌 자유민 용병으로 남았다.

돌이켜 보면 신한성의 백성들에게 그녀의 기사단이 백성이 아닌 용병으로 보이는 것, 이런 관점이 바로 불화의 시초였다고 지화는 생각했다.

二. 균열

"불위가 아니라 무위라는 거지."

어느 날 지민이 말했다. 용병마의 책임 소관 문제로 그녀의 기사단과 신한성 측이 점점 불만의 골이 깊어지는 데는 지민의 뜨뜻미지근한 태도가 한몫했다.

"불위는 뭐고 무위는 또 뭡니까?"

심정적으로는 그녀의 기사단 편에 서 있던 천정벽이 물었다. 아뇌와의 소금전쟁에서 이별반도의 상륙작전에 맞서서 아뇌군을 크게 물리친 공을 치하하는 자리에서 천정벽이 평소의 불만을 내뱉었던 것이다.

"대부가 생각하는 통치의 이상형은 바로 무위사상이야. 내 정치적 스승은 굳이 따지자면 바로 대부 정명이거든."

"소관은 대부님의 정치관을 묻고자 함이 아닙니다. 다만 무위의 의미를 몰라서……."

"무위는 고대의 무위사상을 말하는 것일세. 불위는 선악을 가려서 하지 않는다는 태도이고, 무위는 그야말로 아무것도 하지 않는다는 뜻이네. 백성들이 원래 하던 것을 가능하면 간섭하지 않는 것, 그래서 백성들의 결정을 존중하는 것… 이를테면 그렇다는 뜻일세."

그 곁에서 지화도 그 대화를 들었다. 용병마의 관리 소관 문제로 신한성에서는 승상 상관장용을 중심으로 하는 행정 관리들과 양양의 용병단 사이에 보이지 않는 알력이 있었다. 알력은 자존심 싸움으로 번져서 급기야 사사건건 용병의 자유를 내세우는 용병단의 고집과 백성 관리의 편의성을 내세우는 행정 관리의 명분 사이의 마찰이었다.

이런 의미에서의 '무위'는 지화가 생각하기에도 비겁한 태도였다. 물론 이럴 수도 저럴 수도 없는 곤란한 사정에 빠져 있는 지민의 사정을 이해하지 못하는 것도 아니었다. 그러나 어떤 말로 하든지 그것은 우유부단의 전형이었다. 어느새 자그마한 불화의 시냇물이 도도한 강물로 변하고 있었다.

그 강물에 비한다면 그것은 어쩔 수 없는 거대한 시대의 흐름이었다. 흐름을 쫓아가지 못한 세력은 뒤처지게 마련이다. 대표적으로는 새말의 멸망이 그 일례가 되었다. 국방의 근간을 용병에게 맡겼던 국가의 국방 체계가 하루아침에 모병제로 탈바꿈하는 것은 체계에 있어서 무리가·있었다.

호시탐탐 국경의 남쪽만 노려보던 붉은 이리족은 망설이지 않고 산맥을 넘었다. 전문적인 군대가 없는 새말의 함락은 그야말로 순식간이었다. 일휘국이 손을 쓸 틈조차 없었다. 너무도 허망한 새말의 멸망이었다.

멸망 원인에 대한 주변 국가들의 분석은 역시 용병제의 폐해부터 그 원인을 찾았다. 시대의 흐름이었던 것이다. 주변 세계는 도도한 흐름이 되어서 용병제에서 모병제로 국방 체계를 바꾸는 것이 이미 대세였다. 호파수 세계에는 용병이 점차 사라졌다.

그 와중에서도 여전히 건재했던 것은 역시 양양의 용병단밖에는 없었다. 그러나 새말이 거스른 것처럼 양양의 용병단의 고집도 그랬다. 어떤 면에서는 그 결과가 새말의 멸망이었다면 양양의 용병단도 같은 운명의 길을 걸어가고 있었다.

석진화도, 정명도, 심지어 과거 양양의 용병단의 일원이었던 평철마저도 행정관리 면에서 양양의 용병단이 부담이라는 점을 부정하지 않았다. 국가의 효율성은 대를 위해서 소를 희생한다는 일방적인 희생을 고집하던 당시 신한성의 수뇌부들이었다. 양양의 용병단과는 별 인연이 없었던 승상 상관장용은 이렇게 노골적으로 말했을 정도이다.

"도량형의 규격 준수에서는 예외가 있을 수 없다. 그것이 바로 이 나라의 백성들이 이 나라의 병사가 된다면 당연하게도 나라의 명령을 따르는 것이다. 이것이 모병제의 기본 개념이다. 이것을 따르지 않는다면 그는 이 나라의 백성도 아니다."

신한성의 건국은 이미 피할 수 없는 운명 속에 처해 있었다. 그에 앞서서 신한성은 도량형의 통일부터 정비하고자 했다. 이것은 원래부터 정명의 한 치의 오차도 허용되지 않는 정교한 계획 속의 일부분이었고, 상관장용도 십분 도량형의 통일을 찬성했다. 그 과정에서 엉뚱하게 그녀의 기사단이 다시 일을 어긋나게 했다.

도량형은 국가 생존의 필수 요건이라고 수뇌부는 뜻을 모았다. 당시 주변 세계의 측량 기준은 선진국 이별반도의 파고인들에게 의존하고 있었다. 이른바 '별척'이라고 부르는 세계의 규칙이요, 기준이었다.

그즈음 해서는 사사건건 어깃장만 놓고 있던 그녀의 기사단의 반대를 염려해서 일부러 평철이 석태를 찾아가서 미리 도량형의 중요성을 역설하였다.

"석 대장, 도량형의 통일은 전술에 있어서도, 전략적으로도 중요한 거예요."

"상관없어. 니들이 우리에게만 귀찮게 간섭하지 않으면 우린 상관없어. 도량형이고 뭐고 간에 우린 알 바 없어."

이즈음에 이르러서는 용병의 자유라면 자존심의 상징처럼 옹고집이 되어버린 석태가 그것부터 미리 선수를 쳤다. 역시 평철이 염려한 대로였다.

"일테면 신작로 작업만 해도 그래요. 신작로는 마차의 양쪽 바퀴 폭에 따라서 이동이 편하게 폭을 맞추는 거잖아요."

석태도 그 정도의 사정은 알고 있었다. 용병들이라면 그런 것쯤은 기본 중의 기본에 속했다. 각국의 측량 기준은 모두 달랐다. 붉은 이리족으로 치자면 교통로가 조금 넓은 편이고, 그에 비해서 일휘국은 길이 좁았다. 그러니까 붉은 이리족의 마차는 일휘국의 도로를 지나가지 못했고, 일휘국의 마차는 붉은 이리족의 도로를 불편없이 왕래할 수 있었다.

양양의 용병단도 그런 장점을 본받았다. 가능하면 마차의 바퀴 폭을 최대한 줄이는 것이다. 하양반도에서 양양의 용병단 전용 마차보다 폭이 좁은 도로는 없도록 했다. 그래서 양양의 용병단의 병참 마차들은 전국 어디든 그 지역의 교통로가 아무리 좁더라도 방방곡곡 통과할 수 있었다.

"상관없어. 신작로의 폭 정도는 우리가 직접 해결할게."

석태는 마치 남의 일처럼 대답했다.

"그 정도로는 충분하지 않아요. 석 대장의 마차들과 우리나라의 마차의 폭도 맞춰야 할 필요성이 있어요."

"어째서? 우리는 아무 불편도 없는데?"

그동안 신한성의 행정 관리들에게 어지간히 시달리던 석태는 자라 보고 놀란 가슴 솥뚜껑 보고 놀라듯이 격렬하게 항의했다.

"물론 지금은 불편이야 없겠죠. 하지만 보급대의 도량형 규격도 생각해 주서야죠. 석대장의 용병단 마차와는 다르잖아요. 이번 도량형 통일 때문에 우리 보급 부대의 마차도 규격을 이전처럼 형편대로 바꿀 수 없게 됐어요. 그러니 용병단 마차랑은 다르게 아무 데서나 좁은 길을 지나다닐 수가 없게 됐다고요."

"음, 그도 그렇군."

편의상 양양의 용병단의 모든 보급 물자의 지원은 신한성 측에서 맡고 있었다.

"그러니까 가능하면 용병 청부 일도 우리 보급 부대가 다닐 수 있는 지역을 미리 살펴서 받아달라고 부탁드리러 왔어요."

"그렇게 하지."

이때까지만 해도 석태는 순순히 도량형에 대해서는 수긍을 했다. 그러나 도량형만의 문제가 아니었다. 신한성은 국가의 형태에 맞도록 모든 것이 변화하고 있었다. 양양의 용병단도 예외는 없었다. 모든 것이 국가의 관점에서 맞춰져야 했다. 그러나 일이 한번 틀어지기 시작한 양양의 용병단에서 기어코 불만이 터져 나왔다. 사건은 칠부 광산의 강철 소비 장려책에서 비롯되었다.

"왜 그래야 하는데?"

규정계가 씩씩거리며 평철에게 따졌다.

"규 조장님, 그건 중요한 통화정책에 관한 일이라구요. 개개인이 따질 수 없는 문제예요. 이번만큼은 용병단에서도 양해해 주셔야 해요."

행정의 편의성에 대해서 모든 백성이 만족할 수 없는 일이었다. 역시 대를 위해서 소가 희생해야 한다는 논리였다.

"난 양해 못해! 도량형이라면 지긋지긋해."

평철에게만은 유독 호감을 가지고 있었고, 가능하다면 꼬박

꼬박 평철의 편을 들어주었던 규정계마저 이 문제에 대해서만은 단호했다. 끝내 참다못한 규정계가 폭발한 것이다. 도량형은 칠부에서 생산되는 철광석의 규격에 대해서도 예외없이 규격을 정해놓고 있었다. 하다못해 무명천의 규격까지도 그랬다.

씨아와 배틀의 규격 통일이 영토 구석구석까지 퍼지자 이번에는 무명천이나 무명옷조차 대, 중, 소로 규격화되었다. 양양의 용병단원들은 천성적으로 양순한 백성들의 그릇은 못 되었다. 그런 틀에 박힌 규격화에 대해서 자유분방한 용병들에게는 어쩔 수 없이 거부감이 생겼다.

용병마와의 마찰 이후로는 그런 규격화가 어째서 효율성을 극대화시키고, 어째서 백성들의 생활에 도움이 되는지 그 과정을 이해하려고 노력조차 하지 않았다. 칠부 철광석의 규격화는 중요했다. 정명의 원대한 계획의 기초였다. 그런 만큼 정명을 위시한 행정 관리들에게는 결코 양보할 수가 없는 문제였다.

그 첫째는 엽전이라고 불리는 신한성의 기본 화폐 통화정책에 있었다. 굳이 엽전이라고 불리게 된 이유는 신한성의 통화기본인 철전이 나뭇잎처럼 생겼기 때문이다. 나뭇잎 모양의 철전은 그 한복판에 구멍을 뚫어서 철사 줄로 꿰어서 사용했다.

엽전의 구멍을 일정한 방식으로 철사 줄로 꿰어 들어가면 그것은 그대로 미늘 갑옷이 되었다. 엽전 하나하나가 비늘이 되는, 훌륭한 철 미늘 갑옷으로 변용되었다. 신한성에는 굳이 갑옷이 필요가 없다는 이야기도 되었다. 게다가 갑옷의 비늘뿐만이 아니라 유사시에는 그 갑옷의 비늘이 곧바로 화살촉으로 변용되기도 했다. 이것이 모두 도량형의 통일로 인해서 가능해진 마법과 같은 효과였다.

백성이 기본 병사가 되는 모병제에 있어서 실제로 유통되고 있는 화폐가 바로 갑옷이 되고 화살이 되었으며, 더 나아가서 일정한 방식으로 만들면 철 방패로도 대체가 가능했다. 모두에게 이익이 되는 도량형의 효과였다. 그러나 유독 양양의 용병단에게는 도량형의 규제가 그대로 불편한 규제가 되었다.

양양의 용병단은 기를 쓰고 돈이 되는 일이라면 무엇이든 맡았다. 용병마의 비싼 값도 그들이 벌어들이는 돈에 비하면 별것이 아니라는 것을 증명하고 싶었던 것이다. 그래서 버는 족족 신한성의 재정관에게 수탁했다. 그런데 그동안의 빡빡한 재정 형편의 호전에 기뻐하던 재정관도 그 안면을 바꾸었다. 뜻밖에도 그나마 있었던 수고에 대한 치하는커녕, 이것은 아예 푸대접으로 돌변해 있었다.

"이게 뭐예요? 가능하면 엽전으로 수금해 주면 좋겠어요."

담당 재정관이 볼멘소리로 투정을 했다.

"뭐?"

규정계는 기가 막혔다.

"우리나라에서 이런 형태의 돈은 유통되지 않아요. 이런 돈은 갑옷도, 화살촉도 되지 않잖아요. 도대체 쓸모가 없다구요. 아시겠어요?"

재정관은 거만한 어조로 한 수 가르침을 준다는 태도로 말했다.

"소용이 없다구? 이거 왜 이래? 이것도 엄연한 돈이야. 우리가 목숨을 걸고 애써서 벌어온 피 같은 돈이라구."

재정관의 불성실한 태도에 대한 울화를 꾹 참고 규정계는 강변했다.

"글쎄, 그건 알아요. 하지만 기왕이면 우리나라 엽전으로 일을 받아오면 좀 좋아요? 그러면 우리까지 귀찮게시리 수고할 필요는 없잖아요."

재정관은 정말 같잖다는 듯이 빈정댔다.

"이런 맞아죽어도 시원찮을 놈!"

드디어 규정계가 폭발했다. 급기야 아무 죄도 없는 재정관이 떡이 되도록 얻어맞는 사태가 벌어졌다. 사태의 수습을 위해서 평철까지 나섰지만 규정계는 평철의 설득을 들으려고 하지도 않았다. 규정계는 간단하게 사과만 하면 수습이 됐을 일을 억지 부리다가 결국 정식 재판장으로 갈 때까지 소란을 부렸다. 이렇게 되면 규정계 개인의 폭력 사건이 아닌, 정식적인 국가의 치안 문제가 되었다.

오랜 동료로 동고동락해 왔던 규정계와 지민 간의 개인적인 일이 아니라 신한성 공공질서를 수호하려는 신한성주 지민과 공공질서를 깨뜨린 일개 거주민 규정계와의 문제가 되어버린 것이다. 결국 규정계의 감옥행이 결정되었다.

신한성의 병사들이 성하곡의 양양 용병단으로 급파되었다. 규정계의 체포하기 위한 병사들이었다. 이들은 모병제의 제도

하에서 의무적으로 징집을 받은 병사들이었다. 그리고 그들을 상대한 자들이 바로 양양 용병단의 용병이었다.

"규 조장님을 체포하러 왔습니다."

"안 돼. 장원 안으로 한 발짝도 들여놓지 마라."

지민의 곤란한 사정은 알고 있었지만 석태도 결코 양보하지 않았다.

"이건 성주님의 명입니다."

병사들은 사정을 해보았지만 석태는 안하무인격으로 억지를 썼다.

"필요없어. 힘이 된다면 어디 체포해 봐라."

할 수 없이 병사들은 신한성으로 돌아가서 보고를 했다.

국가에 반하는 항명에 대해서는 한 치도 용납 못하는 철저함의 대명사 승상 상관장용은 재판에 의한 결정에 반하는 용병단의 태도에 머리끝까지 분노했다.

"모두 잡아들여라. 반항하는 자가 있다면 그 누구라도 예외 없이 잡아들여라. 설사 그 용병단장인 영주 마님이라도 반항한다면 체포하라."

상관장용은 처음에는 시늉만 하러 보냈던 병사들을 증원하고 대규모 군대로 편성해서 즉각 성하곡으로 급파하였다. 당연하게도 영주 마님 양양이 그 일당의 괴수였고, 그때까지도 그 용병단의 장원에서 거처하고 있었다.

"죄인 규정계를 내놓으시오."

신한성의 군대가 모성천 강변까지 진출했고, 이에 대응해서 용병단이 맞대응으로 반대편에 진을 펼쳤다. 자칫하면 전투라도 벌일 일촉즉발의 위기였다. 이런 웃지 못할 사태를 보다 못한 용병단장 양양이 양군이 대치하고 있는 벌판 한가운데로 나갔다.

"마님."

양양을 대하자 당연하게 체포군이 일제히 부복했다.

"이게 뭐 하는 짓이오?"

"하지만 성주님의 명인지라……."

"성주님이 직접 명을 내리셨소?"

"네?"

"내가 가리다. 저항군의 대표로서 귀 성의 성주와 협상을 하겠소."

그리고 양양은 체포군 사이를 통과해서 신한성으로 갔다. 그리고 그녀의 남편인 신한성주 지민을 만났다.

"이 멍청이!"

양양이 자신의 지아비인 지민을 만나자마자 처음으로 내뱉은 말이었다.

"도대체 왜 그러시오?"

불같이 화를 내는 아내를 발견하고는 평소의 태도와는 너무도 다른 양양의 분노에 어안이 벙벙해진 지민은 그래도 그때까지는 체면을 잃지 않고 점잖게 존댓말로 응대했다.

"규정계를 체포해서 어쩌자는 거야, 이 멍청아?"

그녀의 점잖은 남편에게 양양은 그의 체면을 무시하고 과히 예의가 있다고는 볼 수 없는 태도로 일관했다. 지민은 '규정계' 운운이 되어서야 비로소 그녀의 분노에 대한 원인을 파악했다. 그 다음은 '겨우 그거였어' 하는 식으로 그 분노의 하잘 것없음에 대한 실망감의 반작용으로 곧바로 맞불을 놓았다.

"이 못난이!"

지민의 별로 점잖지 못한 발언이었고,

"이 멍청이!"

그에 대한 양양의 대응이었다. 당장에 부부의 마주치는 눈 사이에서 불꽃이 튀었는데, 그 눈빛의 격렬함은 이제까지의 부부 싸움과는 격이 달랐다. 한동안 서로를 잡아먹을 듯한 노려보기가 계속되었다.

"규정계를 기어코 체포하고야 말겠다고?"

"그쪽도 그걸 모르는 건 아니겠지? 한 나라의 법의 공정성에 관한 문제야. 이제 와서는 '옳다, 그르다' 로 따질 수 있는 단계는 이미 떠났어."

"그래서? 기어이 규정계를 체포한다면 규정계가 어떻게 할 것 같아?"

이 부분부터 지민의 말이 막혔다. 그를 체포해서 감옥에 가둔다면, 그래서 죄인 취급을 한다면 그의 강직한 성격대로라면 필경 규정계는 그 자리에서 혀를 깨물고 죽고 말 것이다. 이것은 양양도 지민도 틀림없이 그렇게 될 것이라고 예상하고 있었다.

"다른 도리가 없잖아."

"그러면 규정계가 죽는 것을 잠자코 구경만 하자고?"

양양의 계속되는 추궁에 지민으로서도 여전히 대답할 말을 찾지 못했다.

두 사람이 옥신각신하는 동안 양양의 심상치 않은 등청 소식에 성의 중신들이 하나둘씩 모여들었다. 상관장용, 정명, 석진화, 평철, 하성택, 장두태⋯⋯.

이 정도면 성안의 필요한 중신은 거의 다 모인 셈이었다. 중신들이 모두 모인 것을 남몰래 확인한 후 양양이 먼저 입을 열었다.

"어쩌시겠습니까, 성주님?"

이번에는 양양의 태도가 갑자기 정중하게 변하였다. 지민은 양양의 변화무쌍한 변덕에 대해서 어느 장단에 맞춰야 할지 혼란에 빠져서 허둥지둥 대답했다.

"뭐, 뭐를 어떻게 해?"

"성주께서 결정하세요."

"뭐, 뭐를?"

무언가 결심한 듯 양양의 재촉은 단호했다. 그러나 지민은 그때까지도 무엇을 결정해야 하는지도 모르고 있었다.

"규정계 조장이 없으면 소첩도 없습니다."

양양은 단호했고, 지민은 여전히 대답할 말을 찾지 못했다. 양양은 용병단 단주였고, 예전에는 지민도 그 단주 휘하의 단원이었다. 양양의 대답은 지민이 판단컨대 군신 간의 의리에 있어서 그 도리가 합당했다. 지민을 비수처럼 날카롭게 노려보던 양양이 이번에는 상관장용에게 말머리를 돌렸다.

"승상님."

"하명하십시오, 마님."

깜짝 놀란 상관장용이 부랴부랴 부복했다.

"저희 용병단에는 아직 해결 못한 맡은 청부가 하나 남아 있습니다."

"그렇겠지요."

"이렇게 서로 고집만 피우다가는 그 맡은 청부의 기한을 넘기게 됩니다."

"하오시면?"

"용병단은 신용이 생명입니다. 일단은 제가 인질이 되지요."

"네?"

"제가 담보가 되겠다 그 말입니다. 우리 용병단원 중에는 저를 볼모로 남기고 도망치는 비겁한 단원은 하나도 없다고 확신합니다. 그러니 급한 일을 먼저 해결하고 그때 가서 다시 천천히 의논해 보면 어떻겠습니까?"

그것은 이럴 수도 저럴 수도 없는, 진퇴양난에서 전전긍긍하고 있는 신한성의 지도부 입장에서는 나름대로 난관을 비켜가는 우회책이라고 할 수 있었다. 잠시 생각을 하던 상관장용이 지민에게 자신의 의견을 아뢰었다.

"성주님."

"왜 그러시오, 승상."

"우리 용병단의 책임은 곧 우리의 책임이기도 합니다. 마찬가지로 계약은 이행되어야 한다는 격언은 우리에게도 철칙처럼 적용된다고 생각합니다."

"그야 이를 말이오?"

"규정계 조장의 죄목은 준엄한 국법에 속하지만 그 철칙은 국법보다 준엄하여 반드시 지켜야 할 사안입니다. 그것은 국가의 신용과 관계가 있기 때문입니다. 그러하오니 일단 그 용병 계약을 먼저 이행하는 것이 마땅히 순서라고 사료되옵니다. 하오니 주군께서 그 우선순위를 정해서 순서에 따라 명을 내리심이 마땅하다고 생각합니다."

상관장용의 일견 그럴듯한 장광설이었다.

"경의 생각은 어떠하시오?"

"신의 미천한 생각으로는 규정계 조장의 죄는 개인의 일, 용병단의 청부는 국가에 관한 일. 마땅히 남의 나라와의 약속이오니 용병단의 계약이 먼저 이행되어야 함이 순위에 있어서 우선된다고 생각합니다."

"그럼 그렇게 시행하시오."

지민으로서는 감지덕지가 되어 허겁지겁 상관장용의 의견을 받아들였다. 그렇게 해서 규정계 체포군은 성하곡에서의 포위망을 해제하고 양양의 용병단은 맡은 일을 처리하러 원정길에 들어갔다.

청부는 남부지방의 일이었고, 남부지방은 아직 미개지가 대부분이었다. 용병단은 사람의 손이 미치지 않은 미개지 밀림 속으로 향했다. 한 가지 수상한 일은 원정 부대의 규모였다. 원정대의 규모는 용병단장 양양을 제외한 모든 용병단 전원이었다. 전투에는 불필요한 사병두, 윤문배 같은 요원까지 모두 포함된 것이다.

여기서부터가 지화가 알고 있는 신한성과 용병단의 도량형 통일에 관한 불일치에서 야기된 골치 아픈 사연이다. 이때까지도 여전히 용병단의 병참 보급에 관해서는 신한성의 행정 관리가 도맡아 하고 있었다. 병참 보급은 자동적으로 바로 국경선을 경계로 제한되었다. 그것은 보급 마차의 규격 문제 때문이었다. 용병단의 운반 마차들은 신한성의 도량형 규격을 따르지 않아서 남부의 미개지의 오솔길을 통과할 수 있었고 신한성의 보급 마차는 그렇지 않았다.

"그건 안 돼. 국경 안으로 영업 범위가 축소되잖아. 소금 장사는 되고 우리는 안 된단 말이야? 이건 분명히 우리를 차별하는 거잖아."

이것이 용병단이 주장하는, 어쩌면 극히 일방적인 논리였다. 도량형의 규격 통일을 통째로 무시하는 그야말로 용병단의 독단적인 편의성 때문이었다. 도량형의 정비로 인해서 신한성의 영토와 기타 지역과의 교통로의 규격이 달라졌다. 물론 신한성보다 그 규격이 좁은 교역로도 있었다.

마차의 양쪽 바퀴에 맞지 않게 폭이 커서 신한성의 보급 부대 마차가 원천적으로 지나다닐 수 없는 교통로가 생겨났다. 그러나 소금 교역에서는 도량형이 원천적으로 문제가 안 되었다. 우리 소금 장사가 못 지나다니면 타 지역의 소금 장수가 운반하면 그만이었다.

"우리는 용병단이야. 어디든 모두 지나다녀야 해."

이런 일방적인 자존심과 긍지는 마차의 폭에 관해서 행정 부서의 어느 권장 사항에 눈치를 보지 않았다. 당연하게 어느 지방이라도 다닐 수 있게 마차의 폭을 좁혔다. 신한성의 측정 규격에는 전혀 기준이 맞지 않았다.

좁은 도로라도 양양의 용병단은 마차 폭이 좁아서 다닐 수 있었다. 그러나 신한성의 보급 부대의 마차는 그렇지 못했다. 특히 남쪽 지방의 미개지라면 백이면 백 비포장 교통로였다. 따라서 용병단을 따라다니는 신한성의 보급 마차들은 영토 경계선부터 통과할 수가 없었다. 폭이 좁아서 더 이상 지나다닐 수 없었기 때문이다.

"더 이상은 못 갑니다. 여기까지만 보급품을 운반하겠소."

보급 부대의 책임자가 통고하였다. 당연한 조치였다.

"마음대로."

양양의 용병단은 오히려 홀가분한 표정이 되어 반갑게 보급 마차 부대와 이별을 고했다고 한다. 보급대는 경계선에 남았고, 용병단은 남부의 밀림 속으로 들어갔다. 그렇게 용병단 독자적으로 청부 임무에 들어간 것이다. 임시 조치로서 물자 보급은 경계선 근처에서 이루어졌다. 신한성의 보급 부대를 접선하던 어느 날 청부 만료일이 다가왔다.

"기일 다 됐는데 어떻게 일은 무사히 마무리되셨소?"

신한성의 보급부대장이 물었다.

"아무렴. 우리가 누군데?"

보급부대장의 질문에 양양의 용병단의 보급 임무를 맡고 있던 국태봉이 가슴을 한껏 펼치며 자신있게 대답했다.

"그럼 약속대로 규 조장님의 신병을 인도하시오."

"엇, 일이 그렇게 되나?"

국태봉은 아차 싶었다.

"이건 용병단장인 영주 마님의 약속이오. 어서 규 조장을 내놓으시오."

"하지만 일이 아직 끝나지 않은걸."

국태봉은 안면을 몰수하고 생떼를 써댔다. 보급대장도 무작정의 생떼에는 대항할 방법이 없었다. 그날은 그렇게 어물쩍 넘어갔고, 머지않아 다음 보급 접선일이 다가왔다.

"이번에는 일을 마치셨지?"

"으음. 아직……."

"그런 핑계는 안 통하오. 이번 일의 청부 대금이 재정부에 이미 입금됐다는 보고를 받고 왔소."

"아, 아니야. 이번 청부는 선금인걸."

"택도 없는 억지는 그만 좀 하쇼. 용병이 일도 안 마치고 선금을 미리 받는 일은 들어본 적이 없소. 대금은 이미 결제되었다는 것은 틀림없이 일을 완수했다는 뜻이오."

"하지만 일이 안 끝난 걸 어떻게?"

"상부에서 지시가 있었소, 더 이상 못 기다리겠다고. 어서 귀환하라는 재촉이오. 다음번부터는 더 이상 보급품도 대줄 수 없다는 명령이오."

"뭐? 마음대로 해."

보급대장의 말은 단순한 협박이 아니라서 정말로 마차에는 보급 물자가 없었다. 마차는 텅텅 비어 있었다. 용병단의 귀환만 강요하고 있었다. 상관장용의 대쪽같은 성미에 불호령이 떨어진 모양이었다. 보급대장은 어떠한 사정도 들어주지 않았다.

"뭐야? 보급품은?"

"없소."

"뭐라고?"

"더 이상 보급을 할 수 없다고 지난번에 말하지 않았소."

"이봐, 우린 정말 보급품이 전부 떨어졌다고."

"그러니까 굶어 죽기 전에 빨리 귀환하라는 거요."

"빨리 귀환해서 규정계를 넘겨달라?"

"이를테면 그렇지요."

"제길, 치사하게. 마음대로 해봐. 절대 그렇게는 못해."

그다음 보급 날짜가 되었다. 그래도 용병단을 모두 굶겨 죽일 수는 없는지라 지민이 특별히 상관장용을 겨우겨우 설득해서 구호물자를 접선 지점으로 내보냈다. 그러나 그 약속 날짜에 용병단은 돌아오지 않았다. 며칠을 기다려 보았지만 끝내 돌아오지 않았다. 용병단은 남부의 빽빽한 밀림 속에서 종적을 감춘 것이다.

三. 마지막 용병

"이제 와서 토사구팽인가요?"

지화는 심드렁하게 말했다. 그것도 노골적으로. 요즈음의 석진화를 바라보고 있노라면 기분이 마냥 좋을 수만은 없었다.

"허허, 그놈 말하는 모양새가……."

석진화가 사람 좋게 웃었다. 그 피 한 방울도 안 나올 것 같던 냉정한 석진화도 사람은 사람인 것이다. 어느새 머릿결도 희끗희끗해지고 있었다. 석진화도 늙어가고 있는 것이다. 물론 지화로서는 끝내 그의 정확한 나이를 밝혀낼 수 없었다. 하여간 젊은 날의 그 대쪽같은, 칼처럼 서슬 퍼렇고 사람 같지도 않게 냉정한 석진화였다면 이런 식의 지화의 심드렁한 태도를 결코 허용하지 않았다.

웅분의 대가가 반드시 돌아왔다. 그런데 이제 늙고 힘이 빠진 석진화에게서는 돌아와야 할 웅분의 대가도 없었다. 그저 사람 좋게 웃고만 있을 뿐이었다.

토사구팽. 듣기에 따라서는 석진화로서도 듣기 좋은 소리는 아니었다. 양양의 용병단원도, 석진화 대제사장도 어느 정도는 동고동락을 했던 동료들이다. 지화가 보기에는 분명히 석진화의 입장에서도 양양의 용병단은 비록 사이가 마냥 좋은 동료는 아닐지는 몰라도 동료인 것만은 분명했다.

지화는 그런 양양의 용병단의 난처한 처지를 빗대어서 석진화를 공박하고 있는 것이다. 그의 행보는 그의 겉모습으로만 보았을 때 세간의 눈으로는 과거의 공은 모두 잊어버리고 이제 귀찮아졌으니 나 몰라라 하는 석진화다운 처세였다.

"낸들 별수 있겠느냐?"

"그 말씀이 꼭 토사구팽이라는 말씀으로 들린다구요, 도령님."

아직도 석진화를 일러 '도령님'이라고 부르는 몇 명 남지 않은 사람 중에 지화도 속해 있었다. 말하자면 지금의 석진화의 속마음을 가장 이해해 줄 수 있는 사람이었다. 석진화에게는 그런 지화가 못내 아쉬웠나 보다.

"허허, 너는 내가 세상에 다시없는 멍청이라도 되는 것처럼 말하는구나."

"어찌 감히 이 천한 놈이 그런 말을……. 그것만은 오해입니다, 도령님."

지화는 변명할 생각도 없는지 그저 고개만 주억거렸다.

"그래, 이 멍청한 나 말고 영특한 너라면 어떻게 하겠느냐? 그 대답 여하에 따라서 네가 나를 멍청이로 생각하는지 아니면 정녕 진짜 제사장으로 생각하는지 그 의심을 거두겠다."

또 그 특유의 억지였다. 지화가 언제나처럼 석진화의 특유의 능청에 넘어간 것이다.

"저라고 뭐 뾰족한 수가 있겠습니까?"

"그러니 난들 어쩌란 말이냐."

석진화는 진심으로 곤란하다는 표정이었다. 지화가 섬긴 이래로 이렇게 노골적으로 곤란한 표정을 지은 적은 없었다. 그 찔러도 피 한 방울도 안 나올, 그 얼음 같은 석진화가 정말로 곤란해하고 있었던 것이다.

"이렇게 되면 나는 멍청이, 너는 영특한 인물로 결정되는 거다. 알겠느냐?"

"그런 생떼가… 그런 억지가 어디 있습니까?"

지화도 억울하다 못해 피라도 토할 심정이 되어 격렬하게 항의했다.

양양의 용병단 처리에 관한 문제는, 정확하게 규정계의 징계의 처리에 대한 문제는 현재 신한성에 있어서 그야말로 진퇴양난의 난제라고 해도 과언이 아니었다.

양양의 용병단원들은 끝내 남부 밀림 속에서 돌아오지 않았다. 마지막 물자 보급도—사실 마지막 보급 물자를 공급하지 않은 것은 신한성 수뇌부의 결정이었지만—거부한 채 그대로 미개발의 밀림 속으로 들어갔고, 아직도 신한성으로 귀환하지 않았다. 신한성과의 아무런 연락 시도조차 없었다.

이렇게 되고 나니 규정계의 처리 문제 자체가 곤란해졌다. 당연하게도 연락이 끊긴 용병단원의 처리 문제에 대해서 약간의 의견 충돌이 있었다. 특히 고지식한 상관장용은 일벌백계의 필요성을 역설하였다.

"이러다간 굶어 죽고 만다구."

물론 상관장용과 지민의 걱정은 그 방향부터 달랐다. 오히려 지민 자신의 분노를 해소하고자 상관장용이나 석진화에게 화풀이를 했다. 이를테면 은근히 그 사태의 원인에 대한 푸념이었다. 하지만 엄밀하게 따지고 들자면 딱히 상관장용이나 석진화의 탓만도 아니었다. 정확하게 말해서 연락을 끊은 용병단원 규정계의 똥고집, 나아가서는 용병단 전체의 똥고집 때문이었다.

"현재로서는 파국을 면하기 위해서라도 규정계 조장의 체포를 미루는 수밖에는……."

보수와 진보의 중간에 해당하는 중도파의 두목 평철이 주장하는 문제의 해결책이었다.

"그것은 미봉책에 불과합니다."

이것이 융통성이라고는 약에 쓸려도 없는 고지식의 대명사 상관장용을 비롯한 정명, 석진화 등 보수파들의 주장이었다.

"굶어 죽기 전에 어떡해서든지 해결해야 할 거 아냐. 규정계가 아닌 말로 무슨 대역죄라도 지었다는 거야? 제길! 국법 위반이 문제가 된다면 그 국법이라도 바꿔!"

하양반도에서 가장 진보적이라는 신한성에서 그 문제에 대해서만은 신하성주 지민이 과격 진보파로서 유일한 인물이었고, 이런 발언이 그 문제에 대한 지민의 다급성을 상징해 주고 있었다.

"그건 안 됩니다. 아직 건국조차도 하지 않았는데 벌써 국법 문제를 논의할 단계도 아닙니다. 그건 발생 요건이 존재 요건조차도 되지 않습니다."

석진화의 참으로 알쏭달쏭한 답변이었다.

"그러면 어떻게 하면 되는 거야?"

"그것참……."

그 대쪽같은 석진화도 이것만은 곤란하다는 듯 머리만 긁적였다. 신한성 사람들이라면, 규정계를 아는 사람이라면 그 누구도 쉽게 해결할 수 없는 난제였다.

"생떼건 억지건 네놈이 토사구팽부터 운운하면서 내 속을 긁어놓지를 않았더냐, 이놈!"

지화는 뭔가 석진화의 함정에 단단히 걸려들었음을 알아챘다. 이쯤 되면 무언가를 희생할 각오를 하기는 해야 했다.

"주군께서는 국법도 바꾸라고 하시더구나."

"그건 주군께도 옳지 않습니다."

"하면 그 말썽쟁이들을 수수방관 굶어 죽게 놔두라는 거냐?"

"그것도 아니 될 말씀. 양양의 용병단원이라면 누구라도 예외없이 금쪽같은 건국 공신들이 아닙니까? 그것이야말로 발생 요건조차 존재 요건이 되지를 않는 문제입니다."

"국법을 바꾸느냐, 굶어 죽게 하느냐 양자 선택이다. 네가 결정해라."

"네?"

"나도 결정을 못하겠으니 지화 네가 직접 용병단에게 가서 해결해라."

피도 눈물도 없는 석진화의 한숨 서린 애걸과도 가까운, 차라리 부탁에 가까운 말이었다. 지화는 말문이 막힌 채 멍하니 석진화의 고뇌에 찬 눈을 바라볼 뿐이었다.

그렇게 해서 만들어진 석진화의 꼼수는 다음과 같다. 지화가 보기에는 석진화 대제사장의 잔머리는 썩어도, 아니, 늙어도 준치였다.

"우리가 지금 논의하고 있는 의제에 무언가 순서가 잘못된 것 같지 않습니까? 연락이 끊겼다고 마냥 기다리는 건 바람직하지 않다고 생각합니다. 우선 연락 두절을 정상화해 놓고 나서 그게 어떻게 됐든 먼저 그들의 상태나 형편을 확인하는 게 의당 먼저라고 생각합니다."

이것이 제사장의 노련한 응수 타진이었다.

"그래서 백방으로 용병단의 행방을 찾느라고 이 난리인데 이 상황에서 제사장은 뭔가 다른 의견이 있는 것 같은데?"

그들의 신상 문제에 대해서 가장 애가 닳아 있는 신한성주 지민은 솔깃해졌다.

"문제는 그 시일이 촉박하다는 점인데, 지금이라도 용병단의 행방과 그 행방이 밝혀지는 대로 협상이 진행될 수 있도록 신속한 처리 절차가 필요합니다. 또 다른 문제는 수색대가 그들의 행방을 찾는 게 문제가 아니라 용병단 당사자들이 우리를 만나볼 의향이 있느냐 없느냐에 달려 있습니다."

"그건 그렇지."

"그래서 문제점 해결을 위해서 그들이 문제 해결에 대한 희망을 품을 만한 적당한 협상 대상자부터 물색하는 것도 하나의 방법이 되겠습니다."

"옳거니!"

지민이 듣기에도 지금의 수색대라면 그녀의 기사단이 만나줄 것 같지 않았다. 아닌 게 아니라 양양의 용병단은 숨바꼭질에 있어서는 귀신들이었다. 지금의 수색대로서는 역부족이라고 생각해 온 터다.

"그러니까 오히려 현장에서 그들을 설득할 만한 총명한 판단력과 양쪽 모두 만족할 중립적인 공정성이 있는 인물이 수색에 나서는 것이 오히려 그들을 찾아낼, 아니, 그들이 만나줄 확률을 높이는 방법이 될 것입니다."

석진화의 발언의 요지는, 이를테면 양양의 용병단 문제를 처리에 관한 현재의 첨예한 대립적인 의견 중에서 어느 쪽도 치우치지 않은 중립적인 인물, 그중에서도 용병단의 고집을 설득할 만한 달변가를 선발해야 한다고 말하고 있는 것이다.

"그러니까 적당한 인물의 선택이 문제라는 건데… 제사장은 이 일에 미리 점찍어놓은 인물이라도 있을 테지?"

"신당의 신관 지화라면 어떻겠습니까?"

이것이 제사장의 숨겨진 비장의 꼼수였다.

당장 지화가 감찰관으로 임명되었다. 어이없게도 지민, 평철, 상관장용 삼 개 진영 중에서 어느 쪽에도 편을 들지 않는 중립적인 정치적 성향의 인물이 바로 지화가 유일했다. 게다가 영리하기로는 머리 회전력 면에서는 신한성에서 손가락으로 꼽았다. 결정적으로 양양의 용병단과 어떠한 마찰도 없이 비교적 친하게 지내오고 있었다. 그에 비해서 정치적 수완으로 능력을 갖춘 한성웅이나 장성택은 이미 폭력을 당한 피해자 재정관과 같은 부서였으므로 중립성 면에서부터 문제가 있었다.

"제가 감찰관이라고요? 이건 감찰관의 자격에 대해서 신한성 사람이면 누구나 수긍할 만한 처사는 분명히 아닙니다. 난 대제사장님이 아시다시피 평생 동안 감찰관이라는 직업은 해본 적도 없다고요."

지화는 즉각 반발했다. 그러나 불행하게도 당시의 성내 상황이 지화가 강력하게 반발할 명분이 돼주지를 않았다. 특히 전임 촌장 장두태만 해도 그랬다. 감찰관 임명으로 업무 진행을 상의하러 갔을 때의 일이다.

"젊은 신관, 이번에 감찰관이 되었다며?"

장두태는 오랜 친분이 있는 만큼 양양의 용병단의 장래에
대해서 염려와 걱정 쪽으로 무게가 실린 관심을 보이고 있었
다.

　"그렇다네요."

　지화가 못마땅하다는 어조로 대답했지만 장두태는 오히려
반색을 했다.

　"잘 좀 해보게. 이젠 정말 젊은 신관밖에는 안 남았어. 용병
단 사람들이 돌아올 수 있도록 잘 설득해 보라고."

　"촌장님도 제가 이 일에 적임자라고 생각하시나요? 이런 어
이없고 일방적인 인사 관행은 개혁되어야 마땅하다고 생각하
는데요."

　지화가 불만을 토하는데 엉뚱하게도 옆에 있던 당고가 찬성
하고 나섰다.

　"그렇지요, 신관님? 신관님과 저는 그런 부당한 인사 정책
에 있어서 똑같은 피해자라고 생각해요. 우리 성의 인사 결정
의 관행은 정말 부당하고도 불공평하다고요. 이참에 저하고
신관님하고 같이 인사 개혁에 대한 시위에라도 나설까요?"

　당고가 자기 일이라도 되는 듯 열을 냈다.

　"인석아!"

　"아, 왜 때려요?"

　"인석아, 넌 용병단 조장님들이 걱정도 안 되냐."

　"아! 왜 안 되겠어요. 용병단 조장님들이라면 황산 시절부터
생사를 같이했던 한식구나 마찬가지인데요. 그 걱정라면 저도

촌장님과 마찬가지라고요."

"너도 용병단 조장님들이 지금 어떤 형편에 처해 있는지 잘 알고 있겠지? 여기 젊은 신관을 제외하고 그 조장님들 똥고집을 설득할 만한 능력있는 수완가가 성안에 있다면 한번 데려와 봐라."

장두태의 그 말에 당고는 단박에 기가 죽었다.

"흠, 하긴 그런 일이라면 여기 젊은 신관님이 최고지. 부당한 인사 개혁일랑은 일단 잊어주시고 일단 신관님은 급한 일부터……."

결국 지화의 편을 들어준 사람은 당고가 마지막이었다. 지화는 울며 겨자 먹기로 용병단을 찾기 위해서 남부 밀림으로 갔다. 신한성 주민들의 예측과 양양의 용병단원들의 생각도 과히 틀리지는 않았는지 수색대만 갔다 하면 꼭꼭 숨기만 했던 용병단원들은 지화가 밀림 속으로 들어서자 사흘도 채 되지 않아서 제 발로 지화를 찾아왔다.

빽빽한 밀림의 흙탕물투성이의 강 유역에서 조각배의 노를 젓고 있을 때였다.

"어이, 젊은 신관."

지화는 기겁했다. 난데없이 흙탕물의 강물 수면에서 반 악어, 반 인간 형태의 괴물이 솟구쳐 올라왔다. 그런데 그 악어와 같은 무언가가 분명히 지화에게 '젊은 신관' 이라고 말하는 것이었다.

작은 조각배의 돛대에 의지한 채 주의 깊게 살펴보니 그것은 놀랍게도 양양 용병단의 구명표 조장이었다. 머리 회전이 빠른 부류에 속하는 관계로 구명표와 지화는 비교적 죽이 잘 맞았고, 성안에서도 자주 이야기를 나누던 사이였다.

"도대체 여기서 뭐 하시는 거예요?"

"젊은 신관, 자네야말로 이 구석진 곳까지 웬일인가?"

"뭐, 말하자면 사연이 길어요. 어쨌거나 이렇게 만났으니 잘 됐네요. 일단 나로 말할 것 같으면 양양의 용병단에 대한 감찰관 겸 협상 중재자라고 해두죠."

"역시… 자네가 이런 오지까지 왜 나타났을까 했더니 포교하러 온 것은 아니었군. 과연 협상 중재자의 중책을 띠고 있었어."

구명표는 예상했다는 듯이 고개를 끄덕였다.

"다들 어떻게 지내요? 혹시 날마다 한 명씩 굶어 죽어가고 있는 건 아니겠죠? 그건 그렇고, 이 근처가 본거지예요?"

"굶어 죽지 않았으니 이렇게 나타났겠지. 자네 말대로 이 근처가 본거지야. 우선 석 대장부터 만나보는 게 순서겠지? 가보자구."

"그럼, 어서 배 위로 올라와요."

"됐네, 이 사람아. 자네나 내 뒤를 놓치지 않도록 부지런히 노를 저으라고."

지화는 구명표를 따라서 강 유역을 거슬러 올라갔다. 처음에 악어로 착각한 것도 무리는 아니었다. 반나체로 슬슬 헤엄치는데 이것은 악어나 물고기가 따로 없었다. 과연 '환경에 적응하는 데는 하양반도 최고'라는 그녀의 기사단 일원이었다.

은거지는 그리 멀지 않았다. 강에서 봤을 때의 구명표가 악
어였다면 뭍에서의 그의 모습은 두더지와 영락없었다. 여기저
기 바위투성이의 암반 지역에서 굴을 파고들어 가서 두더지처
럼 생활하고 있었다. 그곳에 석태가 있었다.

"석 대장님, 신관 지화가 인사드립니다."

비록 석태의 행색은 누추했으나 지화는 아랑곳 않고 격식을
갖췄다.

"오! 신관님, 노고가 크시었소."

점잖은 석태도 지화와 크게 다르지 않아서 마찬가지로 격식
을 차렸다. 피차 눈치 볼 것도 없이 곧바로 협상 분위기가 되
었다.

"석 대장님."

"왜 그러시오."

"이 정도면 할 만큼 하셨잖아요. 적당히 하시죠. 성주님도
입장이 여간 곤란한 것 같지 않아요. 누군가는 양보를 해야만
이 사태가 끝나는 거잖아요."

"신관님."

석태는 지화의 푸념에도 아랑곳 않고 지화의 눈만 쳐다보았
다.

"왜 그래요?"

석태는 그윽한 눈빛으로 지화만 쳐다보았다.

"이것 봐요, 석 대장님. 난 남자라고요."

지화가 그 요사스럽기 그지없다고 세간의 평을 들었던 석태

의 유혹적인 눈빛이 마음에 안 들어 농담조로 대답했다.

"신한성의 소식이 궁금하군요. 떠나올 때 공사가 한창이었는데 남문 공사는 어떻게 잘 돼가고 있습니까?"

석태의 눈빛이 꿈을 꾸는 것처럼 아련해졌다. 그래서 지화도 진지하게 대답했다.

"남문 부두는 무사히 완성되었습니다."

"어허, 드디어 부두가… 과연 상전벽해로군요."

석태는 정말 감탄하고 있었다. 그것은 감탄의 눈이기보다는 추억을 그리는 눈에 가까웠다.

"소금도, 철광석도 하역 작업이 순조로운가요? 그 많은 물량에 부두 하나로는 소화하기도 벅찰 텐데……."

"상관없어요. 도량형의 통일로 인해서 예측이 가능해졌으니까요."

지화의 어조가 다시 심드렁해졌다.

"네? 예측이 뭐 어떻다구요?"

역시나 석태는 지화의 말을 못 알아들었다. 그래서 지화가 보충 설명을 해주었다.

"도량형의 통일 때문에 그 어떤 화물이라도 그 무게와 길이가 미리 정해져 있어요. 그래서 미리 보지 않아도 그 수량만 알 수 있으면 도착하기도 전에 미리 본 것처럼 하역 작업에 대처할 수 있으니까요."

"과연! 그거 이야기가 되는군. 어떤 화물이라도 미리미리 대비가 가능하겠군요."

"네, 어떤 화물이라도요. 뭐, 딱 하나만 뺀다면요."

"그 하나가 뭔가요?"

"바로 여기 계신 석 대장님을 비롯한 용병단원들이요."

"뭐라고? 어째서……?"

옆에서 딴청을 피우듯 잠자코 엿듣던 서정이 화를 내며 끼어들었다.

"여기 용병단원들은 도량형의 통일에 사사건건 반대했잖아요. 그러니까 예측 불가능, 그러니까 미리미리 대처도 안 되구요. 지금 이 상황처럼 골치만 아프잖아요."

"쳇."

말 잘하는 서정도 지화의 반격에 대꾸를 잃어버렸다.

"석 대장님."

"말씀하십시오, 신관님."

"성주님도 여간 골치 아픈 게 아닌가 봐요. 규정계 조장에 대한 징계에 대해서는 성주님의 입장을 봐서라도 양보 좀 해 주시지요."

드디어 대화는 협상의 핵심으로 들어갔다.

"신관님이 우리더러 골칫덩이에, 예측 불가능이라고는 하지만 우리 중에도 아주 딱 부러지는 예측 가능한 이가 하나 있지요. 뭐, 골칫덩이라고 하기에도 그렇지만."

"그게 누굽니까?"

"누구긴 누구겠습니까."

석태의 표정이 심각하게 변했다. 석태의 표정에는 절망의

빛이 짙게 드리워져 있었다. 지화는 석태의 표정을 보며 이번 협상은 불가능할지도 모른다고 어렴풋이 느꼈다.

"성주님의 고통도 헤아려 주셔야지요."

"아프겠지요. 성주님도 보통으로 아픈 게 아니겠지요. 우리도 압니다. 이건……."

석태가 말꼬리를 흐렸다.

"이건 사내들의 고집입니다. 신관님도 잘 아시지를 않습니까?"

"한데 성주님께서도 굶어 죽지나 않았는지 노심초사하시며 여간 성화가 아니었다구요. 어떻게 된 거예요? 보급 물자도 없이."

지화는 그것이 신기했다. 굶어 죽기는커녕 모두가 하나같이 낯빛도 좋았고 건강 상태도 양호해 보였다. 석태는 별일도 아니라는 듯 대수롭지 않게 말했다.

"예전부터 그랬어요, 우리 용병단이 처음 창립할 때부터. 호파수 해적 소탕전에서 조세룡 그놈이 보급 물자를 어찌나 빼돌렸는지. 굶어 죽지 않으려면 별수 있겠소? 덕분에 우리 주특기가 그게 돼버렸어요. 현지인들하고 물물교환 하는 거. 그런 일이라면 성주님은 걱정할 필요가 없어요. 성주님, 아니, 용병왕이 우리에게 직접 가르쳐 준 일이니까."

시종일관 어두웠던 석태의 표정이 비록 짧은 시간이라지만 밝은 표정이 되었다. 지화는 마침내 기회를 잡았다. 이런 분위기에서 이야기하고 싶었던 것이다.

"규 조장을 만나게 해주십시오."

지화가 드디어 규정계를 언급했다. 지화의 짐작이 틀림없다면 협상 불가능의 원인이 바로 규정계였다. 석태가 안 된다면 자신이라도 직접 규정계를 설득해 볼 작정이었다.

"동갑아, 데려다줘."

석태가 마치 백 년은 늙어버린 듯한 힘없는 목소리로 변해서 호동갑을 불렀다.

"알았어."

역시 몰래 엿듣고 있던 호동갑이 대답했다.

"따라와."

호동갑의 얼굴에도 뚜렷한 표정이 있었다. 그것은 석태의 표정과 마찬가지로 절망이었다. 어쩐지 지화와 용병단 간의 협상에 대한 향후 예상과도 같은 예감이 들었다.

지화는 경악했다. 동굴은 어두웠다. 시야가 적응되도록 기다렸다. 그리고 자신이 발견한 실체를 다시 확인하고는 경악했다.

호동갑은 고문을 당하는 듯 괴로운 표정이었지만 정반대였다. 정작 고문을 당하고 있는 쪽은 호동갑이 아니라 규정계였다. 뜻밖에도 규정계의 표정은 평온하였다.

"규 조장님?"

"오오, 바로 제사장의 똘마니 녀석이 아닌가?"

"그렇습니다."

지화는 쓰게 웃었다. 지화는 무한의 성 주민들과는 다르게 용병단원들과는 별다른 마찰이 없었다. 오히려 사이가 좋았다고 할 수 있었다. 유독 규정계만은 달랐다. 대제사장 석진화의 간사함에 이를 갈았고, 지화의 요사함에 치를 떠는 것도 굳이 숨기지 않았다.

그만큼 우직하고 단순한 규정계였다. 그러나 지화에게 굳이 그녀의 기사단에서 가장 좋아하는 사람을 선택하라면 어쩔 수 없이 규정계를 선택할 것이었다. 사람의 마음은 자기 마음대로 되는 게 아니니까.

"이게 어떻게 된 일이죠?"

"신관이 보기엔 어때? 내 꼴이 우습지? 쌤통이지?"

"지금 그런 농담을 할 때가 아닌 것 같은데요."

하고 비교적 엄숙하게 규정계의 도발에 대응하고는 호동갑에게 슬쩍 물었다.

"어떻게 된 일이죠? 설명 좀 해주실래요."

규정계의 모습은 지화로서도 뭐라 설명할 수가 없었다. 우선 십자가 모양의 서로 엇갈린 나무토막에 네 갈래의 끝마다 두 개의 손과 두 개의 다리가 묶여 있었다. 이를테면 동굴의 벽에 바싹 붙여서 매달아 놓은 꼴이었다. 그것도 모자라서 간신히 말만 할 수 있도록 해놓은 것인지는 몰라도 괴상한 모습으로 입의 양끝이 묶여 있었다.

그 괴상한 모습에 대해서는 나중에 호동갑이 입술과 이빨이 맞닿지 못하도록, 그래서 이빨이 입술을 깨물어서 자살하는 수단을 방지하는 조치였다고 설명해 주었다.

"어쩔 수 없었어."

호동갑의 축 늘어진 대답이었다.

"왜죠? 규 조장님이 여기서 또 무슨 죽을죄라도 지었나요?"

"죽을죄는 무슨……."

호동갑이 펄쩍 뛰었다. 그때 지화의 뇌리에 문득 떠오르는 생각이 있었다.

"그렇다면 혹시……?"

"멍청하게 자꾸만 죽으려고 하잖아. 자기만 자살하면 다 해결된다고."

호동갑은 하얗게 질려서 그렇게 대답했다.

"그래서 입까지 저렇게……."

"응. 틈만 있으면 저 지랄이니까. 오죽하면 저렇게 무르팍에 피가 흐르는 것도 붕대로 지혈해 줄 수가 없었어. 발가락만으로 딱지라도 쥐어뜯을 수만 있으면 뜯어버릴 거라고. 죽지못해 안달이니 어떻게 해?"

"나 좀 죽게 내버려 둬!"

규정계가 짐승처럼 울부짖었다.

"봤지? 석 대장이 이쯤 되면 사내들의 고집밖에 안 남았다고 한 말? 그 말이 무슨 뜻인지 이해할 수 있겠지?"

지화는 말없이 고개를 끄덕였다. 처음에는 쉽게 생각했던 문제가 이제는 돌아올 수 없는 강을 건넌 난제처럼 까마득해 보였다.

석태의 절망에 전염된 채 지화는 하릴없이 신한성으로 돌아
왔다. 왜 절망을 하게 되는지는 딱 부러지는 이유도 없고 뚜렷
한 근거도 없이 지화도 그렇게 전염되고 말았다. 그래서 항상
딱 부러지는 지화가 그렇게 두루뭉술하게 말했는지도 모른다.
신한성주 지민에게 감찰의 보고를 하러 갔을 때, 일부러 그렇
게 꾸몄는지는 몰라도 지민과 지화는 주변에 아무도 없이 단
둘만이 대면하게 되었다.

　"주군, 아무래도 원만한 해결은 불가능할 것 같습니다. 주
군께서 규정계 조장의 징계만은 포기하시는 것이 좋겠습니
다."

　"어째서?"

　"석태 대장이 그러더군요. 제가 도량형의 통일 때문에 하역
작업에서 모든 것이 예측 가능해져서 수월해졌다고 그랬더니
글쎄……."

　"그래서? 석태가 뭐라고 그러는데?"

　"용병단만 도량형을 반대한다. 그래서 당신들은 예측 불가능
이라서 일이 오히려 번거로워졌다. 제가 그렇게 말했습니다."

　"석태가 신관의 말에 동의하던가?"

　"네, 전적으로 이해하는 것처럼 보였습니다."

　"전적으로 이해한다는 것은 우리 방침에 동의하고 있다는
말인데?"

　"자기들이 예측 불가능이라는 것은 인정한답니다. 그런데
자기들 중에 확실한 예측 가능한 인물이 딱 하나 있어서 애석

하게도 그것만은 안 된다더군요."

"이거야 원, 요령부득이로군. 그 확실한 예측 가능한 놈이 대체 누구라는 거야?"

"규정계 조장이요."

"석태 말의 요지가 뭔데? 난 이해가 잘 안 가는데?"

"석 대장이 말한 규 조장의 예측 가능하다는 이유를 제가 직접 봤습니다."

지화는 남부 밀림 속에서 봤던 규정계의 자살 미수와 관련된 그 비참한 광경을 소상하게 지민에게 보고했다. 한동안 지민은 충격 때문에 깊은 침묵 속으로 빠져들어 갔다.

석태의 절망을 보며 지화도 절망했고, 지화의 절망을 보며 지민도 마찬가지로 절망했다. 규정계에 대한 예측은 너무도 분명했다. 남부의 밀림에 남게 된다면 그는 용병단원 동료들 때문에 자살할 것이 분명했다. 남부의 밀림을 벗어나게 된다면 지민에게 틀림없이 부담이 된다. 그 역시 규정계는 못 견딜 것이 뻔하다. 그래서 결과는 틀림없는 자살일 것이다. 이런 구차스러운 논리였는데 이것이 묘하게 설득력이 있었다.

지화가 보기에는 상황이 어떻게 돌아가도 결과는 똑같았다. 규정계가 단순하면 단순할수록 그에 대한 예측도 분명했다. 오랜 침묵을 기다리다가 지화는 평소에 지민의 내심 중에 궁금했던 것을 심심풀이 삼아 한 가지 물었다.

"주군께서는 건국하고 난 이후에 용병제도를 계속 유지하는 데 찬성이십니까?"

"아니."

뜻밖에도 지민은 조금도 망설이지 않고 단호하게 대답했다.

"주군께서는 양양의 용병단을 아끼시는 게 아니셨나요?"

"그건 용병왕이라는 별명이 생기기 전부터, 아니, 어린 시절 황산 때부터 항상 변함없어. 내가 가장 싫어하는 직업이 바로 용병이야."

잠시 망설이는 듯싶더니 지민은 말을 이었다.

"찬성이건 반대건 건국 후에는 나하고 상관도 없는 문제가 되지. 그저 승상과 대부, 그리고 대제사장에게 용병들에 대한 처분을 모두 맡기고 무위를 하려고 했어. 정말로 내가 바라고 바라던 게 바로 그 무위사상이거든. 건국 후에는 그렇게 살겠다고 맹세를 했지. 말하자면 내가 내 자신과 약속을 했던 거야."

독백을 하듯이 조용히 중얼거리더니 다시 한참 먼 산을 바라보고는 깜빡 잊고 있었다는 듯이 이야기를 마무리했다.

"이제 나는 그 약속을 깨뜨릴 거야. 무위를 거스르는 거지. 솔직히 말하자면 지금의 내 행동은 무위가 아니라 불위였거든. 내 생애에 약속을 깨뜨리는 건 이게 마지막이 될 거야. 정말로."

바로 다음날, 신한성주 지민은 신한성의 병력 대부분을 동원하여 남부 밀림으로의 원정을 명하였다. 원정 목표는 체포령이었다. 바로 국가의 방침을 어긴 규정계를 비롯하여, 항명으로 버티고 있는 양양의 용병단원에 대한 체포령이었다. 어찌 됐든 용병단이 굶어 죽는 것만은 차마 지켜볼 수 없었던 것이다.

그즈음에 이르러서 신한성의 규모는 일대의 강대국에 비견

할 만했다. 그 병력의 대부분이 출동했으니 비록 남부 밀림이 넓고 빽빽하다고는 하나 그 수색 작업은 거의 밀림을 뒤덮을 만하게 장엄하였다. 그러나 양양의 용병단들도 만만치 않아서 신한성주의 엄명에 따르는 대규모의 수색 작업에도 불구하고 그들의 행방은 묘연했다. 결국 야심찬 대규모 수색대의 원정도 수포로 돌아갔다.

양양의 용병단에 대한 소식을 듣게 된 것은 그 후로도 제법 시간이 흐른 후였다. 하양반도의 남쪽 해안 자유도시 함안에서 그들의 활약상에 대한 소문을 들을 수 있었다. 어떻게 그 먼 곳까지 흘러갔는지 그 과정에 대해서는 들은 바가 없었다. 단지 생계를 위한 여정이었으리라 추측할 수는 있었다. 그들은 끝까지 자신들의 직업인 용병 일을 그만두지 않았던 것이다.

그 소문에는 그 배경으로 이별반도 아뇌의 입김이 반드시 작용했으리라는 추측이 지배적이었다. 까닭은 필경 신한성과의 소금 독점권 전쟁에 대한 속 좁은 보복일 것이라는 세간의 이야기였다.

"애초에 이길 수도 없는 전투였습니다. 육십 명과 삼천 명과의 전투였다면 말 다한 거지요. 이길 수가 없음을 알고 있으면서도 그들은 도망가지 않았습니다. 기왕에 받은 청부라나요. 그건 약속이니까 절대로 되돌릴 수 없다는 거죠. 조금 억지 같았지만 하여간 그게 용병들의 직업 윤리라는 거예요. 그들은 절대 물러서지 않았습니다. 명성에 맞게 용감히 싸웠지요. 하지만 어쩔 도리가 없었지요. 뭐, 육십 명의 입장에서는 삼천 명의 대병력이라면 제아무리 죽여도 끝이 없는 법이니까요. 결국 성문 끝까지 밀렸다지 뭡니까? 아니요. 외성에서 내성까지, 그 내성도 내주고 결국 본성의 대문 앞까지. 끝끝내 함안 통령의 집무실 대문 앞까지 밀려갔지요. 그때 함안의 수비대장이 그랬더랍니다. 아시다시피 함안이나 아뇨나 모두 다 한통속이잖습니까? 그러니까 그 공격하는 적들과 한통속이나 마찬가지인 수비대장이 그러더랍니다. 이제 됐다. 할 만큼 한 거다. 이제 후퇴해서 후일을 도모하자. 아! 글쎄 이랬더니, 그 용병단의 대장 석태 왈, 그럴 수 없다. 우린 이미 목숨 값을 받았다. 그래서 함안 수비대장이 그 용병단의 용기에 감동했는지 지금이라도 늦지 않았다. 조금 더 지나면 도망칠 기회도 아예 없어진다고 다시 한 번 권했더랍니다. 근데 그 망할 놈의 용병대장이 이렇게 대답했답니다. 안 된다. 우리는 목숨 값으로 일을 하고 있다. 용병이 죽음이 두려워서 도망친다면 어느 군주가 용병들에게 일을 맡기겠느냐고 거절하더랍니다. 어쩐지 모두가 이미 죽음을 각오한 것 같았다고 하더군요. 하나둘씩 죽어가는 와중에 뭐, 누구 하나랄 것도 없이 담담하게 죽음을 받아들였다고 하더군요. 예, 단 한 명도 남기지 않고 전멸이었습지요. 그러니까 이렇게 해서 이 하양반도에 마지막 남은 용병단이 사라진 겁니다. 쉽게 말해서 이것으로 이곳에는 용병이 한 명도 남지 않게 된 거지요. 공식적으로요."

이것이 그들의 최후를 전하는 후일담이었다.

양양의 용병단 전멸 이후 신한성은 정식으로 건국을 했다. 국호는 신한이었고, 물론 개국시조는 용병왕이라고 스스로 칭한 지민이었다.

"짐은 왕의 자격도 없다. 그러니까 굳이 적어야 한다면 용병왕이라 써도 좋지만, 부를 때에는 어김없이 그냥 용병이라고 불러라."

용병왕 지민은 이렇게 말하고, 부를 때의 용병 지민은 신생국 신한의 백성들을 그렇게도 꿈꾸던 이상향 무위정치로 다스렸다. 굳이 말하자면 그는 아무것도 하지 않는 은둔자가 되었다. 이런 까닭으로 나라는 어쩔 수 없이 정명, 상관장용, 석진화 삼 인이 다스리는 삼두 정치 체제가 되었다.

그때까지도 남아 있던 성하곡의 양양의 용병단 장원은 용병왕 지민의 새로운 은둔지가 되었는데, 그마저도 일국의 왕의 거처라는 이유로 장원 자체가 새로이 개축되어 그 장원은 청사자 깃발과 함께 바람 속으로 사라졌다. 이렇게 해서 무림의 고수가 종횡하던 무림의 시대가 지나가고, 그 자리를 대신했던 용병의 시대도 끝났다.

『용병시대』 끝

War Mage

워메이지

김재한 퓨전 판타지 소설

사람들이 인식하는 상식의 세계 이면,
짙은 어둠이 드리워진 그곳에 사는 괴물들이 있다.

문명이 드리운 그림자 속에서, 전투기계들과
인간의 사념으로부터 태어난 마물들이 격돌한다.
마법과 주술이 난무하는 초현실적인 전장,
소년은 그곳에 서는 대가로 인생을 잃었다.
운명의 노예가 되어 가족과 인성을 잃어버린 소년, 진유현.

총염(銃炎)과 검광(劍光)이 뒤얽히는
어둠의 거리에서, 운명의 족쇄를 끊고 나온
소년의 눈이 살의를 발한다.

유행이 아닌 자유추구 -
WWW.chungeoram.com
Book Publishing CHUNGEORAM

참마도 新무협 판타지 소설

鬼弓士
귀궁사

참미도 작가!! 그가 『무사 곽우』에 이어
다섯 번째 강호 이야기를 새롭게 풀어내다!!

"길의 중앙에서 멋지게 서서 당당히 걸어가래.
사람으로 태어난 이상 그 누구도 당당하게 살아갈 권리는 있다고 말이야."

단야의 오른손이 꽉 쥐어졌다. 별것도 아닌 말이다.
하나 이토록 마음에 남는 소리는 없었다.
사람으로 태어나서…….

요물, 괴물.
나이를 먹지 않는 월홍과 얼굴이 징그럽게 망가진 단야.
그들 앞에 펼쳐진 강호란…… !

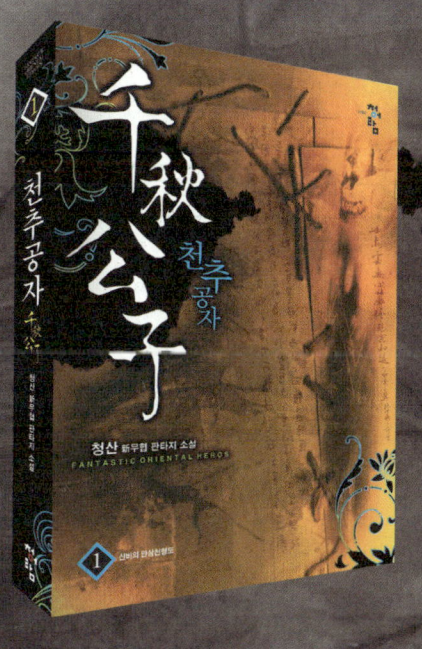

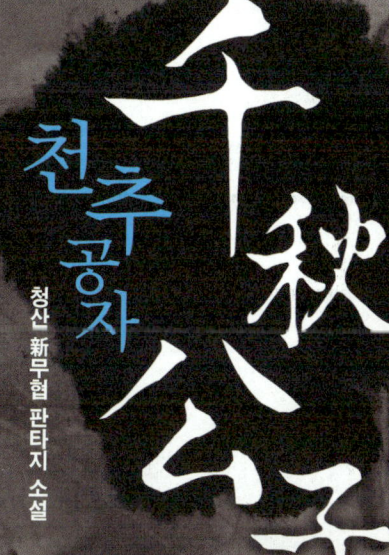

운명을 뛰어넘는 담대한 도전!

황제마저 농락한 숭문세가의 공자 문천추(文千秋).
용문에 이르기 전까지 그는 시문과 서화를 즐기며 대하를 누비는
한 마리 커다란 잉어였다.
그러나 운명은 그를 용문(龍門) 앞에 이끌었다.
용문의 드센 물살을 거슬러 올라 용(龍)이 될 것인가,
아니면 용문점액의 상처를 입고 추락할 것인가.

죽음의 하늘 사중천(死重天)!
오로지 파괴와 살육만을 일삼는 사마악(邪魔惡)의 결집체.
사중천의 어둠은 태양마저 가리며 천하를 뒤덮는다.
마침내 죽음의 하늘과 맞서는 용 울음소리.

천추(千秋)에 빛날 문무제일공자의 호쾌한 행보가 시작되었다.

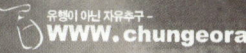

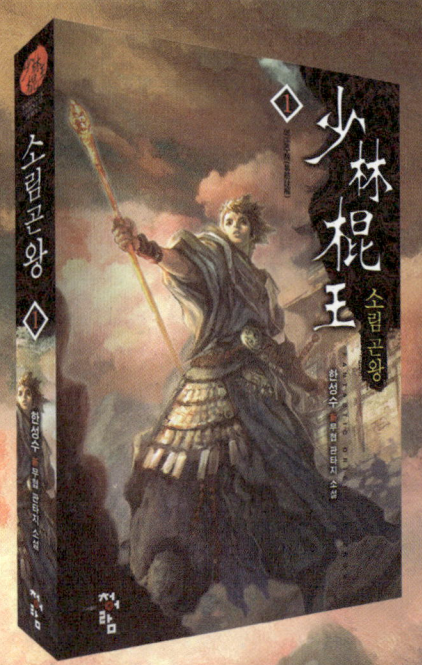

少林棍王
소림
곤왕

한성수 新무협 판타지 소설

감동의 행진을 멈추지 않는 작가 한성수!

구대문파 시리즈의 두 번째 이야기 『소림곤왕』!!
그 화려한 무림행이 펼쳐진다

"너는 지금부터 날 사부님이라 불러야만 하느니라.
소림사의 파문제자인 나, 보종의 제자가 되어서 앞으로 군소리없이 수발을 들고 모진
고통을 이겨내며 무공 수련을 해야만 한다."

잡극계의 천금공자 엽자건!
소림의 파문제자 보종의 제자가 되다!!

역사와 가상.
실존의 천하제일인과 가상의 천하제일인에 도전하는 주인공!
이제부터 들어갑니다. 부디 마음껏 즐겨주시기 바랍니다.
— 작가 서문 中에서.

유행이 아닌 자유추구 —
WWW.chungeoram.com
Book Publishing CHUNGEORAM